九奇話
구기화
해밀 추리 무협 소설
DETECTIVE FANTASTIC STORY

구기화 1

해밀 추리 무협 소설

초판 1쇄 찍은 날 § 2007년 12월 20일
초판 1쇄 펴낸 날 § 2007년 12월 29일

지은이 § 해밀
펴낸이 § 서경석

편집장 § 문혜영
편집책임 § 유혜림
편집 § 서지현

펴낸곳 § 도서출판 청어람
등록번호 § 제1081-1-89호
등록일자 § 1999. 5. 31
어람번호 § 제2-1376호

주소 § 경기도 부천시 원미구 심곡1동 350-1 남성B/D 3F (우) 420-011
전화 § 032-656-4452 팩스 § 032-656-4453
http://www.chungeoram.com
E-mail § eoram99@chollian.net

ⓒ 해밀, 2007

ISBN 978-89-251-1087-5 04810
ISBN 978-89-251-1086-8 (세트)

九奇話

해밀 추리 무협 소설

Detective Fantastic Story

1

금성탕지 (金城湯池)

도서출판 청어람

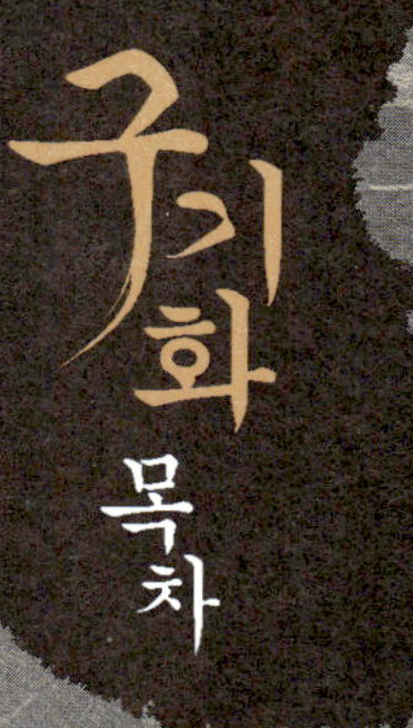

목차

작가 서문

　낯선 책을 고를 때, 머리말을 읽어보는 습관을 가지고 있습니다. 그 속에는 지은이의 감정과 책의 내용을 짐작하게 하는 많은 것들이 숨겨져 있다고 생각하기 때문입니다. 서점 한편에 우두커니 서서 머리말을 읽고 있노라면, '이 작가는 어떤 글을 어떻게 쓰겠구나' 하는 생각이 봄볕 아지랑이 올라오듯 희미하지만 머릿속에도 그려집니다.

　과분하게도, 이제 제가 첫 번째 머리말을 쓰고 있습니다. 쉽게만 읽혔던 누군가의 머리말이 제 손끝에서는 너무나도 더디게 쓰이고 있는 걸 보며, 글을 쓰는 내내 느꼈던 글쓰기의 어려움이 새삼 떠오르고 있습니다. 그러나 그 어려움이 고통만이 아닌 즐거움과 행복을 동반하고 있었던 것과 같이 이 순간은 제게 너무나도 즐겁고도 설레는 시간입니다.

　이 글은 낯선 석실에서 깨어난 아홉 사람에 대한 이야기입니다.

그중에는 천하를 호령하는 고수도 있고 백면서생도 있습니다. 또한 대문파의 교만한 후계자도 있고 자상한 의원도 있습니다. 제각기 다른 출신과 성격을 가지고 살아온 '낯선 사람' 들이 아무런 이유도 알지 못하고 '낯선 석실' 에서 마주하게 되는 사연을 그리고 있습니다. 넓은 세상사를 조금 좁히고 많은 일이 일어나는 인생사를 집약한 축소판을 만들어보고자 했습니다.

추리라는 액자에 무협이라는 그림을 그리려고 했으나, 돌이켜보면 진한 아쉬움만 남아 제 곁을 지키고 있는 것 같습니다. 이제 걸음을 떼려는 갓난아이와 같으니 앞서는 마음을 뒤처진 몸이 따라가지 못했음이 당연하다 싶기도 합니다. 하지만 부족한 글이나마 읽어주시고 격려해 주신다면 다음 한 걸음을 아장거리며 내딛을 용기를 내는 데 큰 힘이 될 것입니다.

외길을 묵묵히 걸어가는 이의 모습은 참으로 아름답다고 생각합니다. 그러나 걸어왔던 길을 아까워하지 않고 되돌아가려 하는 이의 모습에도 아름다움이 숨어 있다고 생각합니다. 이제 저는 그간 왔던 길에서 잠시 벗어나 글쟁이의 길을 걸어보려 합니다. 그 길에서 어떤 것을 마주할지는 모르지만, 너무도 즐거웠던 시간이기에 결코 후회는 하지 않으려 다짐합니다.

끝으로, 제가 가는 발걸음을 늘 걱정 어린 눈길로 지켜보았을 하늘에 계신 아버지와 세상에서 제일 사랑하는 가족, 길을 열어주신 청어람 출판사 분들께 진심으로 감사의 말을 전하고 싶습니다.

독자 여러분 앞에 펼쳐질 길이 잘 닦인 탄탄대로는 아닐지라도, 곳곳에 행복이 도토리마냥 숨어 기다리는 아름다운 오솔길이 되길 간절히 기도하겠습니다.

한해의 마지막 달에서, 해밀 올림.

길 없는 곳을 걸어본 적 있는가?
대답없는 질문을 던져본 적 있는가?
혼돈 속에 버려진 적 있는가?

"이 단계 준비가 끝났습니다."
짙은 어둠이 주인 된 세상에서, 주인을 닮은 빛깔의 목소리
가 허공중에 아스라이 사라져 갔다.
얼마나 시간이 지났을까.
깊은 밤과 새벽녘에만 모습을 감춘 채 제 존재만을 환상처
럼 알린다는 저녁 매미 쓰르라미의 쓰름쓰름거리는 소리인

듯, 노을빛 맨드라미 자기빛 들판에 방울방울 점을 찍으며 피
어오르는 듯 어둠을 타고 하나의 음성이 날아들었다.
"시작하도록 하게."
모든 질문에 대한 시작과 끝이 될 말이 그렇게 던져지고 있
었다.

第一章　인연（因緣）

극(極)과 극(極).

극이란 한 글자에 들어 있는 한계라는 의미, 그것은 더 이상 갈 곳이 없는 마지막 종착점.

그렇다면 하나의 종착점과 다른 하나의 종착점을 가리켜 극과 극이라 하는가?

인간이 규정할 수 있는 모든 것들 중에서, 그 성질을 명확하게 달리하는 두 가지를 '극과 극', 이렇게 말하곤 한다.

하지만 단순히 '다르다'는 것만으로는 이렇게 불릴 수 없으니, '낮'과 '마른 사람'을 극과 극이라 부르지 않음이 그 하나의 예라 할 수 있을 것이다.

보편적인 사고를 가진 사람에게 묻는다면 낮의 극은 밤이요, 마른 사람의 극은 뚱뚱한 사람이라 대답하리니.

즉, 극과 극이라는 표현은 본질이 같은 것들의 다름을 말한다는 것을 전제하고 일컫는 것이니, 동질의 비교가 낳은 정점의 산물이라 할 것이다.

같지만 또한 다름을 표현하는 어휘인 극과 극.

두 개의 다른 종착점이지만, 서로가 서로의 출발점이 되기도 하는 어휘인 극과 극.

이런 의미에서 본다면 '감은 눈'과 '뜬 눈'은 분명 하나의 예로써 극과 극을 이루지만, 아쉽게도 눈과 연결된 두 가지 행위가 갖고 온 의미 속에서 '같음'은 전혀 없어 보였다.

적어도 이곳에 모인 자들에게는 그러하리라.

사내의 눈이 열렸다.

어떤 깨달음을 얻었을 때의 문학적 비유로써의 추상적인 뜻이 아닌, 신체의 감긴 눈이 열리는 실체적 개안(開眼)이었다.

하나의 현상은 그에 부수하는 다른 현상을 낳는 것이 세상 이치니, 눈이 열리는 정도와 함께 잠들어 있던 의식도 서서히 깨어나고 있었다.

눈꺼풀 밑에서 쉬고 있던 동공이 빛에 노출되며 수축되고, 그 동공이 다시 흐릿한 빛을 명확히 잡아내기 위하여 확장을 시작할 무렵, 마침내 사내는 심해를 부유하는 해파리처럼 흐느적거리던 의식을 사고의 수면 위로 끄집어낼 수 있었다.

조금씩 명확해지는 의식은, 그것이 속해 있는 주인 된 자의 자의에 의해 부름을 받지는 않았다.

그를 현실로 인도한 것은 상반된 두 가지 소리였으며, 각각의 정체에 대한 의문을 떠올리며 몽환의 세계에서 추방을 명받은 것이었다.

그가 첫 번째로 떠올린 것은, 한 해가 시작되는 새해의 원단(元旦)을 맞이하여 밤하늘을 화려하게 수놓던 폭죽 소리를 닮아 있는 '펑펑' 울리는 '저것'에 대한 의문이었다.

어떤 의미도 담겨 있지 않을 것 같은 소리.

그리고 두 번째로 떠올린 것은, 한여름 밤 어둠이 내려앉은 침상을 맴돌며 커졌다 작아졌다를 반복하는 모깃소리를 닮아 있는 '웅웅' 중얼거리는 '이것'에 대한 의문이었다.

수많은 의미를 담고 있을 것 같은 소리.

저것과 이것은 무엇을 뜻하는 것일까. 사내는 그 답을 찾기 위해 힘겹게 눈을 떠야 했던 것이다.

실상 사내를 깨어나게 만들고, 깨어난 뒤 처음으로 들려왔고, 더욱 큰 궁금증의 물음표를 만들게 한 것은 전자의 소리였으나, 사내가 먼저 느낌표의 해답을 얻은 것은 후자의 소리였다.

"정신이 좀 드는가?"

'이게 무슨 소리일까⋯⋯.'

반려자를 비석이 세워진 봉분(封墳) 밑으로 먼저 보내고, 현세에 홀로 남아 손자에게 옛이야기를 하는 노인장의 목소리를 연상하면 들려올 만한 자상한 목소리였다.

그 목소리 속에 담긴 의미를 곱씹는 사내의 머릿속에 의문이 떠올랐다가 빠르게 사라졌다.

귓가를 맴도는 낮은 음성의 뜻은, 자신이 이제껏 정신을 잃고 있었으며 지금에서야 깨어나는 중이라는 것을 말하고 있음을 알 수 있었기 때문이었다.

'언제, 어떻게?'

현 상황은 빠르게 정리되어 갔지만, 지금을 만들었을 과거에 대한 의문이 꼬리를 물고 있었다.

펑!

펑! 펑!!

우르르릉─

칭얼대는 갓난아이를 달래는 요람에라도 몸을 누이고 있었던 것일까. 등 뒤로부터 느껴지는 미약한 진동과 함께 사내는 자신의 몸이 흔들거리는 것을 느낄 수 있었다.

"이보게, 내 말이 들리는가?"

'저건 무슨 소리일까?'

"흥!"

누군가 차가운 코웃음 소리가 추가되는 걸 느끼면서 사내는 애써 바닥을 짚고 흔들거리는 몸을 반쯤 일으켜 세웠다.

주변으로 몇 명의 인기척이 어렴풋이 느껴졌다.

아직 육신과 의식이 제대로 맞물리지 않았다는 신호라도 되는 것처럼 찾아드는 아찔한 현기증에 미간을 찡그리고 고개를 몇 번 흔든 뒤에야 겨우 맞춰진 초점으로 사내는 주위를 둘러볼 수 있었다.

어떤 경우에는 의미를 가지고 있는 소리, 즉 인간의 의사소통 수단인 언어보다 의미를 갖지 않은 소리, 지금의 굉음 따위의 것들이 인간들에게는 더 큰 의미를 담고 다가오기도 하는 법이다.

이는 자신이 파악할 수 있는 것과 그렇지 않은 것에서 오는 공포, 혹은 막연한 호기심 때문이리라.

그리고 사내는 아직 첫 번째 의문을 풀지 못하고 있는 상태였다.

그래서 그 해답을 찾기 위하여 천천히 고개를 돌렸다.

우습게도 은은한 진동을 동반하고 있는 그 정체불명의 굉음 또한 인간에 의해서 만들어지고 있다는 것을 사내가 확인하는 것은 그리 어렵지 않았다.

폭음의 근원지는 사내로부터 열댓 걸음쯤 떨어진 벽 모퉁이였는데, 그 벽을 마주 보고 있던 한 중년인이 흐릿한 손짓으로 권장(拳掌)을 연신 떨쳐 내고 있었던 것이다.

그 모습이 흐릿하게 보이는 것은 사내가 방금 정신을 차려서도 아니요, 거리가 멀어서도 아닐 것이다.

　그럼에도 불분명한 시선으로 중년인이라 판단한 것은, 좌우로 흔들거리는 머리카락이 만들어내는 음영이 청년의 검은색이 만들어내는 것과는 확연한 차이가 있어 보였기 때문이다.

　꽝—!

　부르르르—

　살아 있는 것처럼 제각기 구불거리며 휘날리던 머리카락이 쭉 기지개를 켜는 것과 동시에 손끝에서 우레를 뿜어내었고, 그 여파를 이기지 못한 벽과 바닥이 나직하게 몸을 떨며 울었다.

　사내는 또다시 미미한 진동을 느끼며 중년인을 응시하던 시선을 가만히 돌려 주위를 둘러보았다.

　'어둡다.'

　동짓날 묘시 경의 사위와 같은 어둠 저편에 있는 몇 명의 모습과 자신을 포함한 모든 인영을 집어삼키고 있는 넓은 석실의 윤곽이 눈에 들어왔다.

　그나마 칠흑 같은 어둠이 아닌 것은 천장 어귀에 박혀 흐릿한 불빛을 뿜어내고 있는 야명주 때문이리라.

　대강 주위 둘러보기를 마친 사내는 묵묵히 생각에 잠기는 듯싶더니, 곧 자신의 곁에 앉아 있는 연륜이 담긴 목소리의 주인, 두 번째 소리의 진원지인 노인에게 물었다.

"얼마나 지났습니까?"

쉬잇―

척!

말 끝머리가 석실 안에 남긴 작은 울림도 멈추기도 전, 장포 자락이 바람을 가르는 소리가 들리는가 싶더니 겨우 앉아 있는 것이 다인 것만 같이 보였던 사내의 몸이 벌떡 일으켜 세워졌다.

아비 손을 잡고 산을 넘던 아이가 더 이상 한 발도 못 걷겠다며 눈물을 짓다가 저 앞에 마중 나온 어미의 얼굴에 쏜살같이 뛰어가는 것처럼 지금껏 엄살이라도 부리고 있었던 것일까.

그것은 아니었으니, 스스로가 원해서 깨어난 것이 아니었듯 스스로가 원해서 일어난 것도 아니었다.

사내의 몸은 스스로 땅을 굳건하게 밟고 일어난 것이 아니라, 누군가의 손에 이끌려 허공까지 다다른 모양을 하게 된 것이었다.

"감히!"

그 뒤를 이어 앙칼진 목소리가 사방으로 울려 퍼진 것도 동시였다.

아이의 미약한 숨결에 꺼질 듯 말 듯 흔들거리는 촛불의 신세마냥 사내의 몸이 공중에서 흐느적거렸다.

사내는 '허공에 다다른 모양'이 아니라 실제로도 그랬던 것이다.

옷깃 사이로 내비쳐진 팔목 부근에 붉어진 힘줄이 도드라지는 누군가의 억센 두 팔에 의해서 멱살이 잡혀 치켜 올라온 사내의 발끝은 지면에서 한 자쯤 떨어져 이리저리 흔들리고 있었다.

그리고 그 거무튀튀한 억센 팔의 손목 부근에는, 그와 대조되는 섬섬옥수(纖纖玉手)라 불릴 만한 옥빛의 또 다른 손이 얹혀 있었다.

"죽인다!! 바른대로 말하지 않으면 그 장작 같은 몸을 땔감처럼 정수리부터 가랑이까지 두 동강 내주리라! 그 잘려진 몸을 아궁이에 처넣을 것이다! 흥! 말해! 어서 말하란 말이야!!"

"사람 입에서 나온다고 다 사람 말은 아니라는 뜻을 내 오늘에서야 알게 되었구나! 네놈이나 그 손 당장 놓지 못하겠느냐!"

"뭐, 뭐라! 흥! 네년도 한패로구나! 이 연놈들, 같이 죽여주마! 흐흐흐, 오작교(烏鵲橋)에서나 만나거라!"

"어두움에 눈이 멀기라도 했나 보군. 두 눈 똑바로 떠라. 저 앞에 북망산(北邙山)이 안 보이느냐!"

대조되었던 것은 손의 형태만이 아니었으니, 탁한 음성으로 이글거리는 저주의 목소리와 뾰족한 음성으로 도도하게 흐르는 경고의 목소리가 그러했다.

사내와 여인은 그 손의 생김새도 목소리의 높이도 달랐지만, 그러나 격정에 휩싸인 것만은 한결같아 보였다.

뿌리 끝부터 배어 있는 증오와 줄기줄기 뿜어져 나오는 살기, 마디마디 솟아 있는 분노와 잎사귀마다 어려 있는 적대감이 어우러져 거대한 나무를 만들고 있는 것만 같았다.

당기면 끊어질 것 같은 팽팽한 긴장감이 주위를 먹어 삼켜가고 있었다.

파밧―!

억센 팔을 가진 사내는 제 옆구리에서 찰랑거리고 있던 검을, 가냘픈 팔의 여인은 등 뒤에 매고 있던 묵직한 도를 각기 빠르게 잡았다.

서로의 무기를 바꾸면 더욱 어울릴 법한 기묘한 모습이었다.

일촉즉발(一觸卽發)이니, 두 사람이 끌어올리는 내공으로 인하여 한 번의 스침으로 터져 버릴 것같이 공기가 일렁거리며 달아오르기 시작했다.

사내는 침착한 사람이었다.

낯선 곳에서 낯선 소리에 정신이 들었으며, 또 낯선 남자에게 멱살을 잡히는 상황에서도, 그리고 낯선 이들이 자신을 사이에 두고 실랑이를 벌이는 와중에서도 눈빛이 차분했으니, 이 사내를 침착하지 않다고 한다면 세상 누구도 침착이란 단어를 들을 수 없으리라.

사내는 유연한 눈빛으로 자신의 멱살을 움켜잡고 있는 손의 임자가 아닌, 그 손의 임자를 잡고 있는 또 다른 손의 임자를 쳐다보며 나직하게 말했다.

"소저, 그 손 놓으시오."

길이가 발등까지 닿으며 팔꿈치 부분이 둥근 형태의 소매는 넓고 끝은 좁은, 연분홍빛의 바탕에 노란 나비가 수놓여 있는 파오를 입고 있는 여인.

오 척 반이 조금 넘어 보이는 키에 통통한 체격을 하고, 등 뒤로는 가뜩이나 아담한 체구를 더욱 강조시키는 커다란 도를 메고 있었다.

그러나 아쉽게도 그 얼굴은 흑색의 면사에 가려져 있어 알아볼 길이 없었다.

면사로 앞을 가리고는 있지만, 고양이의 그것과 같이 앙칼진 목소리와 어둠 가운데서 하얗게 반짝이고 있는 매끄러운 옥수(玉手)를 보고도 그녀를 남자나 노파로 생각하는 이가 있다면, 귀도 멀고 눈도 먼 매우 불쌍한 사람뿐일 것이리라.

이 때문에 사내는 그녀를 향해 '소저'라는 호칭으로 부른 것일 터였다.

등 뒤에 자리 잡고 있는 거대한 도가 흔들거리는 것이 소저라 불린 여인의 고민스러운 심사를 대변하는 듯하더니, 이내 결심이 선 듯 억센 팔의 주인 쪽을 향해 고개를 돌리며 천천히 팔목을 잡고 있던 손을 풀고 한 발 물러섰다.

면사로 가려져 정확히 알 수는 없었지만, 아마도 쏘아보며 경고의 뜻을 보낸 것이리라.

지금까지의 행동과 말투로 보건대 남의 말에 쉽사리 물러나는 성격이 아니라고 여겨졌건만, 사내의 음성에는 의외로 순순히 따르고 있었다..

내공으로 인하여 뜨겁게 달아올랐던 공기가 이번에는 눈으로 쏘아내는 싸늘한 바람에 차갑게 식어가고 있었으니, 그 어느 것이나 위태롭게 보이는 것은 마찬가지였다.

면사를 쓴 여인이 자신의 말을 따라 물러서자, 사내가 이번에는 억센 팔의 주인에게 말했다.

"나도 모르오."

손을 놓으라는 말을 예상하고 있었던 것일까. 억센 팔의 주인은 전혀 예상하지 못한 밑도 끝도 없는 사내의 '모른다' 는 말을 듣고는 몸을 움찔거렸다.

질문을 시작하기도 전에 답이 나왔으니 그 누가 놀라지 않을 수 있을까.

잠시 당황하는 것 같던 억센 팔의 주인이 이내 사내를 잡고 있던 팔에 힘을 더하며 낮게 으르렁거렸다.

"네놈……."

잠시 주춤거렸던 차가운 한광이 다시 일렁거리며 사내를 끈적끈적하게 휘감았다.

자신의 목 앞부분의 옷깃을 틀어쥐고 잡고 있던 억센 팔이 홍분으로 가늘게 흔들리는 것을 느끼며 사내는 조용히 숨을 골랐다.

그리고 천천히, 하지만 또렷한 음성으로 억센 팔의 주인이 하려는 다음의 말을 가로막으며 입을 열었다.

"당신, 그리고 여기 있는 우리는 어딘가에 갇혀 있는 것 같구려. 대강 둘러보니 여덟 명쯤 되는 것 같은데… 그리고 아마 내가 제일 마지막에 깨어났으리라 생각되오. 그리고 다른 사람들은 어떨지 모르겠지만 최소한 당신은 여기가 어딘지, 왜 이곳에 갇혔는지를 모르고 있는 것 같소. 다른 이들도 지금의 상황을 제지하지 않고 있는 것으로 보아 아마 당신뿐만이 아니라 모두 모르고 있는 것이 맞을 것 같군."

"역시 네놈은—!"

멱살을 잡고 있던 손의 떨림이 커지는 것에서 사내는 억센 팔의 주인이 홍분을 넘어선 분노의 영역에 들어서기 시작했다는 것을 쉽게 알 수 있었다.

그래서 사내는 또 한 번 억센 팔의 주인의 말을 빠르게 가로챘다.

"그런데 당신은 내가 무언가 알고 있으리라 생각하는 것 같군. 하지만 당신의 생각은 틀렸소. 내 대답은 이미 드렸소. 난 아무것도 모르오."

"거짓말! 거짓말이야!!"

억센 팔의 남자가 큰 소리로 외치며 사납게 몰아치는 태풍이 되어 사내의 몸이라는 보잘것없는 나룻배를 허공이라는 바다에서 이리저리 흔들었다.

그의 눈에 푸른빛이 겨울을 지나 이른 계절을 맞이한 땅속의 씨앗이 꿈틀거리듯 아른거렸다.

입술은 살짝 열고 이는 앙다문 상태로 송곳니의 날카로움만 보이며 위협하는 짐승의 으르렁거림을 닮은 목소리의 억센 팔의 사내가 말했다.

"흥! 감히 누굴 바보로 아는 것이냐! 계속 정신을 잃었던 놈이 깨자마자 한다는 소리가 '얼마나 지났느냐'였다! 그러고도 아무것도 모른다고? 혼미한 상태에서 네놈이 말실수한 것이 아니더냐! 네놈이 진정 아무것도 모른다면, 그런 질문 말고 여긴 어딘지, 우리가 누군지, 널 어떻게 하려 하는지 따위의 것들을 물었을 터! 흥! 이래도 사실대로 말하지 못하겠느냐!"

"진 형, 우선 그 손을 놓고 물어보는 게……."

소매와 목선 끝을 하얀색으로 테를 두른 회색빛 무복을 입고 머리는 한 갈래로 묶은 사내가 다가와 억센 팔의 주인에게 안타까운 목소리로 말했다.

그러나 분노를 동반한 감정의 태풍은 거친 폭우마저 쏟아내야 직성이 풀리기라도 한다는 듯 쉽게 사그라지지 않았다.

"남궁 형, 남궁 형도 이놈이 방금 한 소리를 듣지 않았소! 흥! 도둑놈이 제 발이 저린 모양인 게 틀림없소! 흥! 왜 아무

말도 하지 못하느냐? 흐흐, 아까의 그 유창한 말들은 미리 외워뒀던 것이기라도 한 모양이지? 흐흐흐."

남궁 형이라 불린 삼십대 중반의 사내가 진 형이라는 비슷한 또래의 사내를 만류해 보려 했지만, 진 형이란 사내는 그럴 마음이 없는 것이 확실해 보였으니, 억센 팔의 표피 속에 숨어 있는 피의 길[血管]이 더욱 굵게 솟아오르고 있는 것이 그 증거일 것이리라.

사내는 바로 앞에서 번들거리고 있는 눈빛을 흔들림없이 감당하며 주위를 훑어보았다.

벽을 때리고 있던 자를 포함하여, 석실 안의 거의 모든 눈동자가 사내를 지켜보고 있음을 어렵지 않게 확인할 수 있었다.

모두 의심하고 있으리라.

엑센 팔의 임자가 한 말은 일견 타당하게도 들렸으며, 만약 그가 이렇게 자신을 잡고 있지 않았다면 또 다른 누군가가 그를 대신하여 심문하고 있을지도 모르는 일이었다.

왜 자신이 그런 식으로 첫 마디를 내뱉었을까.

그래서 지금과 같은 상황을 자초했던 것일까.

그 이유는, 사내는 묻지 않아도 알 수 있는 것을 물어보는 낭비 따위는 하고 싶지 않았기 때문이다.

남에게 묻는 것보다 스스로 생각하고 결론을 내리는 자, 입을 열었을 때 질문하는 것보다 해답을 말하는 것에 익숙해 있는 자, 사내는 그런 자였기 때문이다.

사내가 나직한 한숨과 함께 입을 열었다.

"방금 말한 게 다요. 낯선 곳에서 정신을 차렸을 때 벽을 부수려는 듯 두드리고 있는 사람을 볼 수 있었소. 그리고 주변에 있는 다른 몇몇 사람들을 보았고 우리가 있는 이 석실을 보았소. 사람들의 표정은 한결같다 해도 좋을 만치 어두웠고, 이 석실에는 문은 고사하고 작게 뚫린 창조차 없더이다. 그래서 생각했소. '나는 갇혀 있구나' 라고. 만약, 누군가가 갇힌 공간에 또 다른 이들이 함께 있다면 나는 생각할 것이요. 그 또 다른 이들은, 아마 그를 가둔 자들이거나 갇힌 누군가와 똑같은 신세일 것이라고. 당신들이 나를 가둔 자들이라면, 내가 아닌 벽을 두드리거나 어두운 표정으로 생각에 잠겨 있지는 않았겠지. 그리고 같은 처지라면 두려워할 것이 없지 않소."

"……!"

막히거나 주춤거리는 일말의 흔적도 없는 사내의 설명에, 억센 팔의 주인의 얼굴이 또다시 당혹감으로 물들었다.

흠잡을 곳이 없어 보이지 않은가!

그러나 흠이 없는 구슬은 없다는 것처럼 말속의 틈을 찾아낸 듯 이내 당혹감은 사라지고 의기양양한 목소리로 억센 팔의 주인이 고함치듯 말했다.

"흥! 그래? 그렇다면 내가 여기가 어딘지, 왜 갇혀 있는지

를 모른다는 사실은 어떻게 알았지? 그것까지 내 표정이 어두
운 것을 보고 알았다고 말할 테냐?"

사내는 낮은 한숨을 내쉬었다.

그 한숨에는 학생의 무지를 책망하는 선생의 탄식이 배어
있는 것 같았다.

"그건 당신의 행동을 보고 알 수 있었소. 내가 처음 했던
말이 끝나기가 무섭게 당신은 나에게 달려들었소. 아마 깨어
난 뒤 내가 보일 반응을 처음부터 살피고 있었다는 것이겠지.
왜 나의 반응을 살피고 있었을까. 혹시 내가 무엇인가 알고
있을 수 있다고 생각하고 있지는 않았소? 누군가 깨어날 때마
다 어떤 실마리라도 찾을 수 있지 않을까 하는 생각에 촉각을
기울이고 있었을 수도 있겠군. 아니요?"

억센 팔의 주인의 얼굴에 이번에는 당혹감 대신 놀라움이
떠올랐다.

"당신이 뭔가 알고 있다면 나를 추궁하는 것보다는 내가
하는 말을 끝까지 들어보고, 자신이 알고 있는 사실과 비교하
는 것이 낫지 않았겠소? 그 속에서 허와 실을 파악하려 들었
겠지. 그런데 당신의 행동은 어땠소? 어떤 사실이라도 빨리
듣고 싶어하는 당신의 모습에서 당신이 알고 있는 것은 아무
것도 없다고 생각했소."

한 명은 가해자이고 다른 한 명은 피해자이니 분명히 다른
입장에 있을 터였지만, 어느새 억센 팔의 주인과 사내의 얼굴

이 똑같아져 있었다.

한 명은 분노와 당혹 때문일 것이며, 다른 한 명은 조여오는 옷깃에 피가 모여서일 것이리라.

꽤 오랜 시간 멱살을 잡히고 있어선지 사내의 얼굴은 이미 붉게 달아올라 있었다.

지금껏 말했던 것도 힘들었으리라.

그러나 사내는 긴 한숨과 함께 아직도 못다 한 한마디를 덧붙였다.

"그리고 여기 있는 이들이 모두 비슷한 처지일 것이라고 했던 내 말⋯ 나도 내가 왜 갇혔는지, 여기가 어딘지 전혀 모르고 있기 때문이라오."

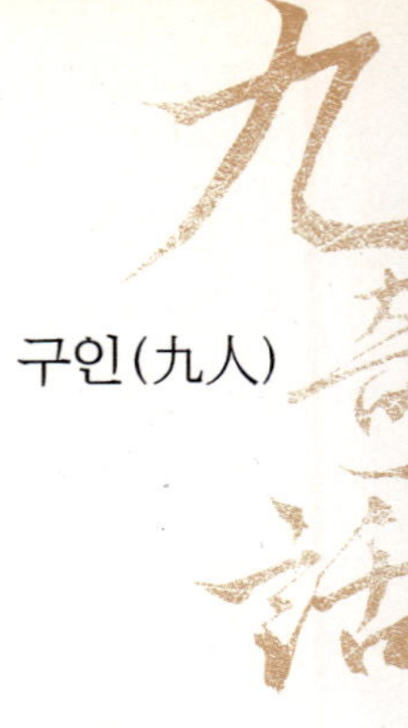

인간은 사회적 동물이라 했던가.

두 명의 사람이 모이면 친구가 생기고, 세 명의 사람이 모이면 적이 생긴다는 말이 있다.

그 진위나 실상을 떠나서, 사람이 모이면 서로 간에 어떤 형태로든지 관계를 맺는다는 의미만은 확실한 사실이었다.

지금껏 각기 다른 인생을 살아온 아홉 명의 사람이 이제 하나의 연을 맺으려 하고 있었으니, 이것이 악연(惡緣)이 될지 선연(善緣)이 될지는 신만이 알 일이었다.

"진사백, 진 대협이 그리 나쁜 사람은 아니네. 오해없었으면 좋겠군. 모두 신경이 예민해져 있어서…….”

“괜찮습니다. 그보다 이제 괜찮으니 그만 하시지요.”

처음 정신이 든 사내가 맞이한 두 번째 소리인 노인의 고요한 목소리.

자상한 할아비의 음성의 주인인 노인은 멱살 잡힌 옷깃에 쓸려 언저리가 붉게 물들어 있는 사내의 목 뒷부분을 몇 번씩이나 토닥이며 말끝을 흐렸다.

그러나 사내는 추궁당한 조금 전의 일은 별반 대수롭지 않았고, 지금 안마받고 있는 것이 더욱 큰일이라는 듯 겸연쩍은 음성으로 웅대했다.

그러나 칠순을 넘긴 지도 몇 해나 지났건만 아픈 사람을 주물러주는 일이야말로 노인에게는 조금도 특별할 것도 없는 일이었으니.

아니, 오히려 당연한 일이리라.

이는 노인의 직업이 의원(醫院)이기 때문만은 아닐 것이다.

의(醫)를 행한다 하는 이들 중에는 병을 고치는 행위를 단순히 호구지책(糊口之策)으로만 생각하는 이도 있는 것이어서, 지금처럼 돈 안 되는 의료는 마치 ‘복날에 몽둥이 들고 서 있는 주인을 본 누렁이’ 마냥 펄쩍 뛰기도 하는 것이 사실이다.

그러나 노인은 그의 환자뿐 아니라 세상 사람의 절대 다수가 그를 진심으로 칭송하는 평을 만들게 하는 재주를 가지고 있으니, 그가 병을 고치는 의술이 뛰어나다는 사실 이외에도 치료에 마음을 담는 인술(仁術)을 베풀 줄 아는 참된 의원이라는 평이 바로 그것이었다.

그 실상을 떠나서 세간에서 이런 평을 듣는다는 것 자체가 평소 보이는 그의 행실이 뒷받침되지 않으면 불가능한 것이리라.

지금 노인 자신이 처한 상황은 차치하고 눈앞의 사내 곁을 지키고 있었던 것은 평소 그의 성품으로 미루어 당연하다 할 일이었다.

잠시 사내의 기색을 살피던 노인이 조금 낮은 목소리로 말했다.

"내 이름은 장문영일세."

동장군(冬將軍)을 맞이한 어느 시골 오솔길마냥 하얗게 서리 내린 머리와 눈썹, 그리고 탐스러운 수염, 쪼그라진 주름은 부드러운 선을 만들며 얼굴을 덮고 있었지만, 나이답지 않게 맑은 눈동자는 장난감을 받아 든 소동의 그것과 같이 초롱거렸다.

또한 제갈공명이 즐겨 입었고 신선들의 복장이라는, 품이 넉넉한 학창의(鶴氅衣)가 의원 장문영의 분위기를 더욱 편안하게 만들고 있었다.

자신의 이름을 듣고도 담담한 사내의 눈을 가만히 들여다보며 장문영은 몇 가지 어렴풋이 짐작했던 사실을 분명하게 확인할 수 있었다.

사내는 무림인이 아닐 것이다.

아니, 무림인을 떠나서 강호의 정세에 극히 어두운 지체 높은 집의 자제이리라.

그렇지 않다면 천하무림을 삼분하고 있는 거대 세력의 하나인 정무단(政務團)의 후계자 중 하나인 진사백의 이름을 모를 리 없었고, 그 이름이 자신을 공격했던 자라는 것을 듣고도 평온한 신색을 유지할 수는 더더욱 없었을 것이다.

또한 무림인이 아니더라도 강호의 정세를 조금이라도 알고 있거나 어떤 식으로든 연을 맺고 있는 자라면, 진사백을 떠나 자신의 장문영이라는 이름 석 자를 듣고 어떤 식으로든 반응을 보였으리라.

장문영.

천의(天醫) 장문영!

그 이름은 간단한 것이 아니었으니, 다섯 사람에게 당금 백년 안에 이름을 날린 의원을 한 명 꼽으라면 둘은 이 이름을 말할 것이요, 두 명 꼽으라면 넷이 이 이름을 포함해서 말할 것이며, 세 명을 꼽으라면 모두가 말한 이름 가운데 한결같이 들어 있을 것이었다.

하늘이 내려준 의원이라는 그의 별호는 비단 강호에만 국한된 것이 아니었으니, 강호와 관계가 없는 민초들이라 할지라도 그의 협행을 두고 신의(神醫)라 하며 떠받들 정도였던 것이다.

장문영이 비록 자신의 명성을 과시하는 자는 아니었지만, 사내의 속마음을 확인하고픈 마음에 이름을 슬쩍 내비친 것이었다.

그것은 약간이나마 남아 있던 의심의 먹구름을 조각나 흘린 찌꺼기도 없이 맑게 걷어버리는 데 부족함이 없었다.

아무리 속마음을 숨기는 데 익숙한 자라 할지라도 거짓을 말하거나 달리 꾸미는 것이 있다면 신체는 그 징조를 보여줄 것이었으니.

혈색, 혹은 호흡, 혈류, 그리고 맥박 등, 징조는 다양하고 미미하게 나타날 수도 있지만, 그 어떤 경우라도 천의라 불리는 경지에 다다른 자신의 손에서 벗어나지는 못하리라.

'진정 대범하면서도 지혜로운 자로구나. 저 나이에 이런 심력이라니……'

장문영은 내심 감탄을 금할 수 없었다.

그 말투며 행동거지가 사내가 체계적인 예의범절과 학문을 닦은 집안의 자손임을 예상 가능하게 했으며, 그런 집 자제가 세파(世波)에 휘둘리는 고생을 해봤을 확률은 낮다고 할 것이다.

그런데 무림인도 아니면서 현재의 암담한 상황에서 보이고 있는 의연함과 판단력은 타고난 기질을 대변하는 것이라고는밖에 달리 설명할 길이 없었다.

감탄이 꼬리를 무는 생각을 뒤로하며 장문영은 사내의 몸에서 손을 떼었다.

"되었네. 일단 조치를 했다고는 하나, 장시간 웅크렸던 몸이 금방 나아질 리 없으니 당분간 행동에 조심하게나. 다른 이들을 진맥하였으나, 별다른 이상이 없어서 자네는 특별히 진맥을 하진 않았네. 이상이 느껴지면 따로 말하게나."

"감사합니다."

천의며 신의라 불리는 장문영의 추궁과혈(推宮過穴)은 과연 놀라운 데가 있어서, 장시간 기절했다가 깨어난 몸이라고는 믿어지지 않게 개운함이 사내의 전신에 부드럽게 맴돌았다.

사내는 진심을 담아 감사의 인사를 던지고는 자리에서 일어나 몸을 가볍게 좌우로 움직였다.

얼마간 몸을 푼 사내는 잠시 생각하는 듯하더니, 이내 무슨 일을 하려는 듯 천천히 몸을 움직이기 시작했다.

"자네 이름이 어떻게 되는지 물어도 될까?"

사내가 하는 모양새를 가만히 지켜보던 장문영의 자애로운 목소리가 사내의 등 뒤로 나긋하게 돌아 귓속으로 들어왔다.

그리고 막 바닥을 떼기 시작한 사내의 걸음이 우뚝 멎었다.

갸름한 얼굴선 안에 자리 잡은 가지런한 눈썹에 석류의 빛깔을 닮은 붉은 입술.

그 사이에 자리 잡고 있는 살짝 처진 눈과 크지 않은 코는
잘생겼다는 표현보다는 단아하다는 수식어가 어울리는 인상
을 만들어내고 있었다.

육 척에서 반 자쯤 모자란 키에 여인의 그것같이 가냘픈 체
구.

그리고 머리에 두른 얇은 유생건.

위아래가 하나로 연결돼 있는 차파오와는 다르게 푸른 빛
깔의 상의와 하의가 따로 분리돼 있는 유생들이 즐겨 입는다
는 심의(深衣) 차림이 아니더라도, 사내는 학자풍의 분위기를
은은하게 뿜어내고 있었다.

잠시 멈칫한 사내의 몸이 무희의 그것인 양 완만한 곡선을
그리며 부드럽게 돌아섰다. 그러나 우아한 것은 그 몸동작뿐
이었으니…….

아마 장문영이 지금껏 사내의 몸을 진맥하거나 추궁과혈
하고 있었다면, 질문을 받은 사내의 혈류도 맥박도 비정상적
으로 빨라지고 있다는 것을 알았을 것이다.

비단 그것이 아니었더라도 둘 사이를 격하고 있는 공간이
조금만 더 가까웠거나 주위가 밝았더라면 사내의 혈색과 호
흡 또한 변화했다는 것을 단번에 알 수 있었으리라.

그러나 이 모든 미세하기 그지없는 변화는 다가선 신기루
의 환영처럼 순식간에 어둠 저편으로 사라졌다.

"위해원입니다."

사내가 평온한 신색으로 산속 개울가 물 흐르는 듯 고요하게 대답했다.

무엇을 하려는 것일까.

사내 위해원은 서두르지 않았다.

그는 느릿한 걸음걸이로 먼저 석실 정중앙에 있는 두 개의 항아리 쪽으로 다가갔다.

위해원의 키만큼이나 큰 오른쪽 항아리 속에는 맑은 물이 잔잔한 흔들림을 일으키며 삼분지 이쯤 들어 있고, 그 옆의 항아리는 상대적으로 작아서 자신의 무릎 언저리쯤에 이르고 있었다.

작은 항아리 속에는 벽곡단이 반쯤 들어 있었는데, 피어오르는 청량한 목향(木香) 속에 한줄기 달콤함이 깃들어 있는 것으로 보아 일반적인 벽곡단과는 조금 다른 맛까지 낸 것 같았다.

위해원은 자리를 옮겨 느릿한 걸음걸이로 벽을 따라 서서히 움직였다.

그리고 곧 자신을 깨웠다고 생각되는 첫 번째 소리를 만들어낸 장년 사내의 뒷모습을 눈에 담을 수 있었다.

맹렬한 폭음과 은은한 진동을 동반하는 장법을 벽에 쏘아내던 장년인은 얼핏 드러난 옆모습에서 육십대 중, 후반의 쯤으로 짐작할 모습을 간직하고 있었다.

처음에 장년이 아닌 중년인으로 착각했던 이유가 되기도

했던 특이한 음영을 만들어낸 머리카락은, 특이하게도 막 봉우리를 만들기 시작하여 그 자태를 뽐낼 준비를 하는 봉선화마냥 엷은 분홍색이 은은하게 맴돌고 있었다.

위해원이 자신의 곁을 스쳐 지나가는 것을 아는지 모르는지 장년의 사내는 생각에 잠긴 얼굴로 묵묵히 벽만 바라보고 있을 뿐이었다.

다음으로 벽면과 벽면이 만나는 모서리 지점에서는 기둥머리에 홈을 내고 서까래에 끼워 넣은 것처럼 그 모서리의 직각을 닮은 모양으로 푹 파묻히듯 웅크리고 잠을 자고 있는 덩치 좋은 사내를 볼 수 있었다.

여기저기 기운 흔적이 있는 초라한 몰골의 사내 얼굴은, 산발한 머리에 가려져 있어 알아볼 수 없었다.

하지만 갇힌 상황에서도 코까지 골며 자다니… 위해원은 심유(心有)로운 눈으로 사내를 잠시 바라보았다.

잠시 후, 다시 벽면을 따라 걸음을 옮긴 위해원은 정좌를 한 채 눈을 감고 명상에 빠진 노인을 눈에 담을 수 있었다.

양 무릎 위에 살포시 올려진 손은 도사의 그것마냥 손바닥을 하늘로 한 채 손가락 끝으로 수결을 맺고 있었으며, 그 모양을 만들고 있는 노인의 얼굴에는 세인이 범접하기 힘든 기운이 감돌고 있었다.

노인은 장문영과 마찬가지로 학창의를 입고 있었지만, 장문영이 편안한 시골 노인의 분위기를 가지고 있는 반면, 노인

은 어딘가 범접하기 힘든 신선의 모습을 연상케 하는 신비로
움을 은은하게 내뿜었다.

단정한 이목구비와 그것을 담아내고 있는 얼굴에 세월이
만들어낸 주름은 있었으나, 뽀얗게 번들거리는 피부와 길게
흘러내리며 물결치는 백미(白眉)는 노인을 예사 노인이라 여
기지 못하게 만드는 것에 일조하고 있었다.

더욱이, 가슴 부근에 테두리를 금실로 수놓은 혼돈과 조화
가 뒤섞인 천지인의 삼태극 문양이 노인의 신비로움을 배가
시키고 있었었다.

위해원이 하나의 모서리를 더 돌았을 때는, 자신을 뚫을 듯
노려보고 있는 진사백을 만날 수 있었다.

장문영의 설명을 정확하게 이해하지는 못했지만, 그 속에
담긴 '대협' 등의 어조로 보아 진사백의 신분은 그리 간단한
것이 아니리라.

그 대단한 신분을 가진 진사백이 차가운 목소리로 석실 순
례(巡禮)를 돌고 있는 위해원을 위협해 왔다.

"흥! 네놈, 조심해라. 내가 지켜보고 있다."

어둠 속에서도 반짝거리는 재질의 화려한 옷차림이나 보
석이 박힌 호화로운 영웅건, 허리께에 찰랑거리고 있는 영롱
한 보검은 논외로 두더라도, 가늘고 길게 찢어져 하늘로 그
끝을 향하고 있는 눈매와 그 속에서 드러나는 오만한 눈빛은
남을 자신의 밑에 두는 것이 골수 깊이 배어 있는 자에게서만

느낄 수 있는 기세였다.

그 옆에 서서 진사백에게 뭔가 얘기하고 있던 남궁 성을 가진 사내가 스치듯 지나가는 위해원을 향해 대신 미안함을 표현하는 것 같은 미소를 살포시 지어 보였다.

미소로는 부족하다고 생각한 것일까.

동여맨 머리카락이 개울가 창포마냥 가볍게 찰랑거리도록 이내 고개까지 살짝 숙이며 포권을 취해 보이는 것이었다.

아무런 문양도 없는 정갈한 회색 무복에 단지 묵빛의 요대를 차고 있을 뿐이며, 바지로 입은 경의(脛衣)는 무릎 부분에서 끈으로 살짝 동여매 움직임에 불편함이 없도록 하고 있었다.

영웅건도 없이 시원하게 드러난 이마와 끈으로 질끈 묶어 등 뒤에서 찰랑거리는 머리의 움직임이 간결하지만 가볍지 않은 포권과 어울려 경쾌한 분위기를 만들어냈다.

위해원은 멈춰 서서 잠시 고개를 숙여 반례로써 답례를 취해 보인 뒤, 다시 느릿하게 유람이라도 나온 사람처럼 여유롭게 주변을 둘러보며 움직이기 시작했다.

한쪽 구석에 기대어 자신을 바라보는 면사를 쓴 여인의 시선까지 지나칠 무렵, 위해원은 외부를 향해 팽팽하게 기울이고 있던 오감(五感)의 끈을 육감(六感)의 공간으로 연결시키려 하고 있었다.

수집된 정보를 통하여 지금의 상황을 자신이 볼 수 있는 가

시권(可視圈) 안에 두려 시도했던 것일까.

그러나 위해원은 석실을 둘러보던 육신의 눈을 감고 마음의 눈을 떠서 자신의 생각에만 집중하려 했던 것을 포기해야만 했을 뿐 아니라, 순풍에 돛 단 것처럼 움직이던 유연한 걸음마저 암초를 만난 듯 황급히 멈춰 서야 했다.

무(無)의 유(有)로의 전환, 그것이 정체(停滯)의 이유였다.

한 명의 중년 여인.

자신을 담담히 바라보고 있는 그 눈빛을 마주치며 위해원은 처음에는 당혹감을, 그 뒤에는 기이함을 느껴야만 했다.

불혹을 지났을 나이에 상의는 옅은 녹색의 저고리로 노란색 소매는 바닥을 스칠 듯 풍성하며, 흐린 홍색의 풍성한 치마가 하늘거리는 궁장(宮裝) 차림이 잘 어울리는 여인은, 기품있고 후덕한 대갓집 안주인의 전형을 보여주고 있었다.

궁장은 팔선(八仙) 중에서 유일한 여성인 하선고(何仙姑)가 입고 있는 것으로 알려져 있는 복장이었으니, 그것이 어울리는 여인의 분위기는 따로 설명할 필요도 없는 것이리라.

거기에 그 궁장 주위를 가볍게 몇 바퀴나 두르고 있는 청과 홍의 긴 천이 만들어내는 넘실거리는 부드러움까지.

지평선 너머 서서히 자태를 보이는 일출마냥 위해원의 눈에 이채가 서서히 떠올랐다.

그 이유는 기품있는 복장과 남다른 분위기를 갖고 있다는 사실이 믿어지지 않을 만큼 중년 여인이 동네 아낙의 평범한 얼굴을 하고 있어서만은 아니었다.

또한 자신을 바라보는 깊이 가라앉아 있는 눈 속에서 일렁거리는 작은 불꽃을 보았기 때문만도 아니었으니.

기쁨을 흰색으로, 슬픔은 검은색으로, 분노와 같은 다른 감정들은 회색으로 칠해 초상화를 그린다면 지금 여인의 눈동자는 분명 검은 회색이 되리라.

그러나 이것들만으로 위해원이 느낀 이상함을 모두 설명할 수는 없었다.

'없었다?'

처음 정신이 들었을 때는 분명 없었다.

아무리 혼미한 가운데서 막 깨어난 직후였다 할지라도 자신이 착각했다고는 믿어지지 않았다.

자신 위해원, 장문영, 진사백, 남궁이란 사내, 그리고 면사를 쓴 여인, 벽에 장법을 펼치던 장년인, 구석에 쪼그려 자고 있는 거한의 사내, 마지막으로 명상에 잠긴 노인.

전부 여덟이었던 것이다.

위해원은 자신을 과신하는 사람도 아니었지만, 자신의 능력을 의심하는 사람은 더더욱 아니었다.

그런 위해원의 기준에서 정신이 든 그때로부터 지금 이 순간까지 이 밀실에 있던 한 사람의 존재를 파악하지 못하고 있었다는 것은 당혹감을 느끼기에 조금도 부족하지 않은 일대의 사건이라 부르기에 부족함이 없었다.

그러나 그 당혹감은 그 뒤에 찾아온 기이함에 의하여 이내 사그라지게 되었던 것이었으니.

'있었다!'

위해원은 시간을 돌이켰다.

자신이 처음 정신을 차리고 몸을 반쯤 일으킨 채 주위를 한 바퀴 돌아봤던 바로 그 순간으로, 자신의 머릿속을 화폭(畵幅) 삼고 기억을 붓 삼아 그림을 그리듯이.

중년 여인과 눈을 마주치고 있는 이 순간에도 위해원의 눈은 돌아간 시간 속에서 당시의 장면을 바라보고 있었다.

그리고 마침내 찾아낼 수 있었던 것이다.

지금 자신과 마주 서 있는 이 장소에서 지금 이 자세와 눈빛 그대로 자신을 쳐다보고 있었던 중년 여인의 모습을.

보았지만 인지하지 못했다.

눈에는 담았으나 머리에는 담지 못했다.

기이함은 이 사실에서 기인하고 있었다.

잠시의 어색한 침묵 뒤에 위해원은 장문영에게 보였던 명문가 자제와 같은 정중한 어투와는 전혀 다른 식으로 입을 열었다.

그리고 또 잠시의 침묵 뒤에 중년 여인이 짤막하게 대답했다.

"넌… 누구지?"

"…월명, 정월명."

"그래, 뭐 좀 알아낸 게 있나?"

석실을 한 바퀴 돈 뒤 생각에 잠겨 있는 위해원에게 장문영이 다가왔다.

장문영의 이러한 질문은 다분히 예의상 하는 말로써, 위해원의 심기가 뛰어나다는 것을 일련의 사태에서 어느 정도는 짐작하고 있음에도 큰 기대는 하지 않고 던진 말이었다.

그 누구는 하지 않았겠는가.

이미 먼저 깨어난 거의 모든 사람이 방금 전의 위해원과 같은 행위를 수차례나 반복했으나, 별다른 특이점과 단서가 될 만한 사실을 석실 어디에서도 찾지 못했던 것이다.

강호에 대한 견문이 풍부한 장문영은 깨어난 뒤 얼마 되지 않아 석실 안의 몇몇 사람을 알아볼 수 있었다.

그리고 그들의 신분과 재주에 대하여 들은 수많은 풍문들을 어렵지 않게 기억의 창고에서 끄집어 떠올릴 수 있었다.

비록 남다른 면모가 위해원에게 있어 보이긴 하지만, 석실 안에 있는 어떤 이들의 능력은 능히 하늘 아래, 땅 위에 존재하는 셀 수 없는 사람들 중에서도 손가락 안에 꼽힐 수 있는 것이었다.

그런 그들조차 이삼 일에 걸쳐 석실을 구석구석 조사하는 한편, 은연중 서로를 탐색하는 행위를 벌였으나 이렇다 할 점을 발견할 수는 없었으니…….

그러나 위해원의 입에서는 장문영이 예상하고 있던 대답인 '아니오' 대신 예상치 못한 다른 질문들이 막혔던 둑을 타고 넘는 물결마냥 도도히 흘러나왔다.

"몇 가지 물어봐도 괜찮겠습니까?"

"응? 그래, 편하게 물어보게나. 내 아는 한도 내에서 대답해 주겠네."

"여기 들어오게 된 이유나 여기가 어딘지 예상이라도 하는 바가 있으십니까?"

장문영은 저편에 서 있는 진사백을 힐끔 쳐다보고는 나직이 한숨을 쉬며 입을 열었다.

"휴, 자네도 어느 정도 예측하고 있겠지만, 나뿐 아니라 여기 있는 모든 이들이 자신이 왜 이곳에 있는지, 여기가 어딘지 추측조차 하지 못하고 있는 실정이네. 모두 여기서 정신이 들어 깨어났음에도 불구하고 심지어 자신이 어디서 정신을 잃었는지도 모르는 상황이란 말일세. 자네는 혹시 기억하고 있나?"

위해원은 짧게 고개를 가로저었다.

장문영은 그럴 줄 알았다는 듯 고개를 주억거린 뒤 말을 이어나갔다.

"나 같은 경우도 급환 환자가 있다는 전갈에 서둘러 왕진 준비를 하고 장원 문을 나선 것까지는 기억이 나는데, 그 뒤 눈을 뜨니 여기란 말일세. 마치 내 장원 문밖이 이 석실 안으로 연결된 듯 그사이의 일이 공허한 백지란 말일세."

석실 안에 스스로 들어온 기억이 없으나, 지금은 분명 석실 안에 있다!

이 사실이 말하는 것은 분명했다.

아마도 누군가 이곳으로 옮겨다 놓은 것이리라.

그런데 그 누군가가 기억이 나지 않는다.

아니, 암중의 인물에 대한 정체는커녕, 자신이 정신을 잃은 사실조차 기억이 나지 않는 것이었다.

멀쩡히 길을 걷고 있었는데, 잠시 딴생각을 하고 나니 이 석실에 들어와 있는 것처럼.

침울한 음성으로 장문영이 말을 이어나갔다.

"내가 깨어난 건 대략 이틀 전쯤 되었을 걸세. 비록 해가 뜨고 지는 것을 눈으로 확인할 수는 없었지만, 내 나이 정도 되도록 규칙적인 생활을 해온 사람들은 신체의 흐름에서 시간을 유추해 내기도 하지. 휴, 자네가 정신이 들기 전 여기 있는 사람들끼리 말을 나눠본 결과, 나뿐만 아니라 모든 이가 각자의 기억에 공백이 있음을 확인했네. 그리고 모두 여기서 정신이 든 거지."

예상하고 있던 대답이라는 듯 위해원은 빠르게 질문을 계속해 나갔다.

"여기 계신 분들은 예전부터 알고 계시는 사이인가요?"

"그렇지도 않네. 나 같은 경우, 두어 분만 안면을 익히고 있던 정도이고, 나머지 분들은 모두 처음 보는 걸세. 물론 자네도 포함해서 말이야. 이 사실 또한 마찬가질세. 명성이 자자한 분들이 몇 명 있어서 누군지만 알 뿐, 여기 모인 그 누구도 서로 친분이나 교류는 거의 없었던 걸로 밝혀졌네."

위해원이 석실 안을 둘러보자 장문영이 그 시선을 따르며 고개를 끄덕이며 말했다.

"저기 함께 있는 남궁 대협과 진 대협 역시 워낙 명성이 자자해서 서로를 알고 있을 뿐일 걸세. 석실에서 만나기 전까지는 별 교류가 없었다고들 하더군. 신분 내력이나 각자의 환경 등 별다른 공통점 역시 없어서 어떤 추리도 하지 못하고 있는 상태이지."

둘의 대화에 귀를 기울이고 있었던 듯 멀찌감치 있던 남궁성의 사내가 다가와 곁에 자리를 잡았다.

혹시나 어떤 실마리를 찾을 수 있을까 하는 것이리라.

정중한 기색으로, 그러나 자신을 낮춰 보이지는 않는 의젓함으로 입을 열었다.

"남궁대수입니다."

"위해원입니다."

"장 신의께서 말씀하신 대로 저와 진 형은 무림의 일로 인해 마주쳐 인사를 나눈 사이입니다. 그 정도 교분이나마 이런 곳에서 만나니 의지가 되더군요."

남궁대수란 사내는 자신의 처지가 세삼 떠오르는지 씁쓸

한 얼굴로 말했다.

위해원이 이해한다는 듯 고개를 살짝 끄덕이고는, 장문영과의 대화를 재개했다.

"제일 처음 눈을 뜬 분이 누구죠?"

"그건……."

장문영은 위해원의 말속에 담겨 있는 뜻을 짐작하고 쉽사리 입을 열지 못했다.

제일 처음에 깨어난 자라는 말은 그 누구도 그의 깨어남을 보지 못했다는 말뜻과 다름이 없으며, 그것은 그가 다른 이들과 마찬가지로 기절해 있었다는 사실을 증명할 수 없다는 의미와 같았기 때문이다.

"날세!"

적발장년인이 거칠 것 없다는 듯 크게 대답하며 성큼성큼 다가왔다.

벽 쪽으로 고개를 돌리고 있을 땐 몰랐는데, 가까이에 다가오니 호쾌한 외모를 소유한 인물이었다.

삼류 화가에게 부탁해 관우의 아우 장비의 얼굴을 그린다면 이 장년인의 얼굴이 나오리라.

단, 머리카락에 붉은색을 흐리게 칠한다는 전재 하에서.

바람결에 전해지며 사람들의 머릿속에 정형화된 장비의 얼굴을 가만히 눈을 감고 떠올리면 그려질 장년인은 그 생김새만 익덕 공을 닮은 건 아닌 듯했다.

장판교에서 단신으로 조조 군을 막아내는 호기로움이 그 목소리에 서려 있었다.

"내가 제일 먼저 깨어났지. 저기 자고 있는 사내를 제외하고 말이야. 뭐, 저쪽에 앉아서 졸고 있는 귀신같은 놈도 비슷하게 깨어났지만, 내가 분명 조금은 더 빨리 깨어났을 걸세."

모서리에 짜 맞춘 듯 박혀 자고 있는 거한의 사내와 좌선에 잠겨 있는 노인을 차례로 가리켰다.

'좌선하고 있는 자는 귀신이라 폄하해서 칭하고, 자고 있는 자는 사내라 말한다. 서로 아는 사이군.'

위해원은 짧은 말속에서 적발의 장년인과 신선의 풍모를 지닌 노인이 아는 사이라는 것을 빠르게 추측해 냈지만 겉으로는 어떠한 기색도 보이지 않았다.

위해원이 자고 있는 사내를 쳐다보자,

"아아! 저 친구는 신경 쓰지 말게나. 정상적이지 않아 보이더군. 그냥 저렇게 자고 있게 놔두게나."

적발의 장년인이 설레설레 손사래를 쳐대며 장문영을 돌아보았다.

"아, 장 형. 아무래도 벽을 허물고 굴을 파서 나가는 건 틀린 것 같구려. 세워놓은 벽이라기보다는 암벽을 통째로 다듬어놓은 것 같아. 암경(揾競)을 쏘아 보내도 되돌아오는 흔적이 없으니……."

가벼운 탄식이 섞인 말을 하던 적발의 장년인이 조금 전까지 서 있던 벽 쪽을 향하여 손톱 끝을 가볍게 퉁기자 맑은 소리와 함께 한줄기 붉은 빛이 쏘아져 나갔다.

핑—

촤르르르륵—

곧이어 쥐가 갈아먹은 쌀자루에서 곡식이 쏟아지는 소리가 들리며 자욱한 먼지가 벽 쪽에서 피어올랐다.

비산하는 먼지에 위해원이 가볍게 기침을 하며 소매를 코로 가져가는 순간이었다.

장년인이 좌수를 가볍게 휘저으며 원을 그리자, 흩어지던 먼지가 주춤거리는 듯싶더니 이내 조금씩 모이는 것이 아닌가!

잠시 후 작은 구체 모양으로 뭉쳐진 먼지는 장년인이 좌수의 손가락 끝이 가리키고 있는 방향으로 천천히 날아가기 시작했다.

이 모습에 남궁대수는 부지불식간에 '아!' 하는 짧은 탄성을 뿜어내며 놀라움을 금치 못했으니, 공간을 격하고 무형의 막을 만들어내는 것조차 대단한 것일진대, 그것을 유지하며 움직이는 수법의 고명함이란!

그 속에 담겨 있는 막강한 내력과 그 내력을 발산하는 운영의 묘는 실로 엄청난 것이라 할 수 있었다.

장년인이 소매를 천천히 내리기 시작하자, 먼지 구체 역시 바닥으로 얌전하게 내려앉으며 형태가 스르르 서서히 무너졌다.

놀라운 신기를 보여줬지만, 젓가락으로 나물을 집어먹듯 아무 일도 아니라는 듯 대수롭지 않다는 표정으로 장년인은 먼지가 시작된 지점을 가리키며 못마땅한 기색으로 혀를 찼다.

"저것 좀 보구려. 내가 두더지새끼도 아니고, 언제까지 한없이 벽만 파고 있을 수도 없는 법 아니오. 그렇다고 힘을 좀 더 쓰자니 석실이 무너질까 두렵고… 쯧."

장문영이 가볍게 고개를 끄덕이며 말을 받았다.

"그렇군요. 고 선생의 말이 옳습니다. 저만큼 뚫었는데 밖으로 연결되지 않았다는 것은 이곳이 지하를 파서 만들었거나 산속 동굴의 일부라는 것이겠지요."

당사자는 의식조차 하지 않고 있는 것 같았지만, 장문영에게 고 선생이라 불린 적발장년인의 장법은 실로 놀라운 것이 있었다.

삼류 무인이라면 육장으로 단단한 벽에 흠집조차 내기 힘들 것이요, 이류라면 작은 구멍 정도는 냈을 것이요, 일류라면 저 크기의 구멍은 뚫었을 것이다.

또한 절정이라면 속으로 구멍을 뚫어놓고도 겉으로는 그 형체를 여전히 지탱하는 단(團)의 묘를 보일 수 있겠지만, 장년인이 뚫어놓은 일 장 넘어 보이는 깊이를 만들고 유지하기는 힘들 것이리라.

장년인의 정체가 무엇이건대 이런 신위를 보이는가.

식자우환(識字憂患)이며 아는 만큼 보인다고 했고, 모르는 것이 약이다라고도 했던가.

일행 중 무공을 익힌 몇 명은 그 놀라움을 가슴속으로 삭이기 위해 애를 써야 했다.

그러나 위해원은 방금 보인 재주가 신기(神技)임을 아는지 모르는지 담담한 어투로 인사를 건넸다.

"저는 위해원이라고 합니다."

어떤 감탄의 감정의 작은 조각도 들어 있지 않은 것 같은 위해원의 인사에, 적발의 장년인이 잠시 침묵으로 응시하다 담담하게 말했다.

"고원월일세."

"……!"

"헉─!"

가슴 깊은 곳에서 시작된 경악에 가까운 놀라움이 목구멍을 통해 탄성의 소리가 되어 여기저기서 튀어나왔다.

고원월.

장왕(掌王) 고원월!!

피와 살로 이루어진 손바닥 두 개만으로 칠천무신(七天武神)의 일좌(一座)를 차지하고 있는 이름이 바로 그것이었다.

익히고 있는 무공의 특수함으로 인하여 머리카락마저 붉

게 물들어 있다는 장왕 고원월!

이삼 일간을 좁은 석실에서 함께 보냈음에도, 그의 붉은 머리카락을 봤음에도 감히 장왕의 이름을 떠올리지 못했다.

민간에 떠도는 전설적 존재와 같은 그를 감히 현실과 연결시키지 못한 것이리라.

'황제의 이마에 큰 점이 있다'는 소문이 온 세상에 가득할지라도, 삼류 홍등가에서 마주친 큰 점을 가진 사내의 모습을 보고 황제로 의심하지 못하는 것과 같이.

세인(世人)들은 노래한다.

무인(武人)들은 경배한다.

당금 강호의 최강자 일곱의 신화를 절대라는 수식어와 함께.

절대 강자 칠천무신!

사왕(四王) 삼성(三聖) 칠천무신!

검(劍)으로 하늘을 뚫으니 이가 검왕(劍王)이요,

도(刀)로써 대지를 가르니 이가 도왕(刀王)이라.

장(掌)으로 태산을 무너뜨리니 이가 장왕(掌王)이요,

각(脚)으로 구름을 밟으니 이가 각왕(脚王)이라.

귀성(鬼星)의 염왕인(閻王印)이 아니면 누가 이들을 상대하리요.

무성(武星)의 무상신공(無上神功)이 아니면 누가 이들과 마주 앉으리오.

북성(北星)은 오늘도 도도한 빛만 뿌리는구나.

장문영은 위해원에 대한 생각을 또다시 바꾸어야만 했다.

어쩌면 위해원은 세상 물정에 어두운 정도가 아니라 단절되고 고립되어 살아왔을지도 모른다고.

그도 그럴 것이, 천하를 울리고 무림을 떨게 만드는 장왕의 이름마저 처음 듣는 것 같지 않은가!

백 년이라는 세월은 장대한 인류에게 있어 태산 앞의 티끌일지언정, 그 속을 살아가는 세인들에게 있어서는 전부라 할 수 있는 시간이지 않은가!

그 시간을 다시 서너 번이 넘도록 거슬러 올라가도 비교대상조차 찾기 힘든 이들이 당금의 칠천무신이었으니!

그러나 위해원은 전설이 현신한 석 자의 이름을 들은 이 순간에도 아무런 동요가 없었던 것이다.

지금껏 멀찌감치 서 있던 진사백이 눈을 빛내며 조심스럽게 다가왔다.

약간은 상기된 얼굴로 허리를 꺾으며, 두 손을 마주 잡고 앞으로 절도있게 뻗어 보이며 입을 열었다.

"제가 불민하여 하늘같은 고인(高人)을 눈앞에 두고도 지금껏 알아보지 못했습니다. 용서하여 주십시오. 저는 정무단(正懋團)의 백호(白虎)대를 맡고 있는 진사백입니다."

떨리는 음성의 진사백이 허리를 꺾지 않았다면, 그래서 지금 자신을 내려보고 있는 고원월의 눈을 볼 수 있었다면 그가 자신을 못마땅한 듯 내려보는 것을 알고 의아함을 느껴야만 했을 것이리라.

그러나 불행인지 다행인지, 진사백의 눈은 뒤통수에 달려 있지 않아 이러한 기색을 알 수가 없었다.

흐르는 기류 속에 어색한 분위기를 느낀 장문영이 아직도 허리를 숙이고 있는 진사백이 안쓰러웠는지 조심스럽게 참견해 주었다.

"검왕의 셋째 제자이자 강호에선 창룡검(蒼龍劍)이라 불리는 진 소협이 평소 고 선생을 흠모하고 있었나 봅니다."

아까 위해원에게 소개할 때는 진 대협, 지금 고원월에게는 진 소협이니 장문영은 작은 부분까지 세심하게 신경 쓰는 사리가 분명한 인물임을 어렵지 않게 짐작할 수 있었다.

딱히 친분까지는 아니었지만, 장문영과 고원월은 과거의 어떤 사건을 계기로 약간의 인연은 있는 바였다.

그러나 어색한 너털웃음까지 가볍게 지어 보이는 장문영의 노력에도 불구하고 고원월은 쉽게 입을 열지 않았다.

이번에는 뺨에 가벼운 홍조를 담은 남궁대수가 주춤거리며 입을 열었다.

나오는 목소리가 가볍게 떨리는 것으로 보아, 그 사내 역시 고원월의 이름을 알고 있는 듯했다.

그러나 흥분해 보이는 얼굴과는 달리 남궁대수는 진사백의 거창한 인사말과는 다르게 짧게 말을 건넸다.

"저는 남궁대수라 합니다. 영광입니다."

이번에도 장문영이 부연하고 나섰다.

"남궁가의 둘째 자제입니다."

얼마간의 시간을 한일 자로 굳게 닫혀 침묵만을 말하고 있던 입이 드디어 다른 소리를 만들어내며 열렸다.

"흠… 고원월일세."

위해원을 향했던 말과 진사백 및 남궁대수를 향한, 자신의 이름 석 자만을 밝히는 내용은 같았으나 그 속에 담긴 의미는 다른 것이 분명했다.

아까 위해원에게 이름을 밝힐 때와는 달리 진득한 차가움이 선연히 묻어 있지 않은가.

고원월은 자신의 불편한 심경을 읽고 난처해하는 장문영이 아니었다면 진사백에게 한바탕 훈계라도 해줬을 것이다.

강호에서 차지하고 있는 진사백의 높은 지위와는 다르게 위해원에게 행했던 경박한 모습은 그 사부인 검왕을 욕보이는 것이리라.

또한 지금껏 그 누구도 안중에 없다는 듯 코웃음만 치더니 자신의 이름을 듣자마자 살가운 척하는 몰골이란!

그 높은 명성에도 불구하고 특별한 세력을 만들지 않고 천하를 떠돌며 한바탕 호연지기를 우렁차게 외치며 살아온 고원월에게 있어서 진사백의 행동은 가사로운 것 그 이상이 아니었다.

교언영색(巧言令色)이라 했으니, 겉치레만 할 뿐 진중하지 못한 인물이라는 것이 진사백에 대한 고원월의 첫인상이었으리라.

그나마 남궁대수라는 청년은 진중한 자세와 안정된 눈동자로 미루어보아 예(禮)의 기본은 되어 있으리라 여겨졌다.

그러나 진사백은 장왕과 안면을 텄다는 기쁨 때문인지 이러한 분위기를 전혀 눈치 채지 못하고 한껏 들떠 있었으니, 마치 길 가던 여인과 눈이 한번 마주쳤다고 자기를 좋아한다 생각하는 자의 착각과도 같으리라.

지금껏 떠올랐던 수많은 걱정과 잡생각들이, 한여름에 떠오른 태양 아래 놓인 빙과처럼 스르르 녹아내리는 것을 진사백은 온 가슴 충만하게 느낄 수 있었다.

지금 상황이 무엇이건대 장왕이 곁에 있다는 것만으로도 모든 위기는 해결되리라는 확신 때문이었다.

'전화위복(轉禍爲福)이라! 이 끈만 잘 잡는다면 대사형이니 둘째 제자니 하며 거들먹거리는 것들을 제칠 수 있어!'

오히려 화가 바뀌어 복이 된다고 했으니, 장왕 고원월을 알게 된 것만으로도 지금껏 있었던 모든 것은 보상받고도 넘치기에 부족함이 없는 것이라고 진사백은 내심 흐뭇한 마음으로 중얼거렸다.

검왕의 후계자 자리의 싸움에서도 다른 사형제들을 제치고 크게 내딛는 한 발로 성큼 앞설 수 있으리라!

검왕에게는 모두 네 명의 제자가 있었으니, 진사백이 그중 네 번째 자리를 차지하고 있었다.

이미 그 명성을 천하에 자자하게 뿌리고 있는 첫째와 둘째를 따라잡을 수 있는 기회로 여기고 있음이 분명해 보였으니, 자신의 바로 위 사형이자 검왕의 세 번째 제자는 마음에 둘 가치도 없다고 생각하고 있는 것만 같았다.

사실 장문영 역시 여태 침착함을 유지할 수 있었던 이유 중에, 고원월을 알아보았기 때문이 차지하는 비중을 부인할 수 없을 것이다.

이렇듯 지금까지의 암울했던 분위기를 일순에 전환시킬 정도로 칠천무신의 이름은 세인들에게 절대란 수식어가 아깝지 않은 것이었다.

고원월은 위해원에게 시선을 돌리며 누군가 숨어 있다면 들으라는 듯 석실이 울리도록 물었다.

"장난 친 놈이 오면 팔다리 두어 개씩 분질러 주고 나가려고 한 이틀 가만히 있었는데 아무도 안 오더군! 벽을 허물고 나가보려 했는데 그것도 여의치 않고. 자네는 뭔가 방법이 있는가?"

팔다리 두어 개씩이면 사지를 모두 꺾는다는 말이지 않은가. 위해원은 속으로 실소를 금치 못했다.

이런 위해원의 마음과는 무관하게 고원월의 연륜의 눈은 이미 위해원을 평하고 있었다.

이십대 후반에서 삼십대 초반이나 되었을까.

무공은 고사하고 세상 물정도 모르는 신출내기이리라.

강호인은 잘 입지 않는 유생들의 복장인 심의 차림이 그랬고, 몸 안팎 어디서도 감지되지 않는 무(武)의 흔적이 그러하였다.

하물며 자신의 이름 앞에 덤덤함을 유지하는 데에야…….

위해원에 대한 고원월의 촌평(寸評)은 장문영과 비슷한 이유에서 비롯되었다.

그럼에도 불구하고 고원월은 위해원이 마음에 들었으니, 이 또한 장문영과 비슷한 이유 때문이었다.

유약해 보이는 몸으로 보여준 그 강단이란!

일반인들에게는 신의 자리에 올라가 있는 장왕이라는 자신조차 막 정신을 차렸을 때는 순간적으로 밀려드는 당혹감을 감추지 못했던 것이 사실이다.

이곳은 어디란 말인가!

어떻게 이곳에 오게 되었단 말인가!

오랜 친우와의 비무 약속을 앞두고, 엄마의 옷자락을 잡고 십일장(十日場)에 나서는 산골 소동의 마음같이 은은한 열기로 들떠 있던 기분이 싸늘하게 식어가는 것을 분명하게 느낄 수 있었다.

분명 태산(泰山)의 일천문(一天門)을 지나 중천문(中天門)을 넘어서고 있던 중 누군가를 만난 것 같은데…….

그러나 생각이 이어지는 것은 거기까지였다.

천하에 그 누가 있어 자신을 가둬둘 수 있는가.

천하에 그 누가 있어 자신의 기억을 단절시켜 놓을 수 있단 말인가!

가슴 한편이 서늘해지는 것과 동시에 당혹스러움에 온몸을 적셔야만 했던 것도 무리는 아니었다.

물론 그 당혹감은 두려움 따위의 감정과는 반대에 있는 분노로 바뀌었지만.

몸 그 어디에도 전투의 흔적이 보이질 않았다.

정당한 승부로 자신을 제압한 것은 아닌 것이 확실했다.

감히 장왕 고원월 자신에게 이따위 장난을 치는 놈이 있다니!

지금 위해원에게 석실을 나갈 방법을 묻는 이 순간에도 고원월은 그 어떤 초조함도 갖고 있지 않았다.

어떤 사술을 써서 이 상황에까지 이르렀는지는 모르겠지만, 천하에 자신을 가둬둘 만한 장소가 있다고는 생각하지 않았기 때문이다.

뿐더러, 저쪽 구석에서 명상을 하는 건지 졸고 있는 건지 모를 잡귀 놈도 있는 상황이니…….

당장 뾰족한 수가 있진 않더라도 맘먹으면 어떻게 되겠지 하는 느긋한 심사가 지금의 고원월의 내심이었다.

하지만 다른 자들은 달랐으며, 그리고 그것이 당연한 일이었다.

자신들이 칠천무신이 아니며, 더욱이 장왕이 아닐진대 지극히 당연한 반응인 것이다.

자신과 안면이 있는 장문영이 침착함을 유지하는 것과 구석의 이상한 사내는 그렇다손 치자.

주위에서 어떻게 떠받들어 줬으며 무림에서 어떻게 행동하고 다녔을지, 이미 보았던 것처럼 충분히 예상되는 진사백조차 안절부절못하며 신경질적으로 변하는 것이 눈에 잡힐 듯 확연히 보였다.

한구석에 조용히 서 있는 중년의 여인 역시 지금의 모습에는 상상조차 하기 힘들 발작에 가까운 광중을 처음 깨어났을 때는 한참을 내보이지 않았는가!

또한 남궁대수는 석실을 돌며 이것저것 살피던 하루 전과는 다르게 이제는 침울한 기색으로 진사백에게 말을 건네며 서 있는 것이 다였다.

면사로 얼굴을 가린 어린 여자 아이는 아직 상황 파악이 안 되는 것 같고…….

하여간 이 모든 각양각색의 반응은 고원월이 이해할 수 있는 정상의 범주에 들어갈 만한 일들이었다.

그런데 위해원은 달랐다.

간자(間者)로 의심될 만큼 고요한 신색을 유지했을 뿐 아니라, 상황을 타계하기 위해 모색하고는 짧은 순간에 해결책의 실마리를 잡아낸 것과 같은 질문들을 연이어 던지고 있지 않은가!

장강의 뒷 물결이 앞 물결을 밀어낸다 했으니, 고인 물은 종국에는 썩게 마련이었고, 고이지 않으려면 꾸준히 뒤로부터 흘러 앞을 밀어내는 것이 자연의 섭리였다.

그러나 위해원은 수많은 인간이라는 이름의 파도 속을 헤쳐 온 고원월조차 쉽게 전례를 찾기 힘든 빛나는 물결임을 직감할 수 있었다.

이러니 인재를 아끼는 고원월이 위해원에 대하여 기꺼운 마음과 어떻게 이 상황을 극복하려는지 호기심이 함께 드는 것도 무리는 아니었다.

어느덧 면사의 여인도 슬쩍 장문영 옆으로 자리를 잡는 걸 보면서 위해원이 담담하게 말했다.

"당장 이곳을 나갈 특별한 방법이야 저에게도 없지요."

"흥! 제깟 놈이 그럼 무슨."

혹시나 했던 진사백의 재빠른 비꼬임과는 달리 고원월은 다음에 나올 말을 기다렸다.

진사백과는 강호에서 먹은 밥그릇 숫자가 격이 달랐다.

하물며 그 그릇에 담겼던 것이 잘못 먹으면 아니 먹은만 못

하는 것이 아니라 다음날에 떠오르는 태양을 보지 못하게 하
는 칼밥이었음에야!

그리고 위해원은 그런 고원월을 실망시키지 않았다.

"그러나… 제 예상이 맞는다면 곧 이 석실에서 나갈 수 있
을 것입니다."

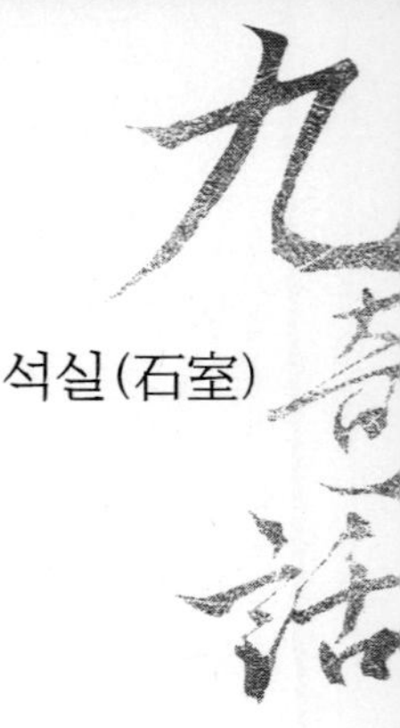

석실(石室)

의(衣), 식(食), 주(住).

인간 생활의 기본 요소 의식주(衣食住).

기본 요소라 함은 필수적이란 말과 다른 뜻이 아니다.

또한 필수적이라는 말은 없어서는 안 된다는 말과 다른 뜻이 아니다.

그런데 식을 뜻하는 음식을 제외하고 의와 주인 의복과 집이 인간에게 필수적인 것일까?

결론은 '그렇다' 라고 할 수 있으니.

인간이란 '동물' 이 생존하기 위한 필수의 조건은 되지 못할지언정, 인간이 '인간' 으로 남기 위해서는 없어서는 안 되는 것이 돼버린 것이다.

여기서 주(住)를 정의해 본다면 뭐라고 해야 할까.

누군가 말했다.

집과 무덤의 차이는 들어갔다 나왔다 할 수 있는 문(門)이 있고 없고의 차이일 뿐이라고.

석실(石室)에는 그 문이 어디에도 보이지 않았다.

"곧 나갈 수 있을 것입니다."

위해원은 나지막하지만 흔들림없는 목소리로 말했다.

뭔가 참견하려고 움찔거리는 진사백을 가볍게 손을 드는 것만으로 저지한 고원월이 위해원에게 막 그 이유에 대하여 물으려고 할 때, 반대편 벽 쪽에서 한줄기 낭랑한 목소리가 흘러나왔다.

"나도 그 말에 동감이네."

뜻밖이라는 얼굴로 고원월이 소리가 난 쪽으로 고개를 돌리며 말했다.

"잡귀(雜鬼)?"

"오랜만이구나, 오리[鴨]야."

중인들, 중인들이라고 해봤자 장왕 고원월의 이름이 갖는 의미를 정확히 파악하고 있는 이는 장문영과 진사백, 그리고 남궁대수 등 몇뿐이었지만 그들은 실로 경악을 금치 못했다.

'오리?

강이나 호수 근처를 뒤뚱뒤뚱 걸어 다니며 꽥꽥거리는 그

오리를 말함인가?

고원월이 누군데 감히 그에게 '오리' 라고 말할 수 있는 인물이 천지간에 있단 말인가!

태양이 내리쬐는 밝은 하늘 아래를 살아가는 수억의 인간 중에서도 찾기 힘들 터인데, 야명주만이 빛을 흘리는 어두운 석실 안의 구 인 중에 그럴 수 있는 인물이 있다니!

아니, '오리' 라 부를 수는 있을 것이다.

없는 곳에서는 나라님 욕이라도 못하겠는가.

하지만 이곳은 '없는 곳' 이 아니었다.

면전에 대고 '오리' 라 부른 것은 둘째 치더라도, 고원월이 '잡귀' 라 부른 이의 정체가 무엇일진대 순식간에 오리가 되어버린 고원월은 별반 화난 기색도 보이지 않는단 말인가!

화는커녕, 오히려 즐겁다는 듯 고원월이 천장을 향해 대소하며 호탕한 목소리로 말했다.

"껄껄껄! 언제까지 면벽에 들어간 고승 흉내를 내면서 주접 부리나 지켜보았더니 결국 제 머리통 자랑할 틈만 노리고 있었던 거구나? 이 아이가 해답을 내놓을 듯 보이니 엉덩이가 근질거려 더 이상 못 앉아 있겠더냐? 하하핫!"

고원월의 말 따위는 아랑곳 않는다는 표정으로 잡귀라 불린 것과 달리 '신선' 이라 해도 믿을 풍모의 노인이 천천히 자리에서 일어나 여유롭게 다가왔다.

"맘대로 생각하려무나. 다만, 머리는 쓸 줄 모르고 할 줄 아는 거라고는 힘자랑밖에 없는 늙은이가 뿜어대는 소음 때문에 득도하지 못했음은 분명하구나.”

호탕하게 껄껄거리며 고상한 웃음을 짓던 고원월이 끝까지 품위를 지키지 못하고, 아직도 체면에 맞지 않는 ‘하하’ 웃음을 흘리는 것에도 별반 동요하지 않고 잡귀라 불린 노인이 위해원을 바라보며 부드러운 음성으로 입을 열었다.

“어디, 시작해 보거라.”

위해원이 지금껏 했던 식의 밑도 끝도 없는 말투가 신선 같이 보이는 노인의 입에서 흘러나왔다.

난데없이 뭘 하라는 것인가? 중인들은 어리둥절할 수밖에 없었다.

위해원은 잡귀라 불린 노인이 잡귀라 불릴 인물이 아님을 직감적으로 알 수 있었다.

그것은 위해원이 그 노인의 정체를 알아서도, 짐작해서도 아니었다.

잡귀는커녕, 신선으로 분장한 일류의 경극 배우라 할지라도 노인보다 더 신선같이 보일 순 없으리라는 것과 말투 속에 들어 있는 자신의 지혜에 대한 자신감.

벽을 가루로 만드는 요술(妖術)을 보여준 고원월을 어려워하지 않는 모습과 상황에 맞지 않는 여유로움을 넘어선 허허로운 분위기는 단지 범상치 않다는 말로는 표현할 수 없는 권위자의 풍모를 읽을 수 있게 하고 있었다.

단지 겉모습에서 사람을 판단하는 우를 범할 만큼 어리석지도 않았지만, 보낸바 세월이 만들어내는 품위를 읽어내지 못할 위해원은 더욱 아니었다.

또한 그런 위해원이기에 노인이 말하는 시작의 의미를 되물어볼 만큼 범상한 자 역시 더더욱 아니었다.

모두가 어리둥절해 있는 가운데 위해원이 잡귀 노인이 말한 ‘시작’을 시작하였다.

“우선 화강암으로 이루어진 이 석실에 대하여 얘기해 보겠습니다. 한쪽 벽면의 길이가 큰 보폭으로 서른한 걸음, 약 십여 장에 이르고 있습니다. 네 면의 길이가 조금도 다르지 않아 이것으로 이 석실이 지하나 산중에 위치해 있으며 어떤 목적을 위한 일부로써 지어졌다는 것을 생각할 수 있습니다.”

중인들은 하나는 알 수 있었지만 또 다른 하나는 알 수 없었다.

잡귀라 불린 노인이 가만히 듣고 있는 모습에서 그와 위해원의 ‘시작’이 석실에 관한 얘기였다는 것은 알 수 있었지만, 위해원이 하는 말이 무슨 뜻인지는 도통 알 수 없었던 것이다.

이번에도 어김없이 진사백이 앞으로 나섰다.

“흥! 그것이 무슨 말이냐! 어디서 되지도 않는 괴변을 늘어놓으려는 거냐!”

그러나 위해원은 진사백을 없는 사람 취급하듯 장문영을

바라보며 입을 열었다.

"아까 장 어른께서 말씀하셨죠. 이곳이 지하나 산의 일부일 것 같다고."

"그래, 내가 그랬었지."

위해원이 고개를 끄덕이며 고원월이 파낸 벽을 가리키며 말했다.

"저도 그 말에 동감입니다. 저기 파인 두께 이상으로 쌓아 올린 벽이라는 것은 성곽이라 할지라도 흔치 않습니다. 더욱이 그 강도가 단단하여 다루기 어려운 화강암으로는 건물의 외측 부위만을 만드는 것이 일반적입니다."

한편에서 말을 듣고 있던 남궁대수가 가만히 고개를 끄덕였다.

가문의 건물 공사에 직접 참여한 경험이 있는 그였다.

건물의 내부를 화강암으로 쓰는 경우는 거의 없다는 사실을 알고 있었던 것이다.

석조 건물을 만들 경우에도 내부는 황토를 으깨서 덧대거나 목조나 그 밖의 단열재를 사용하는 것이 일반적인 건축 기법이었다.

위해원은 차분하게 말을 이어나갔다.

"그런데 이 석실은 내부까지 화강암으로 되어 있군요. 내부만 화강암으로 만들고 외부는 다른 재질로 만들었다고 보는 것은 타당하지 않으니, 전체가 화강암으로 이루어진 상태를 가공했다고 보는 편이 맞을 것 같습니다."

이번엔 장문영이 고개를 끄덕였다.

외유내강(外柔內剛)이라는 말도 있지만 추상적인 개념을 설명하는 것일 뿐, 실체를 갖춘 대부분의 것들은 밖으로 드러나 있는 표피가 안으로 감춰져 있는 내피보다 단단한 것이었다. 그가 의원으로서 무수히 봐온 사람의 신체의 겉과 속처럼.

"즉, 이 석실은 건물이라기보다는 화강암으로 이루어진 지하나 산의 일부를 뚫어서 만든 공간이라는 편이 옳다고 생각됩니다."

"흥! 그것이 무슨 상관이란 말이냐!"

진사백의 외침은 이번에도 대답은 돌아오지 않는 혼잣말로 끝났다.

위해원은 거칠 것 없이 의견을 풀어놓고 있었다.

"다음으로 길이에 의한 추론을 할 수 있습니다. 일반적으로 지상 위에 건축물을 올리는 경우에는 정사각형의 방을 만드는 것이 흔한 일이지요. 작게는 방 자체, 크게는 건물 전체의 균형을 고려한 미적인 요소로써 말이지요."

몇몇은 자신의 방 모습을 떠올리며 상상하고 있으리라.

"하지만 동굴을 뚫거나 지하를 파서 만드는 경우는 좀 다릅니다. 이 경우, 앞서 말한 요소를 고려하기보다는 노력 대비 효율성을 생각하여 필요한 공간을 확보하는 것이 대부분이라고 생각합니다. 즉, 이 경우에는 딱 맞춘 정사각형의 모양보다는 직사각형의 방이 나올 경우가 훨씬 많다는 것입니다.”

장단을 맞춰야 흥이 나는 법.

연륜이 그냥 쌓이지는 않았다는 듯, 판소리를 부르는 명창과 북을 두드리는 고수(叩首)처럼 장문영이 위해원의 말에 호흡을 맞춰주었다.

“그래, 그렇겠군.”

“더욱이 화강암입니다. 금강석과 강옥의 강도엔 미치지 못한다지만, 가장 단단한 돌 중 손꼽히는 화강암을 뚫으면서 굳이 정사각형으로 방을 지었다는 것은 특수한 목적이 있다고 생각해 볼 수 있는 이유를 제공하고 있습니다. 예를 들어…….”

“뇌옥?”

남궁대수가 탄성을 짓는 것과 같은 음성으로 불현듯 끼어들었다.

그러나 위해원이 고개를 보일 듯 말 듯 저어 부정의 뜻을 비춰 보이곤 다시 말을 이어갔다.

“그것도 한 예일 수 있습니다. 실제로 우리가 이렇게 갇혀 있으니까요. 그러나 그것만으로는 설명하기에 ‘이곳’ 이라는 목적에 대한 ‘가둔다’ 라는 동기가 좀 부족할 것 같습니다. 사방 십 장에 이르는 공간이 아니더라도 누군가를 가둘 장소는 충분합니다. 오히려 뇌옥 그 본래의 취지를 생각한다면 사방 일 장도 못 미치도록 좁게 만드는 것이 더욱 맞을 것 같군요."

지금 아홉 명의 사람을 감싸고 있는 석실이 '뇌옥' 이라는 명칭을 붙이기 위해 만들어졌다면, 오십은 넘는 죄인을 가두기 위해 만들어졌으리라.

하지만 '가둔다' 는 의미에는 '타인과 교류할 수 있는 자유를 빼앗는다' 라는 의미가 담겨 있으니, 보통은 작게 만들어 따로따로 가두는 것이 일반적인 형태이리라.

위해원의 설명을 듣고 있는 모두는 속으로 고개를 끄덕였다.

"또한 가둬두기 위한 뇌옥, 가둘 수만 있다면 굳이 정사각형으로 지을 필요가 없다는 점도 이 정사각형의 석실을 뇌옥이라 생각하기 힘든 이유가 되고 있습니다."

"그렇다면 이곳은 어디란 말이냐?"

답답함을 참지 못한 진사백의 외침이 '이곳' 석실에 울려퍼졌다.

위해원은 진사백과의 조금 전 일을 생각해서 이번에는 모두가 납득할 만한 설명을 미리 차근차근하고 있었다.

그러나 이번에는 핵심을 바로 듣고 싶었는지 장문영은 모두를 대신해서 위해원에게 단도직입적으로 물었다.

"그래, 자네는 이곳을 어디라고 생각하고 있는가?"

"흠… 그렇다면 신전(神殿)인가?"

위해원의 대답에 앞서 고원월이 중얼거리자, 그 속에 담긴 의미를 깨달은 모두는 아연한 얼굴이 되어 확인하려는 듯 위해원을 바라보았다.

그리고 이번에는 위해원의 고개가 앞뒤로 끄덕여졌다.

"뇌옥 말고 지하나 산속에 만들 만큼 은밀하고, 이 정도의 정성을 쏟아 견고하게 만들 필요가 있는 건물은 많지 않다고 생각합니다. 그것도 특수한 목적을 가진 상태라……. 물론 앞의 조건에 맞는 다른 건축물도 찾을 수는 있겠지요. 하지만 지금의 상황을 고려했을 때 가능성은 신전 쪽으로 무게가 간다고 할 수 있겠군요."

궁금증을 참지 못한 남궁대수가 껴들었다.

"왜지요?"

"여타 건축물의 경우, 우리가 이곳에 와 있는 이유를 쉽게 설명하기 어려워집니다. 예를 들어서 전쟁 등 유사시를 대비한 도피처를 들 수 있겠군요. 은밀하고 단단하고. 그러나 도피처는 밖에서 보기에 입구가 없을지 몰라도 안에서는 밖으로 나갈 수 있는 길을 마련해 놓게 마련인데, 이곳에는 어떤 출구도 보이지 않는군요. 도피처에 우리를 가둬놓는다는 것은 어쩐지 맞지 않는 것 같기도 하고요."

"신전이라……."

"물론 신전의 경우도 확실히 납득하기 어렵기는 합니다. 하지만 은밀히 지어진 신전에 우리를 가둬놓았다는 쪽이 다른 쪽보다 조금 더 어울리는 것 같은 느낌이 드는군요.”

약간은 장난기마저 묻어 나오는 얼굴로 어깨를 으쓱거리는 위해원을 바라보던 장문영이 고개를 내저으며 혼란스러운 듯 말했다.

“신전이라니? 나는 사교(邪敎)와 연루(連累)될 만한 일이 없네. 가욕관(嘉峪關)에 들러서도 천하웅관비(天下雄關碑)조차 보지 않고 돌아올 정도일세.”

가욕관의 천하웅관비.

만리장성의 동쪽 끝이 산해관(山海關)이라면 서쪽의 끝은 가욕관이다.

그리고 천하웅관비(天下雄關碑)는 관우를 기리는 관제묘(關帝廟)를 말하고 있으니.

각각으로도 유명한 이 둘이 만나 더욱 유명해졌으니 누구나 한 번쯤은 가보고 싶어하리라.

민간에서 무신(武神), 또는 재신(財神)으로 추앙받는 관우의 묘는 어느 마을에나 하나씩은 있을 정도로 보편적인 것이었다.

더욱이 천하에 이름이 높은 가욕관의 천하웅관비라면 종교적인 이유를 떠나 문화적인 관점으로, 떠나던 발길을 돌려서라도 눈에 담고자 할 터였다.

그런 천하웅관비를 시선조차 두지 않고 왔다는 것은, 종교와의 아주 작은 연관도 없다는 장문영의 반론이었으리라.

자신들이 들어서 있는 곳이 신전이라는 의견에 부정하는 장문영의 말에 진사백 등 몇 명이 고개를 끄덕였다.

자신들 역시 종교적인 일들과 무관하다는 뜻이리라.

그리고 위해원 역시 그들과 자신이 같음을 표명했다.

"저도 마찬가지입니다. 그러나 제 생각에 종교란 자의와 타의가 결합된 산물입니다. 아니, 신도는 신의 의지를 대신한다는 믿음을 가진 자이니, 인의와 신의의 결합이라 하는 것이 타당하겠군요. 그리고 그 둘 중에서는 신의가 당연 우위에 있겠지요. 스스로의 의지와 상관없이 신에게 선택될 수 있는 경우도 있다는 것입니다. 즉……."

뭔가를 말하려는 듯 입술을 우물거리다가 말을 멈추고는 위해원이 숨을 고르고 잠시 주위를 둘러본 뒤 다시 입을 열었다.

"하여간 이곳이 신전의 일부라면 문이 없는 것도 정사각형인 것도 이해가 됩니다. 지하, 혹은 산속, 그것도 이해가 됩니다. 아마 문은 어떤 기관에 의해 닫힌 상태라고 보여집니다. 그러나 어떤 흔적도 찾아볼 수 없다는 사실에서, 이 건축물이 매우 정교하며 그 정교함을 필요로 하는 어떤 목적을 가지고 지어졌다고 결론 내릴 수 있습니다. 그것이 신전일 가능성을 크게 만들기도 했고요. 그리고 그 목적에는 우리가 필요하다는 것이 거의 확실해 보이는군요."

"신에게 선택되었다… 라. 신관은 아닐 터이니 제물이겠군. 하하.”

조금 전 위해원이 하려다 못한 말을 고원월이 재미있다는 웃음과 함께 대변해 주었다.

“내가 제물이라 이건가? 이 내가? 나 창룡검 진사백이?!”

진사백이 창백하게 질린 얼굴과는 다르게 뜨거운 분노를 담아 소리쳤다.

그런 진사백이 측은하기라도 했는지, 처음으로 위해원이 대꾸를 해주었다.

“제물은 아닐 겁니다. 제물에게 굳이 식수와 벽곡단을 제공할 필요는 없겠지요. 또한 벽곡단에는 먹기 좋게 꿀까지 버무려 놓은 상태였습니다. 뭐, 키워 먹는다는 얘기도 있지만, 그러기에는 아무런 금제도 가해놓지 않고 우리를 그냥 놔뒀다는 자체에 무리가 있지요.”

고원월은 고개를 끄덕였다.

그가 지금 두려움을 조금도 느끼지 않는 것도 내공의 흐름에 아무런 문제가 없기 때문이었다.

또한 진사백의 허리와 면사여인의 등 뒤에서 흔들리고 있는 검이며 도와 같은 무기들은 현 상황에 비추어봤을 때 분명 의외의 것이었다.

일반적으로 내공을 제어하는 약물을 먹이거나, 신체를 제압하기 위하여 혈도를 짚는 것이 가두는 자의 행동이리라.

하물며 칠천무신의 일인을 제물로 쓰려는 자들이 그 정도 생각을 못했을 리 없었다.

그런데 눈에 뻔히 보이는 병기조차 그대로 놔두었다니…….

위해원이 말을 이었다.

"제가 지금 이 얘기를 한 것은 이곳이 신전이라고 단정적으로 말하고자 함이 아닙니다. 제 말의 요지는 '목적' 입니다. 즉, 신전을 의심해 볼 만큼 분명한 목적이 있어 보이는 건축물에 우리를 가두었습니다. 그러나 특별한 금제는 없어 보입니다. 그렇다면 그들의 목적은 우리를 죽이거나 제압하고자 하는 것은 아닐 거라는 추측이 가능합니다."

"그럼 왜 우리를 이곳에 가둔 거란 말인가?"

위해원이 눈을 빛냈다.

"저는 가뒀다는 표현보다 '모아놨다' 라는 단어를 쓰고 싶군요."

"모아놨다?"

"지금껏 말한 대로입니다. 왜 '혼자' 가 아니라 '우리' 가 되도록 함께 놔뒀을까요?"

"……!"

누구도 대답할 수 없었다.

구 인이 들어와 있는 석실.

이 속에는 과연 어떤 뜻이 담겨 있는 것이란 말인가!

중인들은 빙글빙글 돌고 있는 팽이를 쳐다보고 있는 것처럼 머리가 아스라이 어지러워지는 것을 느낄 수 있었다.

그들을 바라보며 위해원이 선언하는 것처럼 단호하게, 그러나 크지 않은 목소리로 말했다.

"우리의 능력, 즉 온전한 상태의 우리를 필요로 한다고 보는 것이 가장 상황에 맞는다고 생각됩니다. 쓸 곳이 있어서 우리를 납치하고 모아놓은 것입니다. 그 '쓸 곳'이 그들과 이 장소의 '목적'이겠지요."

*　　　*　　　*

우연, 그리고 필연.

한 아이가 가난한 집안에서 태어난 것은 우연인가, 필연인가.

한 사내가 사랑에 빠진 것은 우연인가, 필연인가.

한 노인이 넘어져 죽음을 맞이한 것은 우연인가, 필연인가.

혹자는 말한다. 모든 것은 우연이라고.

누군가는 말한다. 모든 것은 필연이라고.

석실 안의 구 인.

우연인가, 필연인가.

"가설을 뒷받침하는 증거는 곳곳에 드러나 있습니다. 먼저 깨어난 시간입니다. 선후가 삼 일 정도의 차이는 나지만, 그

것은 신체적 특성에 의한 것일 뿐이라고 보입니다. 그것을 무시하면 비슷한 시기에 깨어나도록 안배했다고 볼 수 있겠지요."

"신체적 특성이라……. 흠, 공력의 차이인가?"

생각에 잠긴 고원월이 중얼거렸다.

자신과 잡귀가 제일 먼저 거의 동시에 깨어났고. 그리고…….

갑자기 고원월이 벼락 치듯 고개를 돌려 한곳을 바라보았다.

그의 시선 끝에는 구석에 조용히 기대어 눈을 감고 있는 정월명의 모습이 있었다.

두 시진.

세 번째로 깨어난 정월명과 자신의 시간 차이였다.

고원월의 머릿속에서 무수한 상념이 꼬리를 물며 떠오르는 가운데서도 위해원의 음성은 이어지고 있었다.

"여기 있는 그 누구도 정신을 잃은 것이 언제인지조차 알아차리지 못하도록 만들 정도라면, 깨어나게 하는 것도 조절 가능할 것입니다. 단 한 사람도 빠짐없이 깨어났다는 사실에서 처음부터 이맘때쯤 모두가 깨어날 것을 알고 있었다고 봐야 합니다."

"충분히 가능한 일이군. 수혈을 짚어도 어렵지 않게 가능하기는 하지."

장문영이 동감을 표시했다.

"이것은 식수와 벽곡단의 양에서도 확인할 수 있습니다. 처음부터 이 인원이 정상적으로 식사했다면 지금쯤 아마 바닥이 났을 것이라고 생각되는 양입니다. 물론 의심스러워서 드시지 않은 분이 태반이시겠지요. 식욕이 있을 리도 없고요. 또한 벽곡단의 성분입니다."

"성분이라니, 무슨 말이요?"

화들짝 놀란 남궁대수의 질문과 함께 모두의 시선이 당황한 얼굴의 장문영에게 모아졌다.

천의 장문영이 안전하다고 장담했던 벽곡단이기에 몇몇은 조심스레 입을 댔던 것이다.

위해원이 손을 내저으며 모두가 생각하고 있을 오해를 풀었다.

"제가 말하는 것은 독이니 하는 것이 아닙니다. 굳이 그런 귀찮은 방법을 썼을 리도 없고요. 잊으셨습니까? 우리는 모두 정신을 잃고 있었습니다. 벽곡단은 간편하게 영양을 섭취하는 것 외에도 오랜 시간 보관하기 위한 것도 하나의 기능입니다. 즉, 상하지 않아야 한다는 것이지요. 그런 벽곡단에 상하기 쉬운 꿀을 발라놓았습니다. 처음부터 주지 않았으면 모르는데 일단 주었다는 것은 그 벽곡단이 채 상하기 전에 우리가 밖으로 나갈 것이라는 사실을 암시하고 있습니다."

짝짝짝—!

난데없이 들려온 소리에 모두의 시선이 쏠렸다.

잡귀라 불린 노인이 입가에 가느다란 미소를 짓고 박수를 치고 있었다.

툭 한마디 던져 놓고는 지금껏 단 한마디도 하지 않다가 갑작스러운 박수라니……

그것도 지금 이 상황에!

불쾌감이 어려 있는 시선들을 아랑곳하지 않고 잡귀란 노인이 자신의 소개를 했다.

"적어도 오리랑 이곳에 있는 자들과 달리 머리통을 장식으로 달고 다니지는 않는 아이로구나. 얘기가 그럴싸해. 노부는 독고음이다. 자, 아직까지 어리둥절해 있는 이 멍청이들에게 좀 쉽게 말해줘서 슬슬 준비하도록 하여라."

독고음이라 자신을 소개한 노인은 만족스런 미소를 지으며 더 이상 들을 것도 없다는 듯 좌선해 있던 벽 쪽으로 돌아섰다.

두어 걸음이나 걸었을까. 가던 신형을 멈추고 독고음이 다시 입을 열었다.

"아, 얘기의 대가로 노부가 상을 하나 줄까?"

이런 상황에서 난데없이 상이라니, 알 수 없는 노인이었다.

"적어도 처음 것은 수혈이 아니었지."

"……."

할 말은 다 했다는 듯 노인은 이내 저만치 걸어가고 있었다.

이것은 또 무엇을 의미하는 것인가. 중인들은 점점 더 혼란에 빠져들 것만 같았다.

석실 안에서 혼란에 빠지지 않은 건 위해원뿐인 것 같았다.

그는 차분한 음성으로 각자 필사적으로 머리를 굴리고 있는 모두를 향해서 말했다.

"앞서의 사실에서 우리를 필요로 하는 뭔가를 시키기 위해서 곧 그들이 올 것이라는 예상을 하고 있습니다. 종교니 신전이니 했던 것은 이해를 돕기 위한 예에 불과하다고 생각해도 무방합니다. 어찌 되었든 우리는 이 석실을 벗어나게 되겠죠. 그리고 그때는 멀지 않았을 겁니다. 처음부터 시간의 안배가 되어 있었고, 그 안배의 마지막으로 제가 깨어났으니까요."

긴 설명이 끝난 뒤 일행은 깊은 우물과 같은 침묵 속으로 빠져들었으나, 타고 올라갈 두레박은 보이지 않는 것만 같은 암담함을 느껴야 했다.

위해원의 추론과 논리에 특별히 문제 잡을 점은 없어 보였다.

그러나 쉽게 납득할 수 없는 이유는 그 내용에 있었던 것이다.

자신들을 필요로 하여 납치한 것이며, 이제 곧 그 '필요' 와 '목적' 이 밝혀질 것이라는 위해원의 말 뜻.

무거운 정적에 잠겨 빠져 있던 각각의 생각 속으로 이질적인 존재가 뛰어들었다.

"우와와! 와아아웅! 헤헤히!"

알아들을 수 없는 낯선 소리에 위해원이 유연하게 시선을 돌렸다.

그러나 다른 사람들은 고개조차 돌리지 않았고, 다만 살짝 찌푸린 얼굴을 하고 있을 뿐이었다.

위해원의 시선의 끝은 호수같이 커다란 눈망울에 멈춰 있었다.

어느새 다가왔는지 모서리에서 잠을 자고 있던 거한의 사내가 위해원을 쳐다보며 웃고 있었던 것이다.

잠시 비췄던 반짝이던 눈망울은 이내 머리카락 사이로 숨어들었다.

막 지은 찰밥의 끈적끈적한 찰기에 새의 둥지 끝에 삐져나온 지푸라기의 형상을 한, 기름져 뭉쳐서 삐죽거리고 있는 머리는 얼굴의 코 밑까지 가려져 있었고, 이목구비 가운데 단 한 군데 밖으로 드러나 있는 부르튼 입에서는 걸쭉한 침이 방울방울 떨어져 내리고 있었다.

본래의 형태를 알아볼 수 없는 해어지고 빛바랜 의복이 팔랑팔랑 흔들리며, 사내의 지저분하지만 육 척은 훌쩍 넘어 보이는 우람한 몸을 살짝 보여주었다.

'정상적이지 않다' 라고 했던 고원월의 말대로, 사내는 어

던지 좀 이상해 보였다.

저잣거리에 나가 지나가는 사람 열을 붙잡고 사내가 어떻게 보이냐고 묻는다면, 아홉 반은 '모자라 보인다' 고 하리라.

모자란 사람을 '반푼이' 라고 부르기도 하니, 열 명 중 그 '반푼이' 가 있었다면 그를 제외한 모든 사람이 한목소리를 냈을 거란 말이다.

더욱이 경박스러운 웃음, 알 수 없는 웅얼거림과 함께 제자리에서 폴짝 몇 번의 뜀박질까지 하고 있었으니…….

하지만 단 한 가지, 누구나 알 수 있는 것은 사내가 지금 매우 좋아하고 있다는 것이었다.

진사백이 화를 내며 화려한 보석으로 장식된 검집 끝으로 사내의 가슴을 가볍게 밀었다.

"이 빌어먹을 놈이 또 시끄럽게 구는구나! 흥! 이런 놈이 쓸모가 있다고? 이놈이? 이놈이!"

모여 있는 일행 사이로 다가온 산발사내는 자신의 가슴을 쿡쿡 찔러 들어오는 영롱한 빛의 검집이 신기하다는 듯 원래 색을 알아볼 수 없이 더럽혀진 옷과 짝을 맞춘 때가 덕지덕지 낀 손을 가져다 대었다.

"진 형, 참으시지요. 이 형장은 이지(理智)를 제대로 갖추지 못한 것 같소만."

남궁대수가 둘 사이를 끼어들며 진사백을 말리자, 사내는 주위를 두리번거리다가 위해원을 발견하고는 제자리에서 폴

짝거리며 깡충거렸다.

그것을 바라보던 고원월이 위해원을 바라보며 사내에 대하여 설명하였다.

"또 깨어났군. 자다 일어나서 주변을 두리번거리고는 이상한 소리를 내면서 석실을 몇 바퀴나 돌곤 하네. 그리고 음식을 마구 먹고 다시 잠을 잤지. 그게 삼 일째 반복되었네. 이번에는 유달리 좋아하는걸? 팔짝팔짝 뛰기까지 하는 걸 보니. 잘 보게. 이제 석실을 도는군. 좀 있으면 음식 쪽으로 갈 걸세. 진가 녀석같이 생각하는 건 아니지만……."

잠시 뜸을 들이다가 고원월이 의문을 지우지 못한 음성으로 말했다.

"자네의 말이 다 맞는다고 한데도 쉽게 이해하긴 어려운 게 사실이군. 어떤 목적에 의해 우리가 여기 있다면 저 아이도 역할이 있다는 말인데……."

묵묵히 서 있던 장문영이 연민의 눈으로 석실을 뛰어 돌고 있는 바보사내를 바라보다가 조용히 장탄식(長歎息)을 터뜨렸다.

"간어제초(間於齊楚), 강노지말(强弩之末), 타산지석(他山之石)이라 했으니……."

장문영의 우울한 음성을 들은 고원월의 낯빛이 급격하게 흐려졌다.

간어제초란 '약한 이가 강한 이들 틈에 끼여 괴로움을 받

는 일’ 을 말하고, 강노지말은 ‘아무리 강한 힘도 마지막에
는 결국 쇠퇴한다’ 는 뜻을 가지고 있으며, 타산지석은 ‘하
찮은 것일지라도 그 쓰임새가 있다’ 는 의미로 쓰이는 말이
었다.

냉대받는 바보사내의 처지를 동정하는 것과 동시에, 냉대
하는 자신들도 언젠가 저렇게 될 수 있음을 경고하며, 바보사
내도 모두가 알지 못하는 장점이 있을 수 있다는 것을 내비치
는 것이리라.

장문영의 탄식 속의 뜻을 알아들은 고원월이 작은 깨달음
의 한숨을 길게 내쉬었다.

‘고원월아, 고원월아, 너는 아직 멀었구나.’

장문영이 아니었다면 감히 장왕의 말에 토를 달 자는 많지
않을 것이다.

고원월은 새삼스럽게 장문영이라는 존재를 달리 보게 되
었다.

“장 형, 제가 실언을 했군요. 이 고 모, 가르침에 감사드리
오.”

지닌바 능력에도 불구하고 자신의 실수를 지적하는 것을
겸허히 수용하는 고원월의 존재 또한 장문영에게 깊은 인상
을 남기기에 충분하였다.

부끄러운 기색을 감추지 못하고 있는 고원월을 바라보며
장문영이 미소로 화답했다.

"아닙니다. 제가 주제넘은 짓을 한 것 같군요."

"흥! 도방고리(道傍苦李)라고도 했죠. 많은 사람이 무시하는 것에는 그 이유가 있어서 아닙니까!"

곁에서 듣고 있던 진사백이 참지 못하고 한마디 끼어들자, 고원월이 찬물을 맞은 듯 몸을 흠칫거렸다.

장문영과 깊은 교분은 없었으나 그 높은 인의(仁義)의 명성은 익히 들어와 평소 흠모하고 있는 고원월이었으며, 더욱이 그것이 명불허전이라는 사실까지 확인한 지금은 그 앙모의 마음이 더욱 깊어져 있는 터였다.

그런데 가뜩이나 안 좋은 첫인상으로 남아 있던 진사백이 장문영이 은유적으로 쓴 사자성어를 비꼬듯이 문자를 마주 써가며 갑작스럽게 하는 소리라니!

고원월이 타는 눈으로 거친 숨결을 토해내며 고개를 돌렸다.

"이놈!! 보자 보자 했더니 건방짐이 하늘을 찌르는구나! 감히!!"

"헉! 어, 어, 어르신?"

진사백 나름대로는 고원월을 질책하는 듯하는 장문영의 말을 반박함으로써 고원월의 환심을 사고자 했음인데, 오히려 칭찬의 주체가 돼야 할 고원월이 불같이 화를 내다니!

뭉클거리며 피어오르는 장엄한 기세를 받아내지 못하고 장문영이 뒤로 한 걸음 주춤거리며 다급하게 말했다.

"아, 아, 아니, 고원월 어르신, 그, 그게 아니라—!"
"시끄럽다! 내 오늘 용 형을 대신해서 널 가르치리라!"
"고 선생, 왜 이러시오. 이러지 마시지요. 진정하세요!"
"장 형, 저리 비키시오! 내 오늘……!"
심상치 않은 고원월의 기색에 장문영이 옷깃까지 잡아가며 말렸지만, 사태를 종결시킨 건 그 발단이 된 바보사내였다.
쿵—
쨍그랑!
의외의 소리에 모두의 시선이 한곳으로 모아졌다.
그리고 남궁대수가 놀라 다급히 소리쳤다.
"이보시오! 뭐 하는 것이요?!"
쿵—
쨍그랑!!
"저, 저런!"
"흥! 기어이 일을 내는구나."
진사백이 일을 낸 당사자인 바보사내가 아닌, 그의 편을 들었던 장문영을 돌아보며 차갑게 말했다.
바보사내의 행동에 대한 고원월의 말은 반은 맞고 나머지는 틀렸다.
석실을 돌고 항아리 쪽으로 다가간 바보사내는 그 속의 내용물을 입으로 넣는 대신에 바닥에 뿌리기로 결심한 것이었다.

육 척 사내의 거침없는 발길질에 항아리는 산산이 깨져 버렸다.

"아우웅—!"

흔히 하는 애기로 눈빛만 보아도 통한다고 하지만, 지금 기성을 지르는 사내의 달뜬 모습은 눈빛까지 보지 않더라도 충분히 기뻐하고 있다는 사실을 어렵지 않게 알 수 있었다.

난데없는 괴행(怪行)으로 모두의 시선을 한 몸에 모으고 있는 사내는 물과 벽곡단으로 범벅이 된 자리에 털썩 주저앉았다.

진사백은 항아리가 놓였던 자리에 쭈그리고 앉아서 연신 실실거리며 바닥을 만지는 사내를 기가 찬다는 듯 바라보았다.

곧 나갈 것이라는 위해원의 말이 있기는 했지만, 아직은 알 수 없는 일이 아닌가!

다른 무엇보다 식수가 사라진 것이 가장 큰일이었다.

비록 그 식수를 맘껏 마시고 있던 것은 저 바보사내 하나였으며, 다른 사람들은 목만 축여온 정도였을지라도.

워낙 순식간에 벌어진 일이어서 누구도 제지하지 못한 채, 무대 위의 배우를 바라보는 관객처럼 바보사내의 행동을 바라만 보고 있었다.

그리고 어느 순간, 아무 말 없이 바보사내가 하는 모양을 지켜보고 있던 고원월의 눈이 번쩍이는 듯싶더니, 곧 신형이 흐릿해지며 쏘아지듯 그에게 뿜어져 나갔다.

탓—!

"우헤헤, 이히히."

아직도 바보사내는 무엇을 하며 뭐가 그리 좋은지 연신 손을 바쁘게 놀리며 히죽히죽 웃고만 있을 뿐이었다.

"멈춰라!"

잔상이 남겨질 속도로 날아드는 고원월이 짧은 외침과 함께 가볍게 소매를 떨치자, 은은한 기의 파동이 공기를 밀어내며 사내의 신형을 밀어냈고, 바보사내는 앉아 있던 그대로 뒤로 벌렁 넘어지며 비탈길을 지나기 시작한 공처럼 데굴데굴 바닥을 굴렀다.

'응?'

고원월의 뇌리에 그 근원을 알 수 없는 경고음이 스치듯 지나쳤지만, 이어지는 바보사내의 음성에 생각을 이어갈 수는 없었다.

"으엉—"

미지의 힘에 밀려나며 지른 비명 소리리라.

"고 선생, 아니 되오!"

"일벌백계(一罰百戒)하여 더 이상 경거망동(輕擧妄動)하는 이가 없도록 하여야 합니다!"

상반된 장문영과 진사백의 외침을 뒤로하고, 항아리 파편

위에 선 고원월이 딱딱한 안색으로 침음성을 흘렸다.

"음… 늦은 건가……."

식량을 훼손한 바보사내를 징벌하기 위함이 아니었다.

고원월의 날카로운 안력은 어둠을 뚫고 항아리가 놓였던 자리에 딱 그 항아리 밑동 크기의 두 개의 원이 나타난 것을 놓치지 않았던 것이다.

그리고 그 원에 빽빽하게 그어진 알 수 없는 선까지도.

시위를 떠난 화살에 비유하는 진부함을 들먹이지 않더라도 고월원의 속도는 가공한 것이었다.

발을 떼는 것과 동시에 고원월은 부드러운 장력을 쏘아 보내는 것으로 바보사내를 밀칠 수 있었지만, 그 기운이 도착하기 직전 할 일을 다 했다는 듯 유쾌하게 웃는 바보사내의 웃음 역시 볼 수 있었다.

쿵!!

"으— 으— 우워우워—!"

바보사내는 구석에 처박혀 신음성을 흘리며 알아들을 수 없는 소리들을 허공을 향해 마구 질러대고 있었지만, 고원월은 아무것도 들리지 않는다는 듯 날카로운 눈으로 바닥의 원들을 쳐다보고 있었다.

두 개의 원.

큰 원은 태극(太極)이 옆으로 기울어진 형태를 하고 있었으며, 각각에는 동그란 작은 원이 하나씩 자리 잡고 있었다.

작은 원은 아마도 팔괘(八卦)를 나타내는 것이리라.

원형 외곽으로 배치된 건(乾), 태(兌), 이(離), 진(震), 손(巽), 감(坎), 간(艮), 곤(坤)을 나타내는 모형과 그 안으로 또 하나의 작은 팔괘가 그려져 있었다.

원 주위로 몰려든 중인들 가운데서 위해원이 나직한 신음을 토해냈고, 그 소리에 모두의 시선이 원에서 위해원에게로 옮겨갔다.

위해원이 쭈그리고 앉아 원들을 살짝 어루만지고는 미간을 살짝 찡그렸다.

"큰 원은 태극(太極)이요, 작은 원은 팔괘(八卦)군요. 약간 변형되긴 했지만요."

"음양어(陰陽語) 태극인 것 같으이. 팔괘 모양의 원은… 중괘(重卦)에 의한 육십사괘(六十四卦)가 맞는가?"

인체를 탐구하는 의원이기에 태극과 팔괘에 대한 공부도 낮지 않으리라.

어두운 표정의 위해원이 장문영에게 고개를 끄덕였다.

"맞는 것 같습니다."

바닥에 얼굴을 붙이고 조심스럽게 두 개의 원을 살펴보던 위해원이 낮은 탄성을 내뱉으며 고개를 들었다.

"태극을 이루고 있는 음과 양, 팔괘를 이루고 있는 건과 태 등의 각각의 원을 구성하는 기호들은 서로 분리되어 있습니다. 그리고 지면으로부터 약간 돌기(突起)되어 있는 것을 보

니 항아리에 눌려 있다가 항아리가 치워지며 일제히 돌출되
도록 용수철 장치가 되어 있는 것 같군요. 아마… 기관을 작
동시키는 장치 같습니다."

위해원이 침울한 내색을 담아 말했다.

중인들이 각자 안력을 돋우자, 팔괘와 태극의 특정한 부위
들이 안으로 들어가 있는 것을 확인할 수 있었다.

팔괘는 외측의 태, 손, 곤이, 내측의 건, 진, 감이 눌려져 있
었고, 태극은 양의 부분과 음의 부분 안에 있는 작은 원이 눌
러져 있었다.

이것을 제 눈으로 확인한 일행의 얼굴에는 물에 먹을 풀어
놓는 것 같은 짙은 어둠의 그늘이 드리워졌다.

바보사내가 아무렇게나 기관의 몇 군데를 눌러 버린 것이
었다.

이것이 어떤 기관인지도 알 수 없는 상황에서.

"우어엉!"

"헉!"

언제 다가온 것일까.

진사백은 머리 뒤에서 들려온 괴성에 몸을 피하며 검을 빼
어 들며 빠르게 서 있던 자리를 바꾸며 신형을 뒤로 돌렸다.

오랜 기간 단련된 무인의 반사적인 행동이었으니, 순식간
에 공격 범위에서 벗어나며 역습을 취할 수 있는 자세로 전환
한 것이었다.

그러나 바보사내의 목표는 진사백이 아니었다.

진사백이 비켜선 자리를 짐승처럼 차지하며 바보사내가 팔괘의 내측 곤을 눌렀다.

그리고…

찰칵―!

"……?"

팍!!

쿠우웅―!

"으아앙! 우이아앙!!"

톱니바퀴가 맞물리는 낮은 기계음은 진사백의 발길질에 차인 바보사내의 비명 소리에 이내 묻혔지만, 일행에겐 천둥소리보다 크게 들린 듯했다.

기묘한 감정이 범벅된 정적이 석실 안을 지배하기 시작하였다.

모두의 눈이 대전 곳곳을 조심스럽게 살피기 시작했지만, 그 모습을 비웃기라도 하듯 대전은 지금까지와 같은 침묵을 지키고 있었다.

"이 병신이! 죽여 버리겠어!!"

촌각의 시간 동안 아무 일이 없자, 주변을 방비하고 있던 진사백이 분노를 내뿜으며 바보사내를 향해 거칠게 다가갔다.

"엇!"

차가운 바닥에 얼굴을 맞대고 기관을 살펴보던 위해원이 뭐에라도 놀란 듯 짧은 함성과 함께 소스라치듯 고개를 번쩍 들었다.

그의 미간이 좀 전보다 더욱 좁혀져 있는 것을 본 장문영이 걱정스럽게 물었다.

"왜 그러나? 뭔가 더 안 좋아지기라도 했는가?"

"그게 아니라… 방금 뭔가가……."

위해원과 장문영의 대화를 뒤로한 채 진사백은 등 뒤의 검을 뽑으며 아직도 신음을 토해내고 있는 바보사내에게 다가가며 중얼거렸다.

"병신새끼가 감히… 가뜩이나 기분도 더러운데, 잘 걸렸다. 흐흐."

순간이나마 바보사내의 괴성과 움직임에 놀랐던 자신의 모습이 수치스러웠던지 진사백은 한광을 뿜어내며 중얼거렸다.

그러나 진사백은 이상한 기분에 곧 걸음을 멈출 수밖에 없었으니, 자신의 몸이 미약하게 떨리고 있다는 것을 알아차린 것이었다.

온몸이 떨리도록 흥분이라도 한 것일까 싶었지만, 그것이 아니라는 것은 곧 밝혀졌다.

발밑이, 아니, 방바닥부터 시작된 떨림이 다리와 몸통을 거쳐 머리끝 정수리에 이르기까지 온 사방이 울리고 있었던 것이다.

날카로운 기성(奇聲)을 내지르며.

끼― 끼리릭―

끼리릭― 끼리리리리리릭―

송곳이 되어 귀를 후벼 파는 마찰음과 함께 거대한 석실이 흔들거렸다.

"어― 어어엇!"

당혹에 찬 음성이 여기저기서 튀어나왔다.

번개가 지난 자리를 메우는 천둥같이 날카로운 기성에 이어 천장에서 작은 돌가루가 흘러내리기 시작했고, 까마귀의 그것같이 날카롭기만 했던 기성은 이내 사자의 웅장한 포효로 바뀌었다.

엄청난 괴성(怪聲)과 함께 석실이 울부짖으며 주먹부터 머리통만 한 돌 무더기를 토해내기 시작했다.

우르르르릉―!

콰르르르릉―!

일어서던 위해원이 석실이 만들어내는 진동을 이기지 못하고 비틀거리다가 마침내 털썩 주저앉았다.

펑! 펑! 펑!

진동이 만들어내는 파동을 이기지 못하고 벽에 박혀 있던 야명주가 하나둘 터져 나갔다.

터져 나가는 야명주의 숫자에 비례(比例)하여 석실이 어둠으로 잠겨들었다.

"이얍!"

콰쾅!

쓰러진 위해원의 머리 위로 우박처럼 떨어지는 돌덩이가 당찬 기합 소리를 내지른 면사여인의 장력에 막혀 먼지로 화했다.

면사여인이 위해원을 바라보며 뭐라고 소리쳤지만, 귀가 멍멍해진 위해원은 들을 수 없었다.

누가 지르는지 모를 비명 소리와 고함은 역시 호수에 던진 돌처럼 굉음에 묻혀 사라졌다.

그러나 곧 그 모든 소리를 확인할 수 있었다.

"유숙! 괜찮─!"

"피해! 이리로 붙어─!"

면사여인의 다급한 말도, 고원월의 외침도 분명히 들을 수 있었다.

"우캬아! 우러아웅! 까하하─! 히힛!"

그리고 바보사내가 내뿜는 희열에 물든 웃음소리까지도.

방금 전의 일이 꿈이 아니었음은 자욱한 먼지 더미와 함께 사방에 떨어져 있는 천장의 파편(破片)들로 확인할 수 있을 뿐이었다.

말소리들을 들을 수 있게 된 것은 그들의 소리가 굉음을 능가해서가 아니라, 굉음이 일순 거짓말처럼 사라졌기 때문이다.

　잠시의 공황 상태 뒤 정신을 차린 진사백이 제일 먼저 한 일은, 좋아 죽겠다는 표정으로 예의 그 괴성과 웃음을 내뿜으며 한 손으로는 천장을 가리키고 펄쩍펄쩍 뛰고 있는 바보사내에게 다가가는 것이었다.

　등 뒤에서는 반짝이는 검을, 눈앞에서는 번뜩이는 살기를 내뿜으며.

　무겁게 걸음을 옮기던 진사백은 어느새 주위가 환해지는 느낌을 받았을 수 있었다.

　자신의 들끓는 살기 탓이리라.

　"음……."

　"저, 저것!"

　신음과 탄성이 진사백의 등 뒤에서 들려왔다.

　'빌어먹을 병신 새끼 하나 가지고 왜들 지랄이야!'

　진사백은 이번만큼은 누가 뭐래도 심화(心火)를 풀어내고야 말겠다고 다짐했으니, 저 바보사내를 태우지 않는다면 그 불꽃은 울화병이 되어 자신의 속을 태울 것 같았기 때문이다.

　그러나 이번에도 그럴 수 없었으니, 고원월이 어딘지 암울한 목소리로 말했다.

　"흠… 이보게, 멈추게나."

　'젠장, 빌어먹을!!'

　"안 됩니다! 이 병신 때문에 모두가 위험해집니다! 무슨 짓을 하기 전에 후환을 없애야지요!"

홍분한 진사백은 속으로 욕설을 퍼부으며 자신의 행동을 만류하려는 고원월의 말을 뒤로하고 바보사내 앞에 우뚝 섰다.

바보사내는 무엇이 그리 좋은지 헤헤거리며, 한 손으로는 천장을 가리키는 모습으로 제자리에서 마구 뛰어댔다.

"흐흐흐. 그래, 마음껏 웃어라. 더 이상 웃을 수 없게 될 테니까!"

진사백의 손에 있는 힘줄이 팽창하며 혈류가 빨라져 갔다.

화를 풀고 나면 마음이 좀 가라앉으리라.

"멈추래도!"

아까의 천지가 울리던 굉음에 비견될 만한 고함 소리가 진사백의 등 뒤에서 울려 퍼졌다.

진사백은 억울하다는 듯 몸을 휙 틀고는 자신의 울분을 토해내려 했다.

그러나 그것은 완전하게 성공하지 못했으니, 그 이유가 단지 장왕 고원월을 위세 때문만은 아니었다.

"고원월 선배님, 하지만 이자를 이렇게 놔뒀다가는… 놔뒀… 놔뒀다가는……."

진사백의 마지막 말은 그 스스로의 귀에도 들리지 않을 정도로 사그라져 갔다.

깨어난 지 이틀째.

처음으로 보는 강렬한 빛이 하늘에서 쏘아져 들어오고 있
었다.
그 누구도 예상했던 방식은 아니었지만, 마침내 아홉 사람
은 석실을 벗어날 수 있게 되었던 것이다.

기로(岐路)

갈림길, 그 선택(選擇).

'선한 사람, 악한 사람이 따로 있는 게 아니라, 사는 동안에 수없는 선악의 갈림길에 있을 뿐이다' 라고 했던가.

선택의 여지가 없다는 말은 하지 말지니, 그 또한 자신이 선택한 갈림길 중 한 길의 막다른 끝일지도 모르는 것이다.

누구 탓을 할 것인가.

하나의 선택과 그에 따르는 포기.

무엇을 선택하고 포기할지는 스스로의 몫이다.

"둘로 나눠서 가도록 하지요."

"함께 뭉쳐서 가도록 하지."

밝은 빛이 쏟아져 들어오던 하늘.

하늘을 머리 위에서 빛을 뿜는 공간이라 한다면, 이 표현은 적절한 것이리라.

하지만 해와 구름 등의 존재 및 하늘을 하늘로써 규정짓는 가장 큰 특징을 '경계가 없는 광활한 공간' 이란 관점으로 본다면, 이 표현은 결코 옳지 않았다.

굉음이 끝난 뒤 쏟아져 내리던 빛은 벽 위쪽에 뚫려 있는 작은 문 사이에서 쏟아져 내려오고 있었던 것이다.

아마도 굉음은 기관의 작동음이었으며, 그 기관은 석실의 천장을 위로 올려다 놓았으리라.

지금의 석실의 모습은 처음의 벽 높이보다 일 장 정도 높아진 상태였는데, 그 일 장의 사이에는 작은 문들이 각 벽면마다 하나씩 총 네 개가 뚫려 있었다.

그중 하나의 문에서는 태양빛을 방불케 하는 빛이 도도하게 흘러들어 오고 있었다.

마치 어두운 곳에 있던 일행이 순간 하늘의 밝은 빛이라 착각하는 것이 당연하다고 말하고 있는 듯.

사방으로 열린 네 개의 문.

눈부신 광휘가 쏘아져 들어오는 하나의 문, 정반대로 칠흑 같은 어둠을 내뿜고 있는 하나의 문, 그리고 은은한 빛이 흐르는 다른 두 개의 문.

엄밀한 의미로는 단지 큰 구멍에 불과한 이 통로 중 어느 곳을 진행 방향으로 선택할지에 대한 논의가 오가고 있었다.

이곳이 어떤 장소인지 모르는 이상 처음 들어설 곳을 신중하게 선택하는 것은 조금도 과한 일이 아닐 것이리라.

둘로 나눠서 가자고 한 진사백에 반해 고원월은 하나로 합쳐서 가자고 했다.

진사백은 자신의 의견에 반대를 표한 고원월이 아닌, 바보 사내와 위해원을 못마땅한 얼굴로 흘겨보았다.

그리고는 이내 표정을 고치며 고원월에게 포권을 취해 보였다.

"고 어르신 뜻대로 하시지요."

"쯧……."

검왕의 고민 하나를 엿본 느낌으로 고원월이 혀를 찼다.

아마도 귀찮은 혹쯤으로 생각하는 바보사내와 좋지 않은 감정을 갖고 있는 것이 분명해 보이는 위해원과 함께 가기가 싫어서 한 소리이리라.

정상이 아닌 자와 무공을 모르는 자를 버리자는 말과 다름이 아니다.

오늘 하루 동안 내보인 진사백의 행동거지는, 아직 드러나지 않은 무공 수위를 떠나서 대문파의 후계자의 자리를 논할 그릇이 아니라고 고원월은 확신했다.

장문영이 부르짖은 것은 그때였다.

"백일몽(白日夢)!!"

"백일몽… 아냐. 그럴 리가……!"

그는 모두가 의아한 시선을 보내는 것을 모르는지 탄식과도 같은 소리를 한 번 더 내뱉었다.

알 수 없는 말을 혼자서 중얼거리고는 고개를 끄덕거렸다 다시 가로저었다가를 반복하는 장문영의 모습은 중인들에게는 실로 낯선 것이라 할 만했다.

백일몽이 무엇이건대 지금껏 알 수 없는 현 상황에서도 차분함을 유지하던 장문영이 이런 실태를 엿보이는가?

"장 형, 괜찮소?"

"백일몽이라… 존재할 리가 없는데……. 그러나 그 외에는!"

"장 형!"

고원월의 목소리가 조금 커졌다.

장문영은 잠에서 깨어난 이마냥 퍼뜩 고개를 움직여 고원월을 바라보고는 황급히 주위를 둘러보았다.

모두의 시선이 자신에게 쏠려 있다는 사실을 그제야 알아차린 것 같았다.

설익은 홍시마냥 발그레 상기된 얼굴로 장문영이 말했다.

"아, 이런, 제가 추태를 부렸군요. 죄송합니다."

"방금 백일몽이라고 하셨던 것 같은데, 뭐라도 기억나셨소?"

"흠……."

쉽사리 말을 꺼내지 못하고 낮은 침음성을 삼키는 장문영의 모습이었다.

그도 그럴 것이, 동방신화 속에나 나오는 현무니 주작이니 하는 얘기와 다를 것이 없었던 것이다.

"백일몽? 혹시 낮에 꾸는 꿈을 가리키는 말이 아닌지요?"

남궁대수가 조심스럽게 말했다.

잠시 고민하는 기색이 역력하던 장문영은 이내 결심한 듯 천천히 입을 열었다.

"제가 말한 백일몽은 허황된 꿈을 말할 때의 그 백일몽이 아닙니다. 제가 말한 그건… 꽃 이름입니다."

이런 상황에서 꽃이라?

잊고 있던 꽃 이름이라도 부지불식간에 기억이 나서 혼자 부르짖었단 말인가.

약간은 맥이 빠진 얼굴로 고원월이 주위를 둘러보며 부드럽게 말했다.

"나도 나이가 먹어서 그런지 이런저런 일들을 깜빡깜빡하곤 하지. 그게 영 답답한 게 아니거든. 늘 알고 지내던 '아무개 이름이 뭐였더라?' 하는 생각이 갑자기 떠오르면, 당장에 쓸 일이 있는 것도 아닌데 생각해 낼 때까지 영 가슴 한편이 간지럽거든."

아마도 탐탁지 않은 모두의 시선에 무안해하고 있을 장문영을 변론해 주려는 것이리라.

그러나 위해원이 고개를 저으며 나섰다.

"그 뜻이 아니었던 것 같군요. 아마 전설상에 나오는 꽃을 말하고 계시는 것 같은데……."

"전설상의 꽃? 우담바라(優曇婆羅)나 설연화(雪蓮花) 같은?"

어안이 벙벙해진 고원월이 장문영을 바라보았다.

여래(如來)나 전륜성왕(轉輪聖王)의 등장을 알리며 삼천 년에 한 번 핀다는 우담바라나, 죽은 자도 다시 살린다는 만리설산(萬里雪山)에 피는 연꽃인 설연화.

아이들 상상 속에나 등장할 법한 얘기를 들은 고원월이 의아하게 되묻는 것도 무리는 아니었다.

그러나 장문영은 약간 굳은 얼굴로 진지하게 고개를 끄덕거리며 입을 열었다.

"맞습니다. 하지만 우담바라나 설연화와는 조금 다릅니다. 그것들의 존재는 저로서는 알 수가 없군요. 하지만 백일몽에 대해서는 믿을 만한 분에게 그 존재를 확인받은 적이 있습니다. 백일몽은… 마취제(麻醉劑)라고 하면 맞을 것 같군요."

위해원이 의외라는 표정으로 장문영에게 물었다.

"백일몽이 실존한다는 말입니까?"

"글쎄… 나도 모르지. 하지만 그분이 보지 않은 것을 보았다 할 분도 아니니……. 근데 자네는 백일몽에 대하여 어떻게 알지?"

이번에는 장문영이 의외라는 얼굴이 되어 반문했다.

질문을 받은 위해원의 얼굴에 순간 당혹감이 어른거렸으나, 이내 차분한 얼굴로 대답했다.

"글쎄요. 아마 책에서 읽은 것 같군요."

"책? 책이라……. 하긴……."

군계일학(群鷄一鶴) 격의 지식을 내비치고 있는 위해원이었으니, 사라져 가는 고서(古書)의 어느 부분을 탐독했을 수도 있으리라.

"독!! 뿌드득— 이놈들—!"

뭔가 깨달은 듯 진사백이 새삼 보이지 않는 적을 향해 이를 갈며 적의를 불태웠다.

그러나 무슨 생각을 하고 있는지 안다는 듯 고원월이 고개를 가볍게 내저었다.

아마도 장문영은 백일몽이라는 꽃에서 추출해 낸 마취 성분 강한 독(毒)에 의해, 모두가 정신을 잃었던 것이라 말하고 있는 것일 터였다.

사실 자신 역시 정신을 차린 뒤 제일 먼저 생각한 것이 바로 독이었다.

그러나 그 가능성은 이내 고원월의 상념에서 흔적도 찾을 길 없이 지워져 갔으니, 당문(唐門)의 장문인이 펼쳐 내는 용독술(用毒術)이라 할지라도 자신을 이렇게 쉽사리 잡을 수는 없을 것이라는 확신이 있기 때문이다.

온갖 귀계와 음모가 도사리는 세계의 정점에 오른 이가 고원월이었으니, 그동안 접해봤던 독의 수도 결코 적지 않았다.

그러나 그 어떤 경우도 이와 비슷한 상황조차 만들지는 못했던 것이다.

이런 고원월의 생각을 읽은 것일까, 장문영이 부연을 하고 나섰다.

"백일몽은 독(毒)은 아니라오. 따라서 독을 사용하는 데 필요한 용독의 과정이 필요없다고 하지요. 그냥 피어 있는 것만으로 주변의 모든 것을 잠재운다고 전해져 있을 뿐입니다. 제가 백일몽을 떠올린 것은 우리가 정신을 잃은 기억조차 없다는 것이 백일몽의 전설과 유사하기 때문이라오."

장문영은 의원이었다.

그것도 천의라 불리는 의원이었으니, 그가 어찌 정신을 잃은 상황을 이리저리 추측해 보지 않았으랴.

많은 것을 생각했던 와중에도 '백일몽' 이라는 이름을 떠올리지 못했던 것은 자신의 검은 머리가 영원할 것이라고 믿고 있던 젊은 시절의 어느 날, 사부가 말했던 백일몽의 존재를 너무 허황된 이야기라 여기고 있었던 것일까.

그러나 지금 갑자기 그 이름을 떠올리게 된 것은 독고음의 한마디 '적어도 처음 것은 수혈(睡穴)이 아니었지' 라는 알 수 없는 이야기를 들어서였다.

의미심장한 한마디에 장문영은 접어두었던 생각을 다시

시작한 것이었다.

혈을 짚기 위해서는 다가와야 하며, 독을 쓰기 위해서는 그 과정이 필요하다. 그러나 이는 자신이나 다른 인물들에게는 통할 방법이었다.

그 누가 고원월을 상대로 그 일을 해낼 수 있을까.

처음 정신을 차렸을 때는 여기서 생각이 막혀 접어야 했다.

그리고 독고음의 말에 의해서 다시 시작된 고민 와중에 사십 년도 더 지난 과거에 지나치듯 들었던 백일몽의 이름을 기억의 깊숙한 창고에서 끄집어낼 수 있었던 것이다.

그 누가 있어 산을 지남에 있어 초목의 향기를 맡지 않을 수 있을까.

그 누가 있어 바다를 건넘에 있어 물결의 짠 내음을 맡지 않을 수 있을까.

그 누가 있어 마을에 머무름에 있어 사람 사는 냄새를 맡지 않을 수 있을까.

장문영이 들은 백일몽은 그런 꽃이었다.

피어 있는 장소와 동화되어 공기가 되는 향기를 지닌 꽃. 그리고 모든 것을 잠들게 하는 꽃.

장문영에게 의술을 전달한 그의 사부는 천하에서 둘째가라면 서러운 재주를 가지고 있었으니, 그것은 의술이 아닌

원예(園藝)였다.

의술에서도 경지에 이른 사부였지만, 누군가 의술의 높이를 폄하하는 소릴 한다면 가볍게 웃어 넘겼으나 원예의 깊이를 낮추어 부르는 자가 있다면 두 눈에 불을 켜고 달려들 만큼 광적인 면이 있는 그였다.

어느 날 백일몽의 이름을 언급한 사부에게 장문영이 그 효능과 그 존재에 대하여 묻자, 그는 꿈꾸는 듯 몽롱한 눈으로 한 자락 노래를 부르고는 이내 입을 굳게 닫아버렸다.

그리고 얼마 후, 자신의 사부는 온다 간다는 말 한마디 없이 홀연히 모습을 감추었다 다시 나타나는 시기가 잦아졌으니, 그렇게 간간이 오던 서찰마저 자취를 감춘 것이 벌써 십수 년이나 지나고 있었다.

그 이름을 말하면서도 장문영이 확신을 가진 것은 아니었다.

아니, 환자의 상세를 보고 냉철하게 원인을 분석하는 자신이 이런 허황된 말을 하고 있다는 사실조차 스스로도 믿어지지 않았다.

대부분의 사람들은 고뿔에 걸려도 그 원인을 생각해 보려 하기 전에 지신(地神)의 분노며 천벌이니 소란을 떨고, 의원을 찾기보다는 정화수(井華水)를 고목 아래 떠놓고 비는 세상이었다.

그런 미신들과는 반대되는 입장에 서야 하는 자신이 허무

맹랑하다 싶을 백일몽의 이름은 언급하다니…….

장문영은 자신을 이렇게까지 만든 현 상황에 고소를 지을 수밖에 없었다.

그러다가 불현듯 떠오르는 생각에 소스라치게 놀라며 고개를 돌렸다.

갑자기 찾아온 의문, 혹시 백일몽을 자신보다 먼저 생각한 사람이 있는 것일까라는 의문.

장문영의 의혹 어린 시선에도 독고음은 무심하기만 한 눈으로 담담하게 서 있을 뿐이었다.

어색해진 분위기를 깨고 위해원이 말했다.

"지금은 먼저 해야 할 일이 있는 것 같군요."

독고음을 바라보던 의혹에 가득 찬 시선을 거두면서 장문영은 고개를 끄덕거렸다.

그 원인이 백일몽이든 다른 뭐든 간에 이곳을 나가서 조사해도 늦지 않으리라.

지금은 위해원의 말대로 먼저 해야 할 일이 있는 것이다.

장문영이 굳은 얼굴로 고원월에게 물었다.

"어디로 가실 겁니까?"

"네 개의 문이라."

선택의 시간이 찾아왔다.

'어디로 가야 하나.'

고원월이 생각에 잠겨 있는 동안, 안정된 신법으로 벽을 박

차며 삼 장 높이를 격하고 뚫려 있는 구멍들을 하나하나 살펴
본 남궁대수가 다가와 말했다.

"하나같이 긴 복도로 연결되어 있는 것 같습니다. 사실…
밝은 곳과 어두운 곳은 그 속을 정확하게 볼 수 없었습니다.
언뜻 살펴본 제 느낌이었지만, 어두운 곳은 막혀 있는 것도
같았습니다. 죄송합니다."

남궁대수의 목소리는 부끄러움과 미안함이 혼합되어 있었
다.

고원월이 짧게 고개를 끄덕이고 평온한 얼굴로 물었다.

"남궁가의 소가주께서 그 안을 정확히 살필 수 없을 정도
라면 구멍 속의 빛과 어둠은 일반적인 것이 아니겠지. 괜히
미안해할 필요 없소. 그럼 나머지 두 구멍은……?"

장왕이란 전설적인 인물과 말을 섞는 것도 영광인데, 그 인
물이 정탐 임무를 제대로 수행하지 못해낸 자신을 이해하고
있는 것 같지 않은가!

남궁대수는 벅차오르는 가슴을 애써 진정시키며 절도있는
자세로 설명했다.

"네. 나머지 구멍들이 각각 긴 복도로 연결되어 있는 것을
확인할 수 있었습니다. 약 십오 장에서 이십 장 뒤가 복도의
끝 같았고, 그곳에는 알 수 없는 글자들이 음각된 문이 있었
습니다. 각기 붉고 푸른색으로 되어 있는 문이었습니다."

"남궁 형, 들어가서 살펴보면 될 것 아니오? 제가 들어갔다

오겠습니다."

"그게……."

책망하는 어투의 진사백의 말과 어색하게 말을 못 잇는 남궁대수를 보며 장문영은 불안한 감정의 씨앗이 가슴속에서 스멀거리며 싹 틔우려 하는 것을 느꼈다.

'좋지 않구나. 좋지 않아.'

아마도 진사백이 질투하고 있으리라.

장왕이라는 희대의 거인을 앞에 두고 불란의 씨앗을 본 것 같아 장문영의 가슴 한편이 서늘해졌다.

여태껏 묵묵히 있던 독고음이 한심하다는 음성으로 누구에게랄 것 없이 허공에 대고 말했다.

"용 형의 사람 보는 눈이 이렇게 없었던가. 저런 멍청이를 제자로 받아들이다니, 쯧쯧. 멍청이니까 뭐가 있는지 알 수 없는 곳에 겁도 없이 마구 들어갈 생각을 하겠지."

진사백이 잠시 어리둥절해 있다가 곧 분노의 일갈을 터뜨렸다.

신선같이만 보였던 근엄한 인상과는 다르게 독설을 뿜어내는 독고음이 말하는 용 형과 멍청이가 누군지 이내 깨달은 것이었다.

용 형이라 일컬어진 이는 강호삼대세력 중 하나인 정무단의 단주(團主)이며 칠천무신의 일인인 자신의 사부 검왕(劍王) 용벽관을 말하는 것이리라.

그렇다면 그 멍청이는 자신이 됨이 당연하지 않은가.

"뭐, 뭐라고?! 감히!!"

"갈!!"

분노에 휩싸여 검을 잡아가던 진사백의 손이 사자후와 같은 고원월의 일갈에 멈춰 섰다.

그러나 그 손이 부들거리며 떨리는 것을 보아 참지 못하겠다는 진사백의 심정이 여실히 드러나고 있었다.

얼굴을 찡그린 고원월이 진사백에게 책망하듯 말했다.

"나 고원월의 이름 석 자를 걸고 장담하지. 그 검, 뽑지 않는 게 좋을 걸세. 침착하게나. 잡귀, 네놈도 쓸데없는 장난은 그만 하지."

독고음은 주위의 돌아가는 일이 자신과는 상관없다는 듯 가벼운 미소마저 머금고 뒷짐을 지고 허공에 시선을 던지고 있었다.

그 천연덕스러운 모양이 더욱 심화(心火)를 태우는 듯 검을 쥔 진사백의 손이 더욱 떨림의 진도(震度)를 더해갔다.

검집에서 한 뼘가량 뽑힌 창룡검이 달그락거리며 떨리고 있었다.

그러나 장왕 고원월의 말을 무시하고 그와 친분이 있는 것으로 보이는 노인을 벨 수도 없는 일.

진사백이 검병에서 손을 놓으며 떨리는 목소리로 말했다.

"고 어르신의 말씀이 당신을 살렸소. 그러나 조심하는 게 좋을 거요.”

독고음은 아무것도 들리지 않는다는 듯 여유로운 신색이었다.

고원월이 나직한 한숨을 쉬며 화제를 돌렸다.

“그 끝을 알 수 없는 곳보다는 뭐라도 볼 수 있는 곳이 낫겠지. 홍색과 청색 중 어떤 색을 좋아하지?”

“전, 전 홍색이 좋아요.”

난데없는 지목에 당황한 듯 바로 대답하지 못하고 잠시 생각하던 면사여인이 대답했다.

고원월이 고개를 끄덕이며 웃음을 지어 보이며 주변을 둘러보고 말했다.

“소홍이도 홍색을 좋아했지. 내 머리가 이래놔서일 수도 있었겠군. 하여간 여아들이 빨강, 분홍 따위를 좋아하는 것은 만고의 진리인가? 하하. 그래, 그건 그렇고, 이제 당분간 동행을 하지 싶은데 이름을 물어도 될까?”

“전… 지부용이에요.”

얼굴 가득 흥미로운 기색을 담은 고원월이 지부용이라 자신을 밝힌 여인을 물끄러미 쳐다보았다.

지부용이 당황한 목소리로 말했다.

“왜, 왜 그러시죠?”

“허, 대단한 귀보(貴寶)로구나. 아, 미안하구나. 흔하지 않은 물건이어서 나도 모르게 추태를 보였구나. 그것참.”

고원월의 입에서 나오는 말에는 진심 어린 탄성이 어려 있었다.

자신을 희롱하고 있다고 생각한 지부용이 날카롭게 외쳤다.

"무례하군요!"

감히 장왕에게 무례하다는 말을 쓰다니!

지부용이란 여인이 철이 없거나, 혹은 그렇게 말할 수 있는 지체를 가지고 있던가 둘 중 하나일 것이다.

그러나 고원월은 수염을 잡아당기는 손녀의 재롱을 흐뭇하게 바라보는 것같이 별반 화난 기색도 없이 너털웃음을 터뜨렸다.

"응? 아, 하하! 아, 내 말을 오해했구나. 난 네가 쓴 그 흑색 면사를 보고 말한 것이야. 뭘로 만들었는지 도저히 그 속을 들여다볼 수가 없구나."

자신이 쓴 면사를 일컫고 있음을 안 지부용은 그제야 자랑스럽게 어깨를 한번 으쓱거리고는 더 할 말이 없다는 듯 고개를 돌렸다.

칠천무신의 일인인 장왕의 안력까지 차단하는 면사이니 어찌 자랑스럽지 않겠는가!

그러나 여인의 신분이 무엇이관대 그런 귀물을 갖고 있는 것일까.

호기심을 억누르며 약간 머쓱해진 고원월이 헛기침을 몇

번 하고 일행을 둘러보며 말했다.

"좁은 석실이니 지금껏 귀를 막고 있지 않았다면 이로써 대강 서로의 이름 정도는 다들 알았겠군."

"저 청년도 당분간 부를 호칭이 필요할 듯싶군요."

"홍!!"

장문영의 말에 고개를 끄덕인 고원월의 망막으로 구멍 밑에 서서 날뛰고 있는 바보사내의 모습이 맺혔다.

"장 형의 말대로군요. 얼마가 될지 알 순 없지만 일단 동행인 이상 부를 이름이 필요하겠군. 장 형이 지어보시지요. 저는 영 생각나는 게 없군요."

작명을 양보하는 고원월을 향해 부드러운 미소로 화답하며 장문영이 말했다.

"그럼 큰 체구에 환한 웃음을 가지고 있으니 대소(大笑)가 어떨는지요?"

"대소, 대소라……. 좋군요. 원월(元月)보다 나은 것 같소이다. 애야, 당분간 네 이름은 대소가 되었구나. 하하!"

제 얘기를 하는 건지 알아들은 걸까.

고원월이 자신을 향해 말하자 바보사내는 마주 보며 히죽히죽 웃음을 지어 보였다.

"자, 그럼 이제 슬슬 출발하도록 하지. 붉은 문이 있다는 저곳, 저 구멍으로 들어가기로 하세. 다른 의견 가진 사람 있나?"

"여기 있어요."

모두의 시선이 쏠렸다.

말했던 고원월조차 '다른 의견'이 나오리라고는 상상하지 못하고 있었다.

단지 형식상 하는 말에 불과했던 것이다.

"저는 파란색을 좋아한답니다."

모두가 어떻게 생각하고 있는지는 중요하지 않다는 듯 궁장 차림의 중년 여인이 다가오며 다른 의견을 분명하게 말했다.

모두를 쭉 훑어보던 중년 여인의 시선이 시냇물이 조약돌을 스치듯이 위해원에게서 잠시 멈추었다가 스르륵 지나쳤다.

"만고의 진리라 믿고 있던 사실을 깨뜨려서 죄송하군요."

"푸른 문 쪽으로 가자고 하시는 이유를 물어도 되겠습니까?"

또다시 머쓱한 표정이 되어 서 있는 고원월을 대신하여 남궁대수가 한 발 나서며 물었다.

"그전에 붉은 문 쪽으로 가려고 했던 이유를 물어도 될까요?"

"…하하."

궁장여인의 말에 남궁대수는 난처한 얼굴이 되어 어색한 웃음을 터뜨렸다.

뚜렷한 의미 없이 단지 지부용에게 물어 결정된 상황이었으니 어떤 논리를 말할 수 있을까.

"부용 소저, 파란색은 싫어하시나요?"

"네? 아, 아니요."

"그렇다는군요."

지금껏 단 한마디도 안 하고 있었지만, 막상 입을 열자 그 누구도 궁장여인의 상대가 될 수 없었다.

후덕하게 보이는 모습과는 다른 날카로운 언변과 좌중을 휘어잡는 분위기, 겉모습처럼 얌전하기만 한 예사 부인은 아닌 것이 분명해 보였다.

"좋군. 시간 낭비할 필요 없이 파란 쪽으로 가는 걸로 결정하지."

무슨 생각을 했는지 독고음까지 다가서며 궁장여인의 말에 힘을 실어주었다.

"그렇게 하지. 푸른 문이 있는 구멍으로 가기로 하세. 다른 의견 있나?"

잠시 독고음과 궁장여인을 탐색하듯 바라보던 고원월이 이내 고개를 흔들고는 결심한 듯 의미없는 논쟁에 종지부를 찍듯이 단호하게 말했고, 더 이상 다른 의견은 나오지 않았다.

궁장여인 곁에 선 독고음이 지나가는 투로 말했다.

"정월명이라 했던가? 재미있는 일이 생각보다 많아질 것 같군."

“…….”

좌중을 둘러본 고원월이 출발을 알렸다.

“가세!”

선두(先頭)는 고원월이었다.

삼 장이니 보통 성인의 키 대여섯 배에 해당하는 높이.

고원월은 장왕의 명성답게 가볍게 무릎을 튕기는 정도로 그 구멍에 안착했다.

날카로운 눈매로 구멍 안의 복도를 살핀 고원월은 두어 발 복도 안쪽으로 걸음을 옮기면서 고개를 빼 들어 구멍을 바라보고 있을 나머지 일행을 향해 소리쳤다.

“괜찮군. 올라오게!”

무리의 뒤쪽에 서 있던 진사백이 ‘흥!’ 하는 소리와 함께 땅을 박차 올랐다.

진사백이 일행까지 단번에 뛰어넘어 허공을 갈라 빠른 속도로 구멍 안으로 사라진 뒤, 남궁대수가 장문영에게 공손한 어투로 말을 꺼냈다.

“장 천의께서 먼저 오르시지요.”

“허허, 노인네라고 공경해 주는 건가? 고맙구먼. 그래, 그럼 사양하지 않겠네.”

의원이라고는 하지만 강호에 한 발을 담그고 있던 세월의 무게만큼 장문영의 무공 공부 또한 가볍지 않아 보였다.

일행은 장문영이 가볍게 뛰어올라 이 장 높이에서 벽을 박차고 남은 거리를 지나 구멍 안으로 사라지는 것을 볼 수 있었다.

남궁대수가 이번엔 독고음을 바라보았지만, 독고음은 가볍게 고개를 흔들었다.

정중한 목소리로 남궁대수가 말했다.

"그럼 소저와 부인께서 먼저 오르시지요. 오르실 수 있으시겠습니까?"

"합―!"

짤막한 기합성과 함께 공중에서 빙그르르 한 바퀴를 돌아 구멍 안으로 사라지는 것으로 지부용은 대답을 대신했다.

그 모습을 바라보던 독고음의 눈빛에 이채가 언뜻 떠올랐다.

'응? 어디서 보았더라?'

평범해 보이는 신법이었지만, 그 속에서 낯설지 않은 움직임이 느껴진 것이었다.

곧이어 중년 여인 정월명은 남궁대수에게 고개를 끄덕여 보이고는 짧게 일 장씩 벽을 박차는 방법으로 세 번의 도약과 함께 구멍 속으로 사라졌다.

남궁대수가 독고음과 위해원을 한번 바라보고는 멍하니 실실거리며 침을 흘리고 서 있는 대소라 이름 붙여진 사내를 허리에 끼고 뛰어올랐다.

탁―!

놀란 듯 '어―' 소리를 내는 대소와 함께 구멍 높이까지 수직으로 올라 허공에서 잠시 멈칫하는가 싶더니, 다시 직각으로 꺾여 빨려 들어가듯 구멍 속으로 들어섰다.

"깨끗한 해연(海燕) 신법이로구나. 어린 나이에 기초가 튼튼하게 잡혔군. 품성도 쓸 만한 것 같으니 남궁가가 후대교육은 잘 시키고 있는 듯하구나."

독고음이 남궁대수의 움직임에 대한 혼잣말을 끝내고 위해원을 바라보았다.

"자네도 오르지. 난 맨 마지막에 가려네. 중간에 끼는 건 별로여서."

"죄송하지만 전 저 위를 오를 능력이 안 되는군요."

위해원의 대답에 독고음이 다소 의외라는 듯 눈을 빛내며 말했다.

"무공을 할 줄 모르는가?"

"예, 모릅니다."

"전혀?"

독고음은 이 청년이 여러 가지로 자신의 호기심을 끌고 있다는 것을 부인할 수 없었다.

상승 무공을 익힌 흔적은 없어 보였지만 담력과 지혜를 보건대 약간의 무(武) 정도의 재주는 있으리라 생각하고 있는 터였다.

그런데 자신의 예상을 깨고 전혀 하지 못한다니…….

과연 이곳에 갇힌 까닭은, 그 출신 성분은 무얼까.

금방 탄로날 거짓말을 할 정도로 어리석어 보이지는 않는

데, 두고 보면 알 일이라고 생각하며 연이어 떠오르는 상념의 꼬리를 자르고 독고음이 입을 열었다.

"하긴, 이 세상 모든 이가 무(武)를 쌓았다면 천하제일고수가 백 명쯤 됐겠지. 잡게나."

독고음이 손을 내밀자 위해원은 찰나의 주저함도 없이 그 손을 잡았다.

마치 처음부터 그럴 줄 알았다는 듯.

차가운 곳에 있던 옥구슬이 따듯한 곳으로 서리가 내려앉는 것처럼 독고음의 눈에 다시 이채가 서렸다.

잠시 물끄러미 위해원을 바라본 뒤 독고음은 걸음을 옮기기 시작했다.

독고음의 신법은 실로 특이했다.

앞에 사람들처럼 허공을 격하고 뛰어오르는 것이 아니라, 수직으로 세워진 벽을 평지처럼 밝고 올라가는 방법을 사용한 것이었다.

제집 앞마당에 산보 나온 사람마냥 한가로운 걸음걸이로 벽을 오르며 지나가듯 물었다.

"오르지도 못하면서 왜 이리 편하게 있었나? 누구한테 좀 도와달라고 할 것이지."

"먼저 남한테 도움을 청하는 성격이 못 돼서요. 어찌 되었든 이렇게 어르신께서 도와주시고 계시지 않습니까."

잡고 있는 독고음의 손이 따뜻하다고 느끼며 위해원이 덥

덤하게 대답했다.

그리고 그 대답에 독고음의 걸음걸이가 우뚝 멈춰 섰다.

'…죽일까? 응?'

독고음은 약간의 놀라움을 자신에게 느껴야 했다.

스스로도 왜 이런 기분이 생긴지는 알 수 없었지만, 순간적으로 살의가 떠올랐다는 것은 분명했던 것이다.

사람의 목 한둘 베는 것을 대수롭게 생각하지는 않지만, 한평생 특별한 이유 없이 살인을 한 기억은 많지 않았다.

오히려 칼을 빼 들고 달려드는 적이라 할지라도 대부분의 경우에는 목숨을 빼앗지 않는 이가 바로 독고음, 그였다.

이는 독고음의 성격이 자애로워서가 아니라, 날아드는 벌레를 잡아 손을 더럽히기 싫어하는 마음으로 상대할 가치조차 없다고 생각한 것이다.

사실 그 앞에 달려드는 적을 본 지도 오래되었지만.

그 오래된 기억 속에서도 마주할 가치가 있는 적에게만 살수를 써왔으며, 당금에 와서는 적으로 인정할 상대도 찾아보기 힘든 지경이었다.

주위의 모든 것을 한 단계 아래로 내려다볼 수 있는 여유를 지닌 강자. 이러한 점이 그의 외면에 흐르는 신선같이 탈속한 분위기를 이끌어내고 있는 것이리라.

이럴진대 그런 독고음이 순간 찾아온 살의라는 감정에 놀라움을 느끼는 것은 당연한 일이었다.

독고음은 고개를 돌려 위해원을 쳐다보았다.

위해원은 이 순간 자신의 목숨에 대한 판결이 진행되고 있음을 아는지 모르는지 평온한 눈으로 독고음을 마주 바라보았다.

그런 고요한 신색에 독고음은 자신도 모르게 위해원이 벽을 걷기 편하게 흘려보내고 있던 염왕(閻王)신공의 내력을 조금씩 더 흘리기 시작했다.

미비하게 흘려보낸 공력은 위해원에게 도움이 되었지만, 그 수위를 조금만 더 높이면 약하디약한 몸이 견뎌내지 못하고 혈맥이 터지리라.

마치 얇고 좁은 소로(小路)를 거대한 폭우가 한순간에 덮쳐 사라지게 만드는 것처럼.

그것은 죽음과 다른 의미가 아니었다.

위해원의 얼굴이 조금씩 붉어지기 시작할 때였다.

"잡귀야, 어서 올라오거라. 위 소협 좀 봐줘야 할 일이 있네."

"…허허허."

고원월의 목소리가 구멍 너머에서 빠르게 메아리치며 뛰어왔다.

그 소리에 퍼뜩 정신을 차린 독고음이 잠시 몸을 흠칫거리는가 싶더니 이내 유쾌한 웃음을 터뜨리며 공력을 거두었다.

第二章　도산지옥(刀山地獄)

통로(通路)

사후세계.

죽음 뒤의 세계를 생각해 보지 않은 이는 아무도 없을 거라고 단호히 말할 수 있다.

종교든 상상이든 그것을 생각하게 된 원인이 무엇이든지 간에 말이다.

하루를 사는 것이 하루만큼 죽음에 가까워지는 것이라 했던가.

그렇다면 삶이란 죽음으로 가는 통로란 말인가?

삶이란 통로 뒤에 오는 것이 과연 무엇일까.

그리고 지금 가고 있는 통로 뒤에는 무엇이 있을까.

강가에 다리를 놓은 적 없는 자,

배고픈 자에게 밥을 준 적도 없는 자,

이 문을 열지 말지어니,

칼로 이루어진 산에서 갈가리 찢어질지니,

관에 들어선 시신에 쇠못을 박으리라.

"다른 문을 찾아보는 게 어떨까요?"

"흥! 이따위 기방에서 기녀들이 읽는 잡설에도 나오지 않을 글귀에 겁을 먹고 발을 돌리다니, 장 신의는 나를, 아니, 여기 장왕 고원월 대협을 뭘로 보고 그런 말이요! 이따위 문은……!"

"그만 하게! 그리고 장왕이니 대협이니 따위 듣기 간지럽군. 다른 사람들도 그냥 고 노인이나 고 형 정도로 부르도록 하게."

고원월은 날파리가 맴도는 주방을 손으로 휘휘 저어가는 숙주처럼 귀찮다는 듯 손사래를 치며 말했다.

그 재질이 무엇인지 푸른빛을 요요하게 뿜어내고 있는 석문.

그리고 그 한가운데 쓰여 있는 알 수 없는 글귀들.

위해원이 뜻 모를 그 글을 해석했을 때 장문영은 신중한 자세를 내비쳤고, 이에 진사백은 못마땅한 기색을 내뿜었으며,

고원월은 그런 진사백이 짜증나 말을 끊어버렸다.

조심스럽게 만지면서 문을 살피던 위해원이 손을 털며 일어섰다.

"강옥(鋼玉)이군요."

"강옥?"

"네. 푸른빛을 띠고 있는 것으로 보아 청옥(靑玉)이라고 생각하시면 될 것 같습니다."

"청옥? 보석이란 말인가? 허허, 정 부인이나… 아, 실례. 정 부인이라고 불러도 폐가 되지 않겠소이까?"

"네, 편할 대로 부르세요."

빙글거리는 고원월의 말에 무표정한 얼굴로 정월명이라 자신의 이름을 밝혔던 궁장여인이 대답했다.

긴장된 분위기를 풀어보려는 듯 고원월이 가볍게 농을 지껄였다.

"청옥이라니, 이 문을 쪼개어 노리개를 만들면 정 부인이나 지 소저에게 잘 어울리겠군. 하하!"

평소 잘하지도 않는 농담으로 무섭게 가라앉은 일행을 안심시켜 보려던 고원월은 그 뜻을 이루지 못하고 씁쓸한 고소를 삼킬 수밖에 없었으니.

당사자인 정월명은 예의 무심한 표정을 유지하고 있었고, 지부용은 '저 까짓것' 하면서 코웃음을 쳤던 것이다.

어색한 침묵 속에 무안해하고 있을 고원월을 구해주려는

듯 남궁대수가 불현듯 위해원을 향해 입을 열었다.

"그 뜻을 알 수 있겠소?"

"…글쎄요. 이 글은 문 너머에 있는 것에 대한, 일종의 비유 같긴 한데 지금으로써는 저도 알 수 없군요."

"지옥(地獄)이다!"

대화를 이루고 있던 인물들 가운데로 날아든 마지막 말의 의미에 중인들의 몸이 흠칫거렸다.

자신이 내뱉은 한마디로 인해 모두의 시선을 받게 된 독고음이 즐겁다는 표정으로 방금 전 말의 의미를 한 번 더 확인해 주었다.

"지옥이지. 그것도 도산지옥(刀山地獄)! 천축어까지 해석한 녀석이 그 뜻을 모를 리 없는데, 속 시원하게 말해주는 편이 낫지 않겠느냐. 그걸 듣고 마음이 더 무거워질지라도 말이야. 흐흐."

상황이 즐겁다는 듯 낮은 웃음을 지어 보이며 독고음이 위해원에게 말했다.

위해원은 잠시 독고음을 흥미로운 눈으로 바라보다가 그 시선을 거두면서 모두에게 말했다.

"불교의 세계관(世界觀) 중 지옥의 일부를 묘사한 부분입니다. 이 청옥으로 된 문에는 천축어로 도산지옥에 대한 문구가 적혀 있습니다."

"지옥이라… 거참, 재미있겠군. 내 꼭 한번 가보고 싶었는데 죽어야 가는 수고를 덜게 되었으니 이 어찌 재미있지 않은가. 거기다 도산지옥? 도(刀)로 이루어진 산(山)? 내 평생 보아온 검과 도가 산 하나쯤은 능히 이룰 터. 식상한 게 아니었으면 좋겠군."

분위기를 바꿔보려 했던 첫 번째 시도인 농담은 실패했지만, 이번에 행해진 두 번째 시도는 성공했다.

일행 중 대부분은 직, 간접적으로 험난한 풍진강호(風塵江湖)에서 거센 비바람을 몸으로 마주하며 살아온 몸들이 아니던가.

문 너머에 도로 이루어진 산이 있다면 그 또한 익숙한 일이 아니겠는가!

더욱이 그 말을 하고 있는 주체가 칠천무신 장왕 고원월이었음에야!!

일행은 우물가에 떨어진 나뭇잎마냥 흔들리던 마음이 차분해지는 것을 느낄 수 있었다.

차분해진 안색들을 엿본 고원월이 호기있게 웃은 뒤 위해원에게 물었다.

"그래, 그럼 어떻게 해야 산을 만날 수 있지? 산을 오르기 위해서는 먼저 산에 가야 할 것이 아닌가. 오랜만에 등산 한번 하겠군. 강부(岡阜)가 나타나서 실망시키지 않았으면 좋겠는데. 하하하!"

강부란 언덕의 다른 이름이었다.

자신이 해놓고도 방금 전의 화법이 맘에 든 듯 고원월이 한 손을 청옥 문에 기대고 연신 웃음을 터뜨렸다.

위해원이 그런 고원월의 손을 바라보며 숲 속 개울물 흘러가듯 조용하고 나직하게 말했다.

"밀면 될 것 같군요."

"응?"

"이 석문, 그냥 밀면 열릴 겁니다."

의아하게 바라보는 일행의 시선에 잠시 말을 끊고 숨을 들이켠 후 위해원이 다시 말했다.

"지옥은… 들어가기 별로 어려운 곳은 아니지요."

그리고 첫 번째 지옥의 문이 열렸다.

고원월이 문에 기대고 있던 손에 힘을 조금 주는 것만으로 위해원의 말이 옳음은 증명되었다.

천로역정(天路歷程)이라 했으니 하늘로 가는 길은 험난하고 고되나, 지옥으로 가는 길은 오히려 쉬운 법이리라.

끼익―

신경을 곤두세우는 날카로운 마찰음과 함께 문이 한 자가량 열렸던 것이다.

진사백은 지금껏 몇 번이나 뽑아놓고도 단 한 번도 휘두를 기회가 없었던 곧게 뻗은 애검 창룡(蒼龍)을 빼어 들었고, 남궁대수 자신의 묵빛 칙칙한 요대 속에 감춰져 있던 낭창거리는 연검(軟劍) 광접(光蝶)의 모습을 처음으로 드러냈다.

병기를 빼어 들고 진사백과 남궁대수가 신중한 기색으로 고원월의 뒤에 바짝 붙어 섰다.

고원월은 문을 잡지 않고 있는 나머지 손에 적노신공(赤神功)의 내력을 끌어 모으며, 지금껏 기다렸던 것이 무안하게 한순간에 문을 활짝 열어젖혔다.

휙— 쿵—!

우스스!

오랫동안 그 문을 연 자가 없었는지 문이 내지르는 비명 소리와 함께 긴 시간 속의 잠에 빠져 있던 먼지들이 깨어나며 깜짝 놀라 사방으로 날뛰었다.

다소 긴장하고 있던 일행은 온몸에서 힘이 빠지는 기분이 들었다.

문 바로 밖에는 아무것도 없었기 때문이다.

그리고 그 너머 조금 떨어진 곳에는 위로 올라가는 계단이 보였다.

한 사람이 지나기에는 넉넉하지만 두 사람이 지나기에는 좁아 보이는 계단은, 알 수 없는 괴기함이 신비스럽게 맴돌고 있었다.

명부(冥府)로 향하는 관문인지는 모르겠지만, 천상(天上)으로 향하는 통로는 아닌 것이 확실하다고 제 스스로 말하는 듯.

우우웅—

낮게 우는 소리가 여염집 처자를 기웃거리는 파락호처럼 희롱이라도 하는 것처럼 일행을 휘감았다.

아마도 좁은 계단을 통해 공기가 이동하면서 만들어내는 울림 때문이리라.

잠시 바라보던 고원월이 성큼성큼 걸어가기 시작하자 일행은 그 뒤를 따라 움직였다.

선두의 고원월이 계단에 첫 걸음을 내딛고, 후미의 독고음이 문을 통과하며 이동했다.

그리고 독고음이 통로에 네 번째 걸음을 밟는 순간,

꽝—!

진사백과 남궁대수의 신형이 빙글 돌며 소리의 진원지 쪽으로 회전했을 때, 그들은 방금 통과한 청옥으로 된 문이 굳게 닫혀 있는 것을 볼 수 있었다.

남궁대수가 튕기듯 닫힌 문으로 다가갔다.

이리저리 문을 다시 열어보려 했지만, 단 한 군데의 들어간 곳도 나온 곳도 없이 평평한 문을 당겨 연다는 것은 요원(遙遠)한 일이었다.

바로 힘을 줄 곳이 마땅치 않았던 것이다.

열렸을 때 얼핏 본 문의 두께로 미루었을 때, 그 무게만 해도 이백 관은 족히 나가 보이지 않는가!

미는 경우라면 쉽다고 할 수 있었지만, 당기는 경우라면 얘기가 달라진다.

남궁대수가 문을 부술까 생각하면서 손을 번쩍 치켜들었다.

"그만두시지요. 석옥은 금강석 다음으로 단단한 돌로 알려져 있습니다. 만약 부순다손 치더라도 그 정도의 충격이라면 석옥보다 약한 화강암으로 된 이 통로가 견딘다는 보장이 없습니다. 그리고… 그 문은 이제 의미가 없어 보이는군요."

"왜 잡지 않았지?"

위해원의 단조로운 목소리에 이어서 고원월의 격정적인 목소리가 꼬리를 물었다.

앞선 위해원의 음성은 남궁대수를 향해 만류의 뜻을 담고, 뒤따른 고원월의 음성은 독고음을 향해 추궁의 뜻을 담고 있으리라.

고원월은 알고 있었다.

자신의 질책 어린 음성을 여유로운 미소로 받아내고 있는 저 사내, 독고음의 능력을!

저 문이 지금보다 두 배는 무거울지라도, 그리고 두 배는 빠르게 닫혔을지라도 그가 마음먹었다면 능히 막을 수 있었다는 것을.

질책 섞인 말에도 아랑곳하지 않고 있음이 분명했으니, 독고음은 입가에 띤 미소를 무너뜨리지 않고 혀만 '쯧쯧' 차면서 가볍게 대답했다.

"오리는 오리구나. 저 위가 아이의 말이 가진 뜻을 모르겠
느냐. 이제 저 문은 의미가 없어 보인다지 않느냐. 아니면 네
놈은 아까 그 석실로 기어들어 가 다시 벽이라도 두들기면서
세월을 보낼 셈이냐?"

고원월은 잠시 독고음을 쏘아보듯 바라보다가 결국 고개
를 돌리고 말았다.

그의 시선이 닿은 계단 너머로 흐릿한 불빛이 새어 나오고
있었다.

열려고 마음먹는다면 능히 열 수 있는 능력이 자신에게는
있었다.

그러나…

고원월이 지금 더 이상 입을 열지 못하는 것은 말문이 막힌
터였으니, 독고음의 말이 맞다는 것을 알고 있었기 때문이다.

되돌아가기 위해서 문을 연 것이 아니지 않는가!

고원월은 무거운 발걸음으로 천천히 계단을 오르기 시작
했다.

좁은 계단은 그리 길지 않아서 열 발자국을 헤아릴 무렵,
곧 그 끝을 내보이기 시작했다.

계단의 끝에 머물러 있는 빛의 광도(光度)가 그곳이 실외는
아니라는 것을 어렴풋이 짐작케 해주고 있었다.

고원월의 머리가 계단 너머의 공간으로 올라섰을 무렵, 그
의 걸음이 잠시 멈춰 섰다.

　그 뒤를 따르고 있던 진사백은 고원월을 따라 멈춰 서야 했고, 앞서 있는 고원월의 낮은 중얼거림을 들을 수 있었다.
　"별거 아니군."
　그리고 고원월은 걸음을 재계(再啓)해 완전히 계단을 벗어났다.

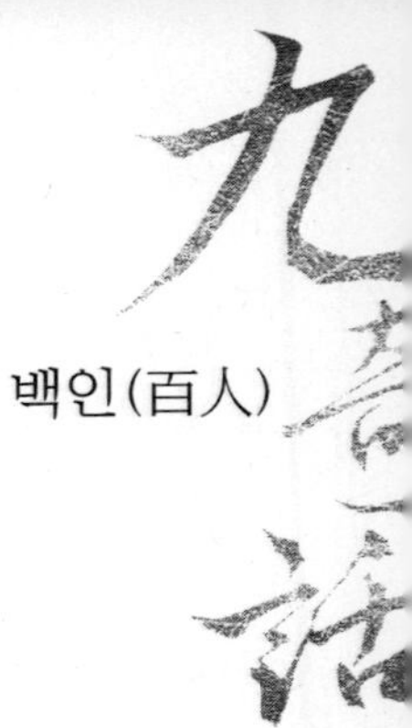

백인(百人)

의사소통.

이는 같은 종[同種] 간의 뜻을 전달하는 행위를 말하니 대화라 할 것이다.

각각의 방식이 존재하니 인간은 인간의 언어로, 짐승은 짐승의 언어로.

물론 세상에는 알 수 없는 기인(奇人)이 있어 초목 짐승들과 말을 한다고도 하지만, 일반인에게는 쉽게 믿어지지 않는 얘기일 뿐이었다.

그렇다면 이종(異種) 간에는 의사소통이 안 된다는 말인가?

전혀 그렇다고는 말할 수 없을 것이다.

이를 드러내고 으르렁거리는 짐승을 보면 그 뜻이 무엇인지 쉽게 알 수 있지 않은가.

하지만 이 경우에는 대화라는 표현을 쓰기에는 무리가 있어 보인다.

이때에는 이성적인 대화라기보다는 본능적인 소통이라 할 수 있을 것이다.

그렇다면 만약에 동종이 분명하나 이종 간의 의사소통 정도밖에 서로 나누지 못한다면 이는 동종인가, 이종인가?

계단 밖에는 꽤 넓은 공간이 있는 모양이라고 남궁대수는 생각했다.

맨 마지막에 뒤처져 걷던 그는 계단을 벗어난 일행이 하나둘 자신의 시야를 벗어나는 것에서 그런 추측을 어렵지 않게 했던 것이다.

하지만 남궁대수는 한 명씩 계단을 벗어나기 직전, 즉 머리만 계단을 넘어선 그 순간 모두들 하나같이 흠칫거리며 잠시 걸음을 멈췄던 이유만은 도저히 추측할 수 없었다.

그리고 남궁대수 자신의 머리가 그 계단을 벗어났을 때에야 비로소 그 이유에 대한 해답을 알 수 있었다.

눈앞에 펼쳐진 광경에 앞서의 일행이 그랬던 것처럼 그 자신도 걸음을 멈춰야만 했던 것이다.

고원월이 중얼거렸던 것과 같이 '별거 아닌 것' 이 아니었으니…….

잠시 남궁대수는 가늘고 길게 호흡을 내쉰 뒤, 계단을 벗어나 정면을 주시하고 있는 고원월의 왼쪽에 자리를 잡았다.

손끝에서 광접이 빛을 머금고 파르르 떨리고 있었다.

잠시의 침묵 후, 고원월의 오른편에 자리 잡고 있던 진사백이 소리치듯 버럭 외쳤다.

"네놈들은 누구냐?!"

대전(大殿).

일행이 현재 있는 곳은 대전이라 부르기에 조금도 부족함이 없었다.

처음 갇혀 있던 석실의 네 배는 되어 보이는 크기, 환하게 주변을 밝히고 있는 천장에 빽빽한 야명주들.

이 모든 것을 떠나 인간 중 가장 넓은 땅을 가지고 있다는 황제가 아니라면, 백여 명이 넘는 사람이 앉아 있음에도 좁아 보이지 않는 공간을 중전(中殿), 혹은 소전(小殿)이라 부르지는 않으리라.

대전은 특이하게도 흑과 백의 두 가지 색깔로 된 돌로 바닥을 깔아놓고 있었다.

일견하기에도, 대전의 반씩을 정확하게 양분하고 있는 것을 알아차릴 수 있는 흑과 백의 영역.

백의 영역에 서 있는 일행을 맞이한 것은 흑의 영역에 자리

잡은 녹의(綠衣)를 걸친 검수(劍手)들, 아니, 도수(刀手)들이었
다.

설사 아두(阿斗)를 품에 안고 조조(曹操) 군(軍)을 단신으로
돌파한 조운(趙雲) 자룡(子龍)의 용맹함이라도 순간적으로 뇌
리 한편이 서늘해짐을 느끼는 것은 어쩔 수 없었으리라.

그들은 하나같이 짙푸른 녹의(綠衣)의 무복을 입고 있었다.

마치 자신들이 산을 이루는 푸른 초목(草木)이라도 된다는
듯.

사방이 막힌 대전 안에는, 이십여 장 떨어진 곳에서 오와
열을 맞추어 앉아 있는 녹의인들이 그들을 맞이하고 있었다.

미동은커녕 숨소리조차 흘리지 않고, 눈을 감고 가부좌 상
태로 정연하게 앉아 있는 백여 명의 인원을 마주한다는 것은
지닌바 담력(膽力)의 세기를 떠나 기이하기까지 한 일이었다.

그러나 지금 이 순간 고원월 및 일행 누구도 이 상황에 따
르고 있는 그 기이함을 느끼지 못할 정도로 긴장한 것은, 그
들의 양 무릎을 받침대 삼아 도집도 없이 벌거벗은 채로 요요
한 광채를 뿌려대고 있는 시퍼런 도 때문이었을 것이다.

그리고 그 어지럽게 일렁이는 도의 광채 무리 뒤로 또 다른
공간으로 연결되어 있는 계단이 보이고 있었다.

사적(私的)으로는 사부요, 공적(公的)으로는 단주인 검왕
용벽관은 늘 진사백이 쉽게 흥분함과 그 흥분을 이겨내지 못
하고 이내 가벼이 손을 쓰는 것을 책망했었다.

그러나 천품(天稟)이 쉽게 고쳐지는 것이라면 '하늘이 내려준 것'이라는 뜻을 달지 못했으리라.

이 순간에도 진사백에게 내려진 하늘의 선물은 어김없이 발휘되고 있었다.

"이익─! 네놈들은 누구냐 물었다! 도대체 여기가 어디냐? 뭘 원하는 거야?! 말해라! 말해!!"

진사백의 격정적인 외침에도 녹의인들이 빚어내고 있는 침묵은 깨어지지 않았다.

자신의 목소리만이 공허하게 울려대고 있다는 사실이 그를 더욱 흥분하게 하고 있었다.

야명주의 빛을 튕겨내는 것으로 보아, 잘 손질된 것이 분명한 백여 개의 도신이 뿜어내는 마력에 이끌리기라도 했을까. 진사백의 음성은 갈수록 커져만 갔다.

"감히! 오냐─! 내 오늘 창룡검 진사백이 정무단 백호대의 대주가 누군지 확실하게 보여주리라! 감히 이따위 짓을 행한 죄를 이 창룡으로 묻겠다!"

손에 들고 있는 검에 비친 광채가 진사백의 얼굴에서 분노와 뒤섞여 번쩍거렸다.

"돌아오게─!"

"헛!"

낮지만 장중한 음성.

고원월이 일갈이 항마(抗魔)의 효능이 있다는 불문의 사자

후(獅子吼)라도 되는 듯, 혼탁한 흥분에 휩싸여 있던 진사백의 전신이 부르르 떨렸다.

그리고 어느덧 일행으로부터 떨어져 대치 상태의 공간 중앙인 백과 흑의 경계선 바로 앞까지 나와 있는 자신을 진사백은 화들짝 놀라며 발견할 수 있었다.

다리가 짧다고 놀림을 받는 아이라 해도 두 걸음이었으면 흑의 영역으로 넘어갔으리라.

진사백은 짧은 경악과 함께 누군가 신형을 뒤에서 잡아당긴 듯이 주르륵 미끄러지며 한 번의 튕김으로 한 치의 차이도 없이 원래의 자리로 되돌아갔다.

다른 장소, 다른 상황이었다면 훌륭한 신법이라 칭찬해도 되었으리라.

검왕의 절기 중 하나로 손꼽히는 묘후노낙(猫後虜搭)의 신법은 그럴 자격이 충분했다.

그러나 이 순간 누구도 칭찬하기는커녕 쳐다보는 이조차 없다는 사실은 얼굴이 붉게 물든 진사백으로서는 대단히 다행스러운 일이었다.

"누구 저들에 대하여 안면이 있거나 짐작 가는 부분이 있는 사람 있나?"

"……."

시선은 정면이 묶어두고 뒤의 일행에게 묻는 고원월의 말은 대답없는 메아리로 대전 안에 울려 퍼졌다.

　뒤의 일행에게 묻고는 있지만, 앞의 녹의인들을 살피고 있던 고원월은 자신의 말에도 아무 반응을 보이지 않는다는 것을 확인할 수 있었다.

　천하가 일만 팔천 리에 이르고 그 속에 바닷가의 모래알 숫자만큼 많은 이가 살아가고 있다고는 하지만, 장왕 고원월을 앞에 두고 무덤덤할 수 있는 인물이 있다고는 믿기 어려웠다.

　하지만 그 믿음은 깨어졌다.

　자신의 말에도 아무런 움직임이 없는 도수들을 바라보며 고원월의 눈빛이 조금씩 변하기 시작했다.

　변한 눈빛만큼 변한 목소리로 고원월이 누구에게 할 것 없이 말했다.

　"그래. 쉬운 문제였군. 입보다는 몸으로 해결하는 게 쉬운 법이지."

　고원월이 천천히 앞으로 나서기 시작했다.

　눈빛과 목소리, 이제 그의 손 또한 붉은빛으로 변하고 있었다.

　적노신공(赤澇神功).

　적파십이장(赤波十二掌)과 함께 고원월을 칠천무신 중 장왕으로 만들어준 내공심법의 이름이 바로 그것이었다.

　장왕의 손에서 노을이 파도를 타고 날아들면, 세상은 황혼에 휩싸인다.

어찌 보면 아름답기만 한 시의 한 구절 같은 이 말속에 감춰진 패도무비(敗度無比)란!

인간의 연약한 육장으로 대자연을 노래하고 있으니, 그 속에 담긴 거력은 상상을 초월하리라.

저벅.

저벅저벅!

묵직한 고원월의 발자국 속에 담긴 섬뜩한 의미를 모를 리 없건만, 돌로 된 좌상(坐像)마냥 녹의인들에게서는 그 어떤 움직임도 일어나지 않았다.

"당신은 무섭지 않은가요? 별로 긴장되어 보이질 않는군요."

어느새 다가왔는지 고원월을 바라보며 정월명이 차가운 음성으로 위해원에게 속삭이듯 말했다.

지금껏 단 한마디도 건네지 않더니 이 순간에 이런 질문이라니…….

위해원은 질문의 이유를 묻는 대신에 정월명을 깊이 있는 눈길로 바라보다가 고개를 살짝 휘저었다.

"긴장되지 않을 수 있겠습니까… 만은, 솔직히 크게 걱정되지는 않는군요."

"왜죠?"

정월명의 눈빛이 흔들리는 것을 놓치지 않으며 위해원이 덤덤하게 말했다.

"문에 쓰여 있었죠. 거지에게 밥을 주지 않은 자, 혹은 다리를 놓지 않은 자라고. 전 거지에게 밥을 준 적이 있거든요. 그러는 정 부인께서도 별로 걱정하는 기색은 아니신 것 같군요. 정 부인도 거지에게 밥을 준 적이 있나 보죠?"

진심인지 농인지 모를 소리를 하는 위해원의 눈을 이번에는 정월명이 묵묵히 응시했다.

이미 많은 이야기를 주고받고 있을 네 개의 눈이 서로의 마음을 엿보려 애쓰고 있었다.

정월명이 마주한 시선을 돌리며 조용히 입을 열었다.

"아뇨. 제 기억에는 전 거지에게 밥을 준 적이 없는 것 같군요. 하지만 강에 다리를 놓은 적은 있을지도 모르지요."

비웃는 것 같은 내용의 대답에도 위해원은 별다른 반응 없이 고개를 끄덕였다.

처음부터 그럴 줄 알았다는 듯.

위해원이 전면을 주시했다.

고원월은 흑과 백, 양 색깔의 경계에 다다르고 있었다.

이제 세 걸음이면 경계를 넘어서리라.

중인들의 눈이 고원월의 두 다리에 집중되었다.

바보가 아닌 이상 색의 경계를 넘는 순간 어떤 일이든 일어날 것임을 예상할 수 있으리라.

반으로 나뉘져 있는 흑백의 돌들.

백의 영역 안에 있는 계단에서 모습을 나타낸 일행과 흑의 영역에 있는 계단을 뒤로 두고 앉아 있는 녹의인들.

일행 중 바보라 불리는 자는 단 한 명밖에 없었기 때문에 경계에 이른 고원월에게 시선을 집중하는 것은 당연한 일이었다.

그 바보라 불리는 자마저 주변의 흐르는 심상치 않은 기류를 느낀 듯 입을 꾹 다물고 장문영의 뒤에 가만히 서 있었으니.

저벅.

저벅.

망설임이란 감정은 적어도 그의 두 다리에만큼은 없다는 듯 속도의 변화는 조금도 없었다.

저벅.

마침내 고원월은 경계를 넘어섰다.

그리고 멈추지 않을 것 같던 고원월의 두 발이 우뚝 멈춰섰다.

녹의인들이 흉흉한 살기를 내뿜으며 일제히 도를 치켜들어도 결코 고원월의 두 다리는 멈추지 않았으리라.

그러나 그것보다 더 예상치 못한 일이 벌어졌으니, 바로 아무 일도 일어나지 않은 것이다.

　검은 영역에 고원월이 두 발을 천 년간 한 자리를 지켜 뿌리내린 고목과 같이 굳건하게 내딛고 있었지만 녹의인들은 그 어떤 움직임도 보이지 않고 여전히 묵묵히 앉아 있는 것이었다.

　고원월의 안색이 붉어졌다.

　잠시나마 지체했던 시간을 보상받으려는 듯, 고원월은 다시 성큼성큼 걸어서 제일 첫 줄에 앉은 도수 앞에 이르렀다.

　잠시 멈춰 선 뒤 앉아 있는 도수를 쏘아본 후 아무 주저함 없이 그를 통과하여 계단 쪽으로 향했다.

　무시당했다고 느낄망정, 아무런 미동도 하지 않고 있는 상대를 공격하기에는 고원월의 자존심이 너무도 큰 것이었다.

　고원월의 신형이 수많은 도수들을 지나쳐서, 마침내 또 다른 계단의 입구에 이르도록 주위는 정막에 휩싸여 깨어날 줄 몰랐다.

　고원월이 뒤돌아 일행을 향해 외쳤다.

　"이리들 오게! 이제 보니 도산지옥이 아니라 좌상지옥(左橡地獄)이었나 보군!"

　앉을 좌(坐)에 나무 더부룩할 상(橡) 자.

　녹의를 입은 수많은 도객을 도로 된 산을 지키는 지옥의 야차가 아니라 나무의 가지로 만들어 버린 고원월의 외침에 제일 먼저 몸을 움직인 것은 위해원이었다.

　"먼저 가시겠습니까?"

위해원의 말에 정월명이 날카롭게 쏘아봤다.

"그럼 먼저 실례하지요."

위해원은 어깨를 으쓱해 보이고는 덤덤한 표정으로 한마디를 던진 뒤 정말 산보라도 가는 것과 같이 가볍게 움직이기 시작했다.

그리고 위해원이 경계를 넘어서 도수들의 숲을 지나 고원월의 곁에 무사히 이를 동안에도 역시 아무 일도 일어나지 않았다.

십 행 십 열의 총 백 인.

위해원이 녹의인들로 이루어진 숲을 지나며 센 숫자였다.

서로 간의 간격 또한 줄로 그어 맞춘 듯 오차없이 앉아 있는 백 명의 녹의인.

다음으로 남궁대수가 입술을 깨물며 대소의 오른 손목을 붙잡았다.

왼손에는 대소, 오른손에는 광접.

남궁대수가 천천히 걸어 경계선으로 다가갔다.

"같이 가세."

장문영이 대소의 왼 손목을 잡으며 편안한 미소를 지어 보였다.

"이 장난꾸러기 청년이 남은 한 손으로 저기 앉아 있는 사내들에게 꿀밤이라도 먹이면 큰일이지 않은가. 허허."

장문영의 너털웃음을 들으며 남궁대수는 팽팽히 긴장되었던 근육이 살짝 이완되는 것을 느낄 수 있었다.

지나치게 당겨진 실은 곧 끊어지리라.

무인에게는 방심만큼 경계하여야 하는 것이 행동을 둔화시키는 지나친 긴장이리니.

남궁대수가 장문영을 바라보며 살짝 웃음을 지어 보임으로 감사를 전했다.

"자, 가보세."

장문영은 특유의 잔잔한 미소로 화답했다.

남궁대수가 긴장했던 것을 비웃기라도 하려는지 삼 인이 칠 열의 녹의인들을 지나치도록 대전은 여전히 조용하기만 했다.

조마조마한 마음으로 그것을 지켜보던 진사백이 움직이기 시작했다.

그리고 진사백의 왼발은 백의 땅에 남아 있고 오른발이 흑의 땅을 딛는 순간, 백 개의 도(刀)가 일어나 산(山)을 만들었고, 이내 지옥(地獄)이 만들어졌다.

비로소 도산지옥이 시작된 것이다.

개전(開戰)

'인류의 문명은 투쟁의 역사다.'

누군가 이렇게 말했다.

'전쟁이 없었더라면 지금의 문명도 불가능했을 것이다.'

누군가는 이렇게도 말했다.

살아남기 위한 투쟁, 그 속에서 수많은 종(種)이 사라지고 그 수만큼의 새로운 종이 생겨났다.

날카로운 송곳니가 적을 씹어 삼킨다! 투쟁!

번뜩이는 발톱이 적을 찢어발긴다! 투쟁!

그 어떤 것도 갖지 못했지만 그 모든 투쟁을 인간은 승리로 이끌었으니, 인간이 지금껏 번성하고 있다는 것이 승리의 증명이며, 전리품일 것이다.

지금껏 자연계의 한 부분을 당당히 차지하고 있는 승리!

그 어떤 종족들도 넘보지 못할 문명이라는 이름의 무기!

그런데, 투쟁에 길들어 버리기라도 한 것일까.

인간은 투쟁 없이는 살아갈 수 없는 존재가 된 것일까.

그래서 서로 간에 전쟁을 시작하게 된 것이란 말인가?

*　　　*　　　*

"피해!!"

휘리리릭—

"이놈들!! 감히 내가 누군 줄 알고!!"

파바바박—

진사백의 여러 감정이 뒤섞인 혼탁한 외침과 함께, 창룡검의 푸른 검기가 허공을 수놓기 시작했다.

날카로운 검기가 진눈깨비마냥 사방으로 휘날리는가 싶더니, 이내 거대한 폭설이 되어 푸른 색으로 뒤덮인 세상을 그려 나갔다.

잔인한 폭설에는 매서운 한풍이 뒤따르는 법!

검기의 그물망을 빠져나가지 못하고 맴돌던 공기가 순간적으로 응축되었다가 한꺼번에 터져 나가는 소리가 대전 안을 거칠게 휘몰아쳤다.

팡— 팡— 팡!

그 성정이야 어떻든 간에, 검왕의 제자라는 신분 아래 보내왔던 세월은 그 누구도 경시하지 못할 위엄을 뽐내고 있는 것이었다.

종횡으로 얽혀 공간마저 잠식하고 있는 푸른 검기의 망은 쏟아지는 터럭도 통과시키지 않을 기세를 만들고 있었다.

그러나 일제히 일어나 도를 하늘을 향해 치켜든 백 명의 도수는 눈은 열려 있으나 보지는 못하기라도 하는지 진사백을 향하여 앞서의 고원월을 닮은 장중한 걸음걸이로 다가서고 있었다.

도산지옥.

도로 세워진 산이 지옥을 실현하기 위하여 마침내 움직이고 있는 것이다.

쩌벅!!

쩌벅!!

오십 쌍의 쌍둥이라도 되는 것일까.

침묵 속에 눈을 뜨고, 일어나고, 도를 치켜들고, 그리고 하나같은 발걸음.

차라리 중구난방(衆口難防)으로 사방에서 휘몰아치는 것이 인간적으로 느껴지리라.

도의 산을 만든 이들은 무표정한데 진사백의 얼굴은 야차와 같이 붉게 변해가고, 그의 목에서는 검붉은 혈관이 지렁이처럼 꿈틀거리며 요동치고 있었다.

"와라!! 다 죽여주마!! 와!! 어서!!"

광기가 아른거리는 음성을 폭포수처럼 쏟아내며 진사백이 제자리에서 마구 검을 휘둘러 갔다.

흐르는 물의 양이 많아지면 그 소리도 더욱 커지는 법이었으니, 고함과 함께 힘을 끌어올리는 진사백의 검끝으로부터 일 척 정도 뻗히던 검기가 넘실거리며 반 척가량 쭉 늘어났다.

그리고 확대된 푸른 검기가 제일 앞장서 걷고 있던 녹의인의 상의를 거칠게 베어내는 그 순간, 인간적이라 할 만한 움직임이 처음으로 녹의인들에게서 나타나기 시작했다.

옷이 찢기는 동시에 지금까지의 무겁게만 보이던 움직임이 착각이라도 되는 듯, 빠르게 신형을 허공에 띄운 것이다.

"헉!!"

답답하게 느껴지기까지 했던 녹의인들이 한순간 내보인 갑작스러운 속도의 변화에 다급한 헛바람이 진사백의 입술을 비집고 쏘아졌다.

사사사사사삭—

그것이 신호였을까.

진사백의 검기의 영역을 기점으로 하여 녹의인들의 신형이 위와 양옆의 세 공간으로 튀어나가기 시작했다.

퍼엉!

퍼엉!! 펑!!

"삼재진(三才鎭)이다ㅡ! 벽으로! 벽으로 붙어!! 벽으로!!"

어디선가 들려온 거친 외침과 처음의 석실을 메우던 대포의 발포음을 닮은 소리가 싸움이 시작되었음을 증명해 주고 있었다.

삼재(三才)란 우주의 세 가지 근원을 뜻하는바, 천(天), 지(地), 인(人)이 그것이다.

하늘과 땅, 인간, 세 요소의 조화로움을 이상으로 여기고 있으니 이것의 원리를 진(鎭)에 응용한 것이 삼재진이다.

적을 중심으로 두고 품 자형으로 둘러 공격하는 방법이 그 기본이라 할 것인데, 세 가지 톱니가 맞물려 돌아가는 것과 같은 원리를 공수(攻守)의 도리로 하고 있다.

지금 전면에서 다가오던 녹의인들이 펼친 최초의 삼재진은 천(天)이 하늘에서 내려치고, 지(地)와 인(人)이 좌우를 베어 나가는 변형된 형태라 할 수 있었다.

그러나 시간을 조금 더 주면 품 자형으로 둘러싸여 기본형과 변형형을 같이 상대해야 하리라.

최초의 공격은 허공에서 시작되었다.

진사백의 정수리에서부터 가랑이를 일직선으로 통과하려는 도의 궤적은 빠르고도 위협적인 것이었다.

일 대 일이었다면 좌로 반보를 짚으며 상체를 비트는 것으로 공세(攻勢)를 피하고, 동시에 창룡검을 자신의 어깨 높이로 휘뿌리리라!

창룡의 비행이 지나간 자리에 가늘고 긴 혈선이 생길 것을 믿어 의심하지 않으며.

그러나 진사백에게는 불행한 일이었지만, 이 싸움은 일 대 일이 아니었다.

허공에서 다가오는 기운과 약간의 시간 차를 두고 좌우에서 공기를 비집고 들어오는 아찔한 기운이 그것을 증명하고 있었다.

진사백은 번개처럼 검을 내밀며, 바람처럼 묘후노낙의 신법을 전개했다.

"으합!"

슈우욱―

고양이는 빠르다.

비단 빠를 뿐 아니라 방향 전환의 묘가 특출한 짐승이 고양이였으니, 전속력으로 달리다가 관성의 법칙을 비웃기라도 하듯이 순간적으로 직각으로 꺾이는 그 움직임이란 저절로 터져 나오는 탄성을 자아내기에 충분한 것이리라.

그런 고양이의 뒷덜미를 낚아챈다는 이름이 붙은 것이 무색하지 않게 진사백은 자신을 향해 날아오는 세 방향의 기운을 향해 빠르게 삼검을 떨쳐 내고, 벽 쪽에서 누군가 끌기라도 한 듯 미끄러지며 후퇴해 거리를 벌릴 수 있었다.

창망(悵惘)한 가운데 떨친 삼검이었지만, 그 속에 담긴 난화관통(亂花官桶)의 묘리는 가볍지 않은 것이었다.

무수히 휘날리는 꽃잎을 단숨에 꿰뚫어 버리는, 빠르고 정확하게 쏘아진 삼검!

평소에는 위기를 해소해 주었던 그 난화관통을 그려낸 검신을 타고 내려온 감촉에서 진사백은 오히려 위기를 뼈저리게 절감할 수 있었다.

쑤욱—

슈슉!

하나만 제대로 찌르고 둘은 피류의 상처 정도로 그쳤으리라!

눈으로 본 것보다 선명하게 손끝에서 전해지는 검의 울림에서 모든 상황이 그려졌다.

내력을 제대로 운용하지 못했다고 하지만, 검왕의 무공을 가볍게 피하다니!

감지한 위기를 확인시키고자 또 다른 위기가 해일처럼 몰려왔다.

'강하다!'

진사백이 느낀 위기는 적들의 강함을 감지해 낸 것에서 시작된 것이었다.

몇 합 섞어보지는 않았지만, 그 빠르고 정확한 도세(刀勢)와 전신을 찌릿하게 가르는 예기(銳氣)를 보건대 일류라 부르기에 부족함이 없었던 것이다.

삼류, 이류, 그리고 일류.

말하기 좋아하는 호사가들이 붙인 수식어에 불과하다고 여길 수도 있으니, 어찌 보이지 않는 개개인의 성취를 명확한 단계로 나눌 수 있을까.

그럼에도 불구하고 삼류라 불리는 자와 이류라 불리는 자의 차는 비교적 명확한 것이 부정하기 힘든 사실이었다.

각기의 호칭을 등에 업은 자들이 싸운다면 열에 아홉은 이류라는 호칭을 단 자가 삼류를 이긴다는 사실을 무림이란 세계의 투쟁의 역사가 증명하고 있었다.

물론 그 이류는 다시 일류에게 잡아먹히고 마는 약육강식의 법칙이 존재하지만.

그렇다면 그 비율은 어떻게 될까.

이 또한 앞서 말한 성취의 단계와 비슷하여 절대적인 것은 아니지만, 수천 년간 이어진 무림의 일반적인 구조를 비추어 어렵지 않게 추측해 볼 수는 있으리라.

무작위로 모인 강호인의 무리가 있다면 그중 반은 논외요, 남은 인원의 삼분지 이가 삼류고, 다시 남은 삼분지 이의 일부만이 이류라 여겨도 될 것이다.

그리고 그 뒤에 일류.

즉, 백 명의 무인 중 오십은 삼류 밖이고, 삼십은 삼류이며, 십오를 이류라 할 수 있는 것이다.

그리고 남은 오 정도가 일류.

물론 이것은 무작위의 경우를 가정한 경우이며, 명문이라 불리는 곳에서는 상위 단계의 군 비율이 급속도로 높아지기도 한다.

수많은 시행착오를 거쳐 정련된 체계가 잡혀 있기 때문이다.

하지만 누구나 명문에 속해 있다면 명문은 명문이라 불리지 않을 것이니, 그만큼 일류의 경지란 요원한 것이었다.

사실 검왕의 제자 진사백의 무공은 일류고수를 상대하기에 부족한 것은 아니었다.

그 나이에서뿐만 아니라, 수백만 무림인 전체에서도 백을 헤아리기 어려운 절정의 벽을 넘보는 경지에 오른 것이 진사백의 오만한 품성이 형성되도록 한 하나의 이유였음에야!

그러나 지금 진사백이 상대하고 있는 자는 일류고수가 아닌 일류고수들이었으니, 단수가 아닌 복수였던 것이다.

그것도 일과 일의 합을 이가 아닌 삼, 혹은 사까지 만들어 버린다는 합격진(合格陣)을 이루고 덤벼드는 일류고수들!

그들 여섯이면 능히 하나의 절정고수를 상대할 수 있으리라!

진사백의 느낌은 틀리지 않았으니, 본격적인 위기는 이제부터 시작되려 하고 있는 것이다.

허공에서 삼검을 떨쳐 낸 진사백의 발이 지면을 접(蹂)하기도 전에 정면에서 도를 검처럼 세워 들고 찌를 듯 튀어 오르는 또 다른 공세가 다가왔다.

하나의 천(天)이 빠진 자리를 뒤이은 또 다른 천(天)이 메우며 삼재를 유지하는 형태의 공격이 이어졌다.

허공에서 뒤로 물러나고 있는 진사백!

허공을 격하고 전진하며 추격하고 있는 녹의인!

베려면 충분히 벨 수 있을 것이었으니, 그만큼 녹의인은 전신 곳곳에 허점을 고스란히 드러내고 있는 무방비의 허술한 것이었다.

하지만 허술한 만큼 동귀어진(同歸於盡)의 단호함이 그 벼락같은 진격(進擊)에 깃들어 있었으니!

그를 베는 순간, 내 역시 찔리리라!

"흐협—!!"

진사백은 몸을 길게 곧추세우며 다리를 박차 올렸다.

뒤로 날아가는 탄력이 더해서 그의 몸이 허공에서 빙글 돌아 빠르게 회전하여 추격자의 턱을 강하게 후려쳤다.

발목에 찌릿한 충격과 뒤통수 부근의 서늘함이 동시에 느껴졌다.

치솟는 발의 탄성에 의해 몸이 회전하며, 간발의 차로 적의 도가 그의 뒷머리를 잘랐던 것이다.

분리된 검은 머리카락이 허공에서 하늘하늘 넘실거리며 춤을 추었다.

바닥에 한 손을 짚으며 착지한 진사백의 우측 옆구리를 노리며 도신이 번들거렸다.

그토록 한심하게 여기던 뇌려타곤(懶驢陀坤)의 수법을 펼치고 있다는 수치심을 느낄 새도 없이, 좌측으로 한 바퀴 돌아 우측으로 검을 빠르게 찔러 넣으며 손목을 비틀어 휘둘렀다.

쑤욱—!

서걱!

상대의 좌측 어깨를 찌르고 들어간 창룡검이 진사백의 손목의 회전을 따라 적의 우측 쇠골을 반쯤 가르며 튀어나왔다.

보검 창룡의 이름대로의 날카로움과 검의 명칭을 별호로 사용하는 검수의 이름값을 하는 기교가 합쳐져 만들어낸 결과였다.

그러나 이 결과는 결말이 아니다.

도신에 반사된 광휘가 창룡과 진사백을 에워싸듯 다가오고 있었던 것이다.

야광주가 빛을 뿜어내듯 진사백이 푸른빛을 전신에서 피워올리며 쥐어짜듯 말했다.

"제길!!"

*   *   *

위해원이 곁에 다가와 멈춰 서고, 남궁대수와 장문영이 어리둥절한 표정으로 주위를 주억거리는 대소의 손을 붙잡고 칠열 사이를 통과하는 순간에도, 고원월은 평온한 신색과는 다르게 두 손에 응집하고 있는 적노신공의 공력을 조금도 흐트러뜨리지 않았다.

여전히 흐릿하게 손을 감싸고 있는 붉은 기류 적노신공.

자신이 비웃은 말처럼 백 명의 녹의인이 나무의 가지 따위가 아님은 그가 제일 잘 알고 있었기 때문이다.

고요한 가운데 깃들어 있는 아우성, 잘 정련된 도를 바라보는 것 같은 날카로운 예기.

그리고 폭풍의 전야에서 느낄 수 있는 고요함, 이 모든 것을 녹의인들에게서 감지할 수 있었으니!

반백 년간을 천하를 떠돈 고원월은 밤하늘의 별을 보며 잠든 날들이 적다고 할 수 없었고, 그중 태반이 나무를 병풍(屛風) 삼고 갖가지 자연의 소리를 자장가 삼아 숲 속에서 잠들었던 시간들이다.

그런 고원월에게 있어서 녹의인들 사이를 지날 때 느낀 기묘한 위화감은 침묵의 숲을 지날 때와 같은 그것이었다.

새와 벌레, 짐승의 소리 등, 숲은 살아 있음을 노래하여야 한다.

그것이 고원월에게 있어 쉼터로서의 숲이었던 것이다.

그 노래가 없는 숲은 쉼터가 아닌 생존의 시험장으로 변하는 것을 몇십 번의 경험을 통해 익히 알고 있었던 것이다.

우선은 후방을 선점하는 것도 괜찮으리라.

고원월이 사태를 지켜보며 일행을 자신의 곁으로 부른 이유였고, 그런 고원월의 판단은 옳은 것만 같았다.

남궁대수 등이 무사히 넘어가는 것을 바라보던 진사백이 약간은 긴장이 풀어진 얼굴로 경계를 넘으려는 순간, 숲이 참아내고 있던 소리없는 아우성이 드디어 그 실체를 갖추고자 꿈틀거리는 소리를 고원월은 마음의 고막이 터질 듯 분명하게 들을 수 있었다.

제방을 넘으려는 거센 물결처럼 한순간 넘실거리는 살기를 느끼며 입이 터지라 외쳤다.

"피해!!"

도객들의 일사불란한 반개(半開), 착도(着刀), 그리고 거신(擧身)!

일련의 동작들은 결코 느리다고 할 수 없는 것이었지만, 이미 방비하고 있던 칠천무신의 일좌(一座)에 오연히 앉아 있는 장왕 고원월이 자신이 원하는 일련의 동작을 펼쳐 내기에는 충분한 시간이었다.

휘리릭—

바람에 펄럭이는 옷깃의 소리가 들리는가 싶었을 때는, 이미 도의 산속 한가운데 갇혀 있던 남궁대수와 장문영, 대소를 이끌고 다시 계단 쪽으로 튀어 돌아온 것이다.

고원월은 곧 닥쳐올 공세를 예감하며 들숨을 크게 말아 쉬었다.

그러나 예상 밖으로 녹의인들은 진사백만이 생사대적이라는 움직임을 보이고 있으니!

조금 전의 상황을 돌이켜 보면, 고원월이 비록 빠르긴 했지만 단 한 번의 교전 없이 일류고수로 이루어진 숲의 한가운데를 아무런 방해도 없이 들어갔다 나온 것 역시 의문스러운 일이라 할 수 있었다.

마치 녹의인들은 고원월과 남궁대수 등을 보지 못한 듯 행동한 것 같지 않은가!

복면을 쓴 것도 아닌데 그 어떤 적의 얼굴도 볼 수 없는 상황. 눈에 들어오는 것은 백 개의 등과 하늘로 치켜든 도신의 섬뜩한 번뜩임!

천하를 오시(傲視)할 수 있는 장왕 고원월조차 이 순간 당황함에 잠시 움직일 수 없었다.

지금껏 그가 적의 등을 본 것은 도주하는 모습을 지켜볼 때뿐이었지, 이처럼 전투를 앞둔 적의 등을 본 적은 없었던 것이다.

전투가 시작되면 핵(核)이 되는 것은 언제나 자신이었다.

호랑이와 토끼가 있을 때, 어떤 사냥꾼이 호랑이에게 등 뒤를 보이며 몸을 돌리고 토끼를 잡으려 하겠는가!

물론 진사백은 토끼가 아니었지만 최소한 고원월은 호랑

이가 맞았다.

진사백이 푸른 검기를 붓 삼고 허공을 종이 삼아 선혈로 얼룩진 그림을 그려 나가려는 순간이 지나고, 적과의 일 합이 시작되고 나서야 고원월은 상황을 파악할 수 있었다.

그리고 손상된 위엄만큼 커다란 분노가 호랑이의 손끝에서 터져 나왔다.

일 우장, 퍼엉!

일 좌장, 퍼엉!

다시 일 우장, 펑!!

삼 장은 이 인을 거동 불능(擧動不能)의 상태로 만들고 일 인의 한쪽 어깨를 앗아갔지만, 삼십 인의 새로운 적을 만들어 냈다.

"벽으로! 벽으로 붙어!! 벽으로!!"

응축되었던 장력을 빠르게 방출하며 고원월이 진사백에게 거칠게 소리쳤다.

적이 삼재방위(三才方位)를 점하지 못하게 하는 동시에, 자신은 반격을 꾀할 수 있는 위치를 일깨우려 한 것이었다.

뒤에서부터 삼 열까지 세 줄이 일제히 몸을 뒤로 반전시켰다.

그리고 호기로운 외침과 함께 장왕 고원월의 싸움이 시작되었다.

"와랏!!"

‘와랏—’ 이라고 외쳤으되, 고원월은 오기를 기다리지 않았으며, 또한 진사백에게 외친 것처럼 벽 쪽의 위치를 먼저 선점한 것도 아니었다.

제삼의 선택, 자신의 신형을 녹의인들 가운데로 쏘아 보낸 것이다.

“흐업!!”

쉬리리릭— 펑!!

싸아아아— 푹—! 푹푹!!

꽝!! 꽝!!

격타음과 파공성이 천지를 진동시켰다.

깡! 깡!

깡—!!

열의 오행과 육행에 있던 중앙의 적들이 고원월을 향해 기로 휩싸여 일렁이는 도를 난무하도록 휘둘렀다.

초식이라 부를 만한 형을 무시하고 고원월의 몸을 향해 최단 거리로 빠르고 강하게 지르고 휘두르는 도법!

진사백은 첫 합에서 선 방어, 후 공격을 선택했지만, 고원월은 선 공격에 이은 후 공격의 맹공(猛攻)을 선택했다.

장왕의 적파십이장(赤波十二掌) 중 이장인 어낙비조(魚搦飛鳥)가 대전에서 실현되었다.

적파십이장은 그 이름에서 알 수 있듯이 총 열두 개의 초식으로 이루어진 무공이다.

각각은 자, 축, 인, 묘, 진, 사, 오, 미, 신, 유, 술, 해의 십이 지를 근원으로 삼고 있다.

그럼에도 적파십이장의 정확한 기원을 불분명하게 만드는 것이 많았는데, 십이지에서는 유(酉)의 순서가 열 번째임에도 불구하고 그를 모태로 삼고 있는 어낙비조(魚搦飛鳥)가 장법 에서는 두 번째 초식의 이름인 것과 닭을 물고기를 잡는 새로 그려내고 있다는 사실 등이 그것이었다.

중원(中原)의 사상과는 다른 해석을 하고 있는 또 다른 십 이지.

그리고 그것에 기원을 두고 있는 적파십이장과 장왕 고원 월!

고원월이 양손을 가슴 부근에서 둥글게 말아 쥐는 순간, 각 기 좌우 어깨 어림으로 찔러오던 도의 끝 점이 자석을 만난 쇠라도 되는 듯 부르르 떨리며 두 손이 만들어낸 원 안으로 끌려들어 갔다.

장삼봉이 창안했다는 무당의 태극권과 유사한 흡(吸)의 묘 용이었지만, 그 뒤의 내력의 운영에서 둘의 차이가 드러났다.

이유극강(以柔克剛)을 기본으로 하여 부드러움으로 굳센 것을 이기려는 태극권이었다면, 흡으로 당기고 유(流)로써 흘 리는 수순이 일반적일 터.

그러나 어낙비조의 다음 수순은 흘리는 유가 아닌, 부수는 파(破)였던 것이다.

“합!”

외마디 기합과 함께 내력의 구를 형성하고 있던 손을 앞으로 쭉 내질렀다.

구를 뚫지 못하고 공중에서 말아 쥐고 있던 두 개의 도가 ‘쩌적—!’ 소리를 내며 갈라져 갔다.

펑!!

파열음과 함께 도신의 끝 도선 쪽이 잘게 갈라지며 작은 암기가 되어 전면으로 쏘아져 갔다.

슈루루룩—

푹—! 푹푹!!

고원월을 공격해 들어오던 오, 육행의 두 명의 녹의인이 고슴도치로 화해 쓰러졌다.

순식간에 두 명을 해치웠으나, 고원월은 처음보다 더욱 큰 압력을 느껴야만 했다.

두 명이 쓰러지는 동안에 열의 제일행과 십행 각 끝에 서 있던 녹의인들을 마주 닿는 점으로 하여 둥글게 고원월을 둘러싸 원이 제 형태를 갖추고 있었기 때문이다.

세 개의 인간 줄로 이루어진 원은 이미 팔 할 정도 완성되고 있었지만, 팔과 십은 너무나도 큰 차이가 있다.

수적으로는 단지 이의 격차. 그러나 그것은 미완과 완성의 메울 수 없는 격차!

끝 점을 이루는 일행의 인물과 십행의 인물의 거리는 빠르게 좁아지고 있었고, 그 거리가 무가 될 때 팔은 구를 거쳐 십이 되고, 고원월이 고립을 경험하게 될 터는 자명한 일!

하지만 이번에도 고원월의 선택은 처음과 같았다.

빠져나가려 몸을 빼는 대신 쓰러진 첫 번째 열의 오, 육행의 자리를 메우는 두 번째 행의 오, 육행의 인물들을 상대로 손을 교차시킨 것이었다.

우르르—!

뇌성인 듯, 맹수의 포효인 듯, 어찌 되었든 간에 그 난폭함만은 분명한 울림이 두 손에서 끝도 없이 뿜어져 나왔다.

양 허리 끝에 모아둔 손을 바닥이 하늘을 향해 나아가는 진로를 가로막는 것은 설사 신이라도 용서하지 않겠다는 듯 거센 나선풍(邏旋風)을 일으키며 휘몰아 올려친 것이다.

좌장은 우인(右人)을 향하여, 우장은 좌인(左人)을 향하여 기울어진 열십 자 모양으로 교차되는 적파십이장(赤波十二掌)의 제삼장 산중제왕(山中帝王)!!

일반적으로 말하는 호권(虎拳)의 모습은 엄밀히 따지면 권보다는 조(爪)에 가까운 것이니, 손가락을 곧추세워 할퀴는 것이 대부분이었다.

그리고 지금 펼쳐지는 산중제왕의 형태 역시 맹렬하게 회전하는 발톱을 번뜩이며 적을 찢어발기기 위하여 나아가고 있었다.

십이지 중 인에 그 바탕을 두고, 강맹함으로는 적노구장 중
세 번째 안에 꼽히는 막강함이 사방에 울려 퍼졌다.

녹의인들이 도산지옥의 인물들을 표방하고 있는 이때에,
산의 왕이 강림했으니 이 어찌 막을 수 있을 것인가!

고원월의 손은 노래하는 듯했으니, '산속에 존재하는 모든
것들이여, 경배로 맞이하여라. 산중제왕을!' 이라고!

꽝!! 꽝!!

피륙으로 만들어진 육신을 격타하였는데, 쇠를 두들기는
소리가 거칠게 터져 나왔다.

녹의인들이 설마 부서지지 않는다는 금강불괴(金剛不壞)라
도 된다는 말인가!

하지만 고원월은 그렇지 않음을 알고 있었다.

산중제왕에 담긴 거력이 목표물과 맞닿는 찰나, 순간적으
로 형성된 회(回)의 기운에 의하여 형성된 대기의 진공상태가
다시 흩어지며 발생하는 폭음이라는 것을 너무도 잘 알고 있
기에.

강호에 산재해 있는 많은 무공 절학 중에는 짐승의 움직임
을 본뜬 것이 특히 많았다.

약육강식의 세계에서 타고난 몸뚱이 하나만으로 생존을
위해 수천만 년을 거쳐 형성된 본능의 움직임에 담긴 힘이 어
떠하리오!

먹이사슬의 상위 동물들은 주린 배를 달래기 위하여 최적

의 사냥법을 찾아 진화했을 것이며, 그 하위 동물들은 흉흉한 포식자의 마수에서 벗어나기 위한 최적의 도피법을 찾아 또 다른 진화를 거듭했을 것이리라.

그 정점에 자리 잡고 있는 범과 매 모습이 찢어발길 발톱도, 창공을 가를 날개도 가지지 못한 인간이란 연약한 종에게 어떻게 비쳤을까.

그러나 하늘은 공평하다고 하였는가.

발톱과 날개 등을 가지지 못했지만 인간이란 동물은 이성이란 그 끝을 알 수 없는 제삼의 무기를 부여받았던 것이다.

그리고 이것으로 종을 지키고 번영시킬 수 있었으니, 그 일환으로 타 종이 가진 무기를 훔쳐 내어 인간 고유의 특성과 결합하기 시작했다.

바로 무공이란 형태로!

그것이 무(武)의 기원이리라.

약한 동물 인간의 다른 동물로부터의 생존의 몸부림!

점차 인간은 포식자의 위치로 올라서기 시작했고, 마침내 다른 종을 경계하지 않아도 되는 자연계의 정점에 올라서고야 말았다.

그리고 시작되었다. 인간, 동종 간의 생존경쟁이.

그리고 그것은 지금 이 순간에도 진행되고 있었다.

고원월은 중앙을 메우려던 이열의 오, 육행의 녹의인들이 일 장쯤 허공에 떠서 튕겨져 가는 것을 눈으로 확인하며, 시선은 마지막 줄인 삼열의 오행과 육행의 인물들에게 던졌다.

일류란 칭호가 능히 아깝지 않을 녹의인 넷을 긴 숨 한 번 내쉴 시간 만에 제압한 장왕의 신위는 실로 놀라운 것이었다.

그러나 넷은 일부일 뿐이며 전부이지 않았으니, 다시 오행과 육행이 빠르게 메워졌다.

총 삼 열이었으니, 이 둘만 제압하면 길이 열릴 것이다.

하지만 길을 열 틈이 없었으니, 뒤쪽에서 서늘한 도기가 산의 왕에 대한 반역을 꿈꾸며 떨어져 내린 것이다.

앞의 넷을 상대하는 동안, 뒤에서는 이미 포위망이 완성된 것이리라.

진득한 침이 뚝뚝 떨어지는 호랑이의 벌어진 아가리처럼, 아직도 눈높이 허공에 교차돼 있는 끈적한 선혈을 뿌릴 듯 가득한 손을 빠르게 풀며 정수리 위로 번쩍 끌어올렸다.

깡! 깡―!

고원월의 손이야말로 금강불괴인지 정수리 반 치 위에서 두 개의 도가 치켜든 고원월의 양손에 쇠 담금질하는 소리와 함께 잡혔다.

그리고 비어 있는 몸통을 향하여 다시 두 개의 도가 좌우에서 공기 빠지는 소리를 내며 빠르게 다가왔다.

쉬쉬식―!

"꿍―!!"

콧소리와 함께 고원월이 손목에 힘을 줘 비틀자, 팟—! 하는 소리와 함께 잡혀 있던 두 개의 도가 부러져 나갔다.

고원월이 쌍수를 벼락같이 밑으로 뻗어 내렸다.

챙—!

두 개의 도가 제 몸통 분질러지는 고통을 참지 못하고 신음을 터뜨리며 울었다.

주먹을 말아 쥐며 고원월이 자신의 신형을 아이의 손에 쥐어진 기다란 채에 맞은 팽이처럼 맹렬히 회전시키기 시작했다.

돌아가는 팽이의 원심력에 의해 그것에 부딪히는 돌조각들은 사방으로 튕겨 나가는 것이 정해진 운명.

회전 속에서 튀어져 나오는 환상 같은 손의 그림자가 그 자연의 이치를 내보였다.

이제까지의 날카롭던 소리와는 다르게, 절구로 떡을 치는 듯한 묵직한 소리가 뒤따랐다.

퍼벅!

퍽퍽—!!!

정수리를 노리고 날아드는 두 개의 도를 손으로 잡아 분지르고 도의 면을 손아귀에서 잘게 부서뜨린 뒤, 내력을 담아 던진 조각들이 쏘아진 대포알처럼 폭발을 일으켜 네 명의 뇌수를 허공에 점점이 비산시킨 것이다.

순식간에 일류고수급의 녹의인 여덟을 잡았다.

그러나 연이은 초식의 운영과 공세를 피하지 않고 정면에서 부딪쳐 막은 탓에 기혈이 은은하게 떨리는 것은 천하의 장왕이라도 어쩔 수 없으리라.

시간!

빠르게 눈 세 번 깜빡일 정도면 되리라.

하지만 공세는 이제 시작이라는 듯 더욱 빠르고 매섭게 들어오고 있었다.

고원월은 온몸을 태워 버릴 것같이 자신의 피가 들끓어오르는 것을 느꼈다.

이 얼마 만인가!!

물이 끓으면 수증기가 올라오는 것이 자연의 법칙. 그리고 지금 이 순간 심장을 요동치며 끓어오르는 뜨거운 피만큼 호기가 피어오르는 것이 장왕 고원월의 법칙!

하나의 파도가 지난 자리를 다음 파도가 차지하는 것과 같이, 또다시 밀어닥치며 쏘아진 전방의 날카로운 도기 두 개를 쌍수로 찍어 내리며 고원월이 외쳤다.

"으하핫—!! 좋구나!! 오랏—!!"

*　　　*　　　*

"좋구나!! 오랏—!!"

고원월의 외침이 인의 장막을 뚫고 남궁대수의 귀를 후벼 파며 박혔다.

남궁대수는 위해원과 장문영, 대소의 곁을 떠나지 못하고 광접을 굳게 쥔 채 전방을 노려보고 있었다.

얼마나 세게 움켜잡은 것일까.

검병을 잡고 있는 손에서 '뿌득―' 하는 마찰음과 함께 그 사이로 한 방울의 땀이 바닥으로 떨어져 퍼져 나갔다.

인간이라는 존재가 아무리 자연의 타 종족보다 스스로를 우월하게 생각할지라도 그 근원은 많은 동물의 종 중 일개 한 종에 불과하다는 것임을 부인할 수는 없다.

군림의 징표인 이성이란 산물로 포장했어도, 심연 깊숙한 곳에 숨겨져 있을 동물로서의 짐승의 본능!

하물며 신체를 갈고닦은 강호인은 그 본능을 표출할 계기를 충분히 넘치도록 마련하고 있는 족속이었다.

그리고 남궁대수는 강호인이라 칭하기에 조금도 자격이 부족함 없는 자다.

몸 안 어디서 시작되는지 그 정체를 알 수 없는 뜨거운 열기는, 강호의 명문 남궁가(南宮家)라는 곳에서 태어나고 자란 삼십대의 젊은 호한으로서는 처음 겪는 기이한 것이었다.

여명이 터오고 첫닭이 울음을 터뜨릴 때면, 지난밤 건재했던 방파가 사라지고 또 다른 문파가 욱일승천(旭日昇天)의 기세를 외치며 자리 잡는 곳이 강호였고 무림이었다.

그 세계에서 명문이라는 이름을 이백 년 이상 지켜온 혈족

답게 남궁 가문의 교육은 엄격한 것이어서 무와 예뿐 아니라 지(知)와 예(禮) 및 병(兵) 등 다방면에 이르는 광범위한 것이었다.

피교육자로서의 남궁대수는 타고난 재능이란 땅 위에 안주하지 않고 노력이란 탑을 쌓아 올려, 누구도 쉽게 얻을 수 없는 힘과 그 나이답지 않은 냉철함, 인내 또한 얻을 수 있었다.

그러나 지금 이 순간에 남궁대수를 괴롭히고 있는 미지의 열기는 목구멍 끝에 걸린 생선 가시마냥 간지럽고도 기묘한 자극을 주며 외면할 수 없는 마력을 뿜어내고 있었다.

싸움이 시작되고 얼마나 지났는지도 몰랐다.

그러나 분명한 건 무량억겁(無量億劫)인지 찰나인지도 모를 시간이 분명 흘렀으며, 그 시간 동안 자신들 쪽으로 다가서는 적은 없다는 것이었다.

이것을 깨달은 순간이 먼저인지, 어딘지 모르게 흥마저 배어 나오는 고원월의 음성이 먼저인지, 그것도 아니면 자신이 생전 처음일 것이 분명한 짐승 같은 소리를 흘리며 난전 속으로 뛰어든 것이 먼저인지는 당사자인 남궁대수도 몰랐다.

"으헝—!!"

고원월을 중심으로 견고한 성처럼 빙 둘러싼 최외각(最外殼)의 녹의인을 노리고 남궁대수의 몸과 검이 쏟아져 나갔다.

누군가 보았다면 몸과 검이 하나로 어우러진 빠름과 형세에서 신검합일(身劍合一)을 부르짖었을지도 모르리라!

하지만 지금 하늘을 가르는 남궁대수의 모습은 어려서부터 아비의 손을 따라 갈고닦은 절정의 신법이라기보다는, 어미의 뱃속부터 지니고 나온 짐승의 움직임이 같은 야성이 밖으로 흘러넘쳐 뚝뚝 떨어질 듯 배어 있는 몸부림일 뿐이었다.

전면의 좌우에서 공기가 날카롭게 갈리는 소리가, 비조(飛鳥)처럼 날아오고 있는 광포한 짐승을 차단하고자 그물을 치며 달려들었다.

원진이었기에 남궁대수가 노리는 적은 완전한 뒤태를 보이고 있었으나, 그 양옆의 인물들은 남궁대수를 시야에 담을 수 있는 위치에 서 있었던 것이다.

그리고 야차의 소리와 마귀의 형상으로 날아드는 남궁대수를 적으로 판단하고 좌우로 얽히는 도를 베어낸 것이리라.

마치 남궁대수 스스로가 세워지고 있는 도에 몸을 던지는 형상!

하지만 길을 걷다 서로 옷깃이 스칠 때 느끼는 정도로 미약한 크기의 느낌, 일말의 이성은 남아 있었던 것일까.

남궁대수의 몸이 공중에서 급작스럽게 웅크려 들었다.

쉬이익—!

날아가던 남궁대수의 신형이 순간 멈칫거리며 허공에 머물렀다.

그리고 전면 좌우에서 날아들던 도기가 남궁대수의 웅크

린 몸을 감싸고 있던 양팔의 하박을 반의 반 치 정도 가르고
지나갔다.

팽—!

가느다란 혈선이 허공중에 그려지는가 싶더니, 곧이어 수
그렸던 몸이 펴지고 기세에 잘린 앞머리 몇 올이 허공에 휘날
리며 잠시나마 지체했던 것을 보상받으려는 듯 처음보다 더
욱 빠른 속도로 남궁대수의 몸뚱이가 공간을 갈라 나갔다.

"으아아악—!"

슈욱—

남궁대수가 미친놈이 발광하듯 악을 쓰며 좌우로 몇 번인
지 모를 검기를 쏘아 보냈다.

탄궁신형(彈弓身形)을 응용한 절정의 몸놀림과 야수와도
같은 기세!

그 야성(野性)이 옮기라도 한 듯, 처음 목표했던 적의 지척
까지 이른 남궁대수의 병기 광접은 연검답지 않게 꼿꼿하게
세워져 녹의인의 등을 뚫고 배 앞으로 머리를 내밀었다.

검이 가늘게 떨리고 있는 것은 들끓는 야성의 본능에 온몸
을 맡겨 버린 남궁대수 때문이었을까, 혹은 몸을 관통당하고
움찔하는 녹의인 때문이었을까.

그도 아니면 원래 휘어져 낭창거리는 연검의 특성 때문이
었을까.

검신을 타고 흐른 피는 검선 끝에 머물며 미약한 떨림을 보

이더니 이내 낙하하는 이슬처럼 꼬리를 자르고 떨어졌다.

남궁대수는 검을 뽑아내지 못했다. 아니, 뽑을 수 없었다.

아마 혼미한 정신도 하나의 이유가 되었으리라.

그러나 그것은 두 번째는 될지언정 첫 번째는 되지 못했다.

남궁대수에게 녹의인의 몸에 깊이 파고들어 있는 검을 빼지 못하도록 한 첫 번째 이유가 서서히 움직이기 시작했다.

우연인 듯 등을 꿰뚫린 녹의인이 천천히 고개를 남궁대수 쪽으로 돌렸고, 필연처럼 자신의 등을 꿴 자와 눈이 마주쳤다.

둘 사이에서는 지배자의 입장에 서 있을 남궁대수가 졸다가 호갈(虎喝)을 들은 아이마냥 오히려 소스라치게 놀랐다.

몸을 관통하고 있던 연검이 돌아가는 사내의 몸과 함께 조금씩 휘기 때문이 아니었다.

또한 창백한 얼굴로 몸을 돌리고 있는 자 때문도, 아무 감정도 엿볼 수 없는 마주 본 그 눈에서 급격하게 꺼져 가는 생명의 불꽃을 느꼈기 때문도 아니었다.

바로 남궁대수 자신 때문이었던 것이다.

분명 위해원 등의 곁에 서서 그들을 지키며 사방을 방비하고 있었는데, 그 순간과 이 순간을 연결하는 과정이 기억나지 않는 것이었다.

마치 석실에서 처음 깨어난 그때처럼.

갑작스레 찾아온 상념은 그에게 이성을 되찾아 붙여줬지

만 날카롭게 다가오는 도가 그의 옆구리 살을 갈라놓는 것까지 막을 수는 없어 보였다.

남궁대수가 광포함에 휩싸여 찔러 넣은 검기는 좌우에서 공격했던 녹의인들을 몇 걸음이나 후퇴시키고도 가볍지 않은 상처까지 선물했지만, 치명타를 안겨주지는 못했던 것이다.

빠르게 공간을 좁히는 도를 느끼면서 남궁대수는 황급히 검을 쥐고 있는 손을 잡아 뺐다.

덜컥!

검은 관통하고 있는데 관통당한 사람은 몸을 반쯤 돌린 상태였으니, 검은 빠지지 않았다.

연검이 반쯤 휘어진 상태로 녹의인의 늑골에 걸린 것이리라!

듣고 보고 배우지 않아도 확연히 알 수 있는 것은 세상에 존재하는 법.

들리지도 보지도, 누가 알려주지도 않았지만 남궁대수는 알 수 있었다.

'늦었다!'

검을 놓고 뒤로 몸을 내던져야 공세에서 벗어날 마지막 기회였다.

하지만 남궁대수는 검을 쥔 손을 놓는 대신, 좌측으로 허리를 급격하게 꺾었다.

우측을 베어오던 검이 기형적이라 할 만큼 허리가 크게 휘어져 있는 남궁대수의 몸을 스치듯 지나갔다.

남궁대수는 좌측을 베어오던 검이 자신의 허리 어름에서 흐릿해지는 것을 얼핏 느끼며 몸을 반대로 뒤틀었다.

우드드득―!

탄력을 거스르는 움직임에 남궁대수의 몸이 비명을 질렀다.

그러나 고통의 비명도 살아 있는 동안만 지를 수 있는 것이니, 남궁대수는 고통을 느낄 새도 없이 몸을 처음의 방향으로 되돌렸다.

좌측으로 향하던 남궁대수의 허리가 다시 튕기듯 우측으로 꺾였다.

주인이 가면 하인이 그 뒤를 따르고, 몸이 가면 달린 손이 따라오는 법.

원래의 자리로 돌아오는 그 반동을 이용해 검을 우측 방향을 향해 비스듬히 휘둘렀다.

퍽―!

쏴악―!

이질된 두 가지의 다른 소리, 그리고 다시 두 가지의 이질된 상처.

그 모든 다른 것들을 만들어낸 것은 하나의 검, 광접(光蝶)이었다.

전자의 소리.

　죄인의 엉덩이를 두들기는 포쾌(捕快)의 곤장(棍杖)에서 들릴 법한 둔탁한 소리와 함께 관통한 상태로 휘어져 있던 검의 옆면이 틀어박혀 있던 옆구리를 부수며 튀어 올랐다.

　그리고 후자의 소리.

　그것은 노련한 사공의 노가 잔잔한 호수를 가르는 경쾌함을 닮은 소리였다.

　방금 적의 옆구리를 부수며 자유를 찾은 검이, 지금껏 갇혀 있던 것을 만회하고 자유를 찾은 축배를 외치는 것처럼 우측에서 남궁대수를 공격하고 있던 또 다른 적의 목을 가르며 내뱉은 음성이었던 것이다.

　마을 제일의 역사(力士)가 몽둥이로 절구 속 떡을 힘차게 내려쳤어도, 지금처럼 난무하는 살점들이 허공을 부유하는 모습을 만들지는 못하리라.

　그 사이로 제 짝인 몸을 잃어 외로운 얼굴 하나가 잘려진 목에서 피를 뿌리며 하늘을 빙글 돌고 있었다.

　휘리릭―

　두 명의 적을 쓰러뜨린 뒤, 그 여파에 의해 중심을 잃고 땅을 구른 남궁대수는 튕기듯 일어나 빠르게 주위를 훑으며 다음 상대를 찾았다.

　어느덧 원진에서 약간 떨어진 장소에 서 있는 자신을 바라보는 녹의인, 그 녹의인의 검끝에 피가 대전 바닥에 점을 찍으며 떨어지고 있었다.

턱!

데구르르—

때마침 남궁대수의 우측 옆구리 부근의 옷을 길게 잘라낸 녹의인의 목이 짧았지만 화려했던, 베어진 단면에서 뿜어져 나오는 피를 날개 삼아 날아올랐던 비행을 마치고 땅으로 떨어져 굴렀다.

그 소리를 들으며 남궁대수는 옷자락이 베인 우측 옆구리가 시원해지는 것과 살 거죽이 깊숙이 베인 좌측 옆구리가 뜨거워지는 경험을 동시에 할 수 있었다.

그리고 좌측 옆구리에서 피가 뿜어져 나왔다.

마치 입에 머금은 물을 물안개 만들어 내뱉듯이 가늘고 길게.

거칠게 숨을 몰아쉬며 뿜어 나오는 피분수를 손으로 틀어막는 남궁대수의 눈이 허망함으로 깊게 물들었다.

손끝이 부들부들 떨리고, 그 사이로 피가 떨어져 바닥에 작은 개울을 만들기 시작했다.

그 모습을 물끄러미 바라보는 녹의인의 눈에서는 어떤 빛도 떠오르지 않았다.

쾌감, 환희, 기쁨, 적의, 분노, 슬픔, 그리고 연민이라 부를, 인간이라면 응당 가져야 하는 그 어떤 것도.

단지 원진에서 이탈하여 남궁대수를 잡아야 할지 지금의 방위를 지킬지 잠시 고민하고 있는 것 같은 모습뿐이었다.

남궁대수의 눈이 서서히 빛을 잃어가기 시작할 때였다.

뇌정(雷霆)이 파산(破山)하여도 농자(聾者)는 못 듣나니, 백
일(白日)이 중천하야도 고자(瞽者)는 못 보나니, 남궁의 피여!
선심수양(先心修養)으로 농고(聾瞽) 같지 말지라.

부르르르—
약하지만 끊임없이 이어지는 바람 앞의 촛불처럼, 남궁대
수가 몸을 떨었다.
아니, 어디선가 묵직하게 들려온 하나의 시조가 남궁대수
의 몸을 뒤흔들었다고 하는 것이 맞을 것이다.
귀가를 맴돌아 마음을 울리는 소리를 들으며 천천히 남궁
대수의 눈꺼풀이 스륵 닫혔다.
그리고 그 순간에 맞춰 녹의인의 행보 역시 결정되었다.
원진이 보강된 것이다.
진사백 쪽으로 향해 있던 인원의 다수가 고원월을 에워싸
기 시작하고 있었다.
한 겹!
두 겹, 그리고 세 겹.
녹의인은 도를 하늘로 향하는 상단세의 기수식(起手式)을
취하고, 천천히 남궁대수 쪽을 향하여 다리를 움직였다.
미처 떨어지지 못하고 도신에 머물러 있던 남궁대수의 한

방울 피가 녹의인의 미간에 떨어지며 편린(片鱗)으로 흩어졌
다.
팟―!
눈앞에 흩어지는 피가 개전(開戰)을 알리는 붉은 깃발의 펄
럭임이라도 되듯 녹의인이 신형을 박차 올랐다.
거리가 좁혀지며 눈을 감은 남궁대수의 얼굴이 잡힐 듯 가
까워졌다.
녹의인의 손에서 한 가닥 힘줄이 튀어 오르며 도가 남궁대
수의 목을 향한 반원(半圓)의 궤적을 그려냈다.
번쩍!
도가 만들어낸 뇌전과 함께 남궁대수의 몸이 뒤로 쓰러졌
다.
그리고 쓰러지는 남궁대수의 눈에서도 뇌전이 번쩍였다.
개안, 그리고 비상.
마침내 빛의 나비, 광접이 그 이름에 맞는 화려한 날갯짓을
퍼덕이기 시작했다.
슉―! 파르르―
휘릭! 파르르르르―
무서운 기세로 찔러오는 도기를 피해 철판교(鐵板橋)의 수
법으로 쓰러지듯 뒤로 몸을 누인 남궁대수가 하늘을 향해 검
을 찔러 올렸다.
녹의인은 의외의 사태에도 당황하지 않고 몸을 반전하여

뒤집고 도를 아래로 그으며 마주 찔러 내렸다.

챙ㅡ!

장터 한복판에서 엿장수가 가위질하는 것과 같은 소리가
울리며 도의 끝과 검의 끝이 마주 닿았다.

하나는 밑에 누워 검을 하늘로 향해 세우고 있고, 하나는
위에 누워 도를 땅으로 꽂아 넣고 있는 형상.

순간이었지만 영겁 같았던 팽팽한 대치는 길지 않았다.

도와 접해 있는 검끝 부분인 검선(劍先)은 그대로인데, 검
의 중간 부분인 검신이 흔들리기 시작한 것이다.

미약한 떨림의 물결은 곧 검신이 부러질 듯 큰 파도로 광
변(狂變)하였다.

휘청ㅡ!

검과 접지한 부분에 내력을 밀어 넣고, 이에 반발하여 올라
오는 내력과의 충돌로 인한 대치로 공중에서 신형을 유지하
고 있던 녹의인의 자세에 파탄이 드러났다.

위에서 내리찍어 누르는 도기마저 받아내고 있던, 검에서
올라오던 딱딱한 내력이 땡볕의 엿가락마냥 흐느적거리기 시
작했던 것이다.

공격하는 쪽이 방어하는 쪽보다 전투의 흐름을 좌우하는
것은 상식이었으며, 이것을 승기라 부르기도 한다.

그러나 상식은 상대적이라고 항변하는 듯, 수세의 남궁대
수가 공세의 녹의인을 이끄는 추세를 만들어냈다.

자신은 굳건함을 지키고 상대는 흔드는 묘리(妙理), 조용한 가운데 움직이니 이가 바로 정중동(靜中動)이라!

흔들리는 쪽이 불리함은 인지상정(人之常情)!

결국 녹의인은 견디지 못하고 먼저 도를 잡아당겼다.

그리고 도가 검에서 떨어지는 순간, 후퇴하는 도신을 따라 나비가 가지를 희롱하며 타고 올라가듯 광접이 움직였다.

핏―! 휘리릭―!

털썩―!

세워진 남궁대수의 신형 뒤로 나비가 지나간 흔적만이 한 줄기 혈선으로 목에 남은 녹의인이 바닥에 몸을 뉘었다.

하나의 적을 제거했음에도 남궁대수는 옆구리의 상처를 쳐다보지 않았다.

그렇다고 어디선가 들려왔던 남궁가의 수양가(修養歌)의 진원지를 찾은 것도 아니었다.

사방을 메우는 살기에 동화되어 평정을 잃어버리고 치명적인 상처까지 입었다는 사실에서 남궁대수는 피륙보다 더 큰 마음의 상처를 받았었다.

자괴감.

나 자신의 모습이 스스로 생각하던 그릇에 훨씬 못 미침을 깨달은 순간은 누구에게나 견딜 수 없을 만큼 괴로운 것이리라.

쏟아져 나오는 옆구리의 뜨거운 피, 그리고 물밀듯 들어오는 자신에 대한 실망.

때마침 들려온 가문의 노래가 아니었으면 영원히 깨어나지 못했으리라.

그러나 감사의 마음은 나중에 전해도 늦지 않으리니, 지금은 고개를 끄덕여 감사를 전할 때가 아니라 검을 흔들어 적을 베어나가야 할 때였다.

원진의 인물 중 몇 명이 빠르게 쏘아져 왔다.

남궁대수가 미간에 검신의 면이 오도록 광접을 세우며 중얼거렸다.

"이제부터 조금은 다를 걸세."

이인(二人)

길들여져 본 적이 있는 사람은 알 것이라.

그것이 가져다주는 안락의 행복함을, 그것이 가져다주는 정체의 절망을.

길들여진다는 것은 다른 것을 할 필요가 없다는 것이요, 그 자체만으로 자연스럽다는 의미였다.

누군가는 잠에서 깨어나 밥을 먹고 식구들에게 웃어 보인 뒤 가게 문을 열고 장사를 하고, 어느덧 문을 닫고 다시 잠자리에 든다. 그리고 다시 잠에서 깨어나 밥을 먹고…….

무엇엔가 길들여진다는 것.

그렇다면 누군가를 자신이 길들이는 자의 입장이 된다면

길들이는 자는 어떨까.

아이에게 공부하라 말하는 아비가 그럴 것이요, 하인에게 손님이 나가면 탁자를 닦게 하는 주인이 그러할 것이다.

아마도 길들이는 과정에서는 온갖 수고를 길들인 뒤에는 자신이 만든 '길들임'이 깨질까 노심초사하리니, 이 또한 '길들인다'라는 또 다른 '길들임'에 길들여지고 있는 것은 아닐까.

사람과 사람이 만난다는 것은 서로가 서로를 길들이고 길들여진다는 것과 다른 의미가 아니리니, 그리고 그것은 어떤 이들에게는 서로를 길들이기 위한 싸움의 시작과도 같다고 할 수 있으리라.

전쟁터로 변해 버린 대전 안. 일로(一老)와 일소(一小)가 서로를 자신에게 길들이기 위한 또 다른 싸움을 시작하려 하고 있었다.

독고음은 내력을 실어 남궁대수에게 시 한 편을 읊어 보낸 뒤, 지금까지와 마찬가지로 여유로운 얼굴로 관람을 계속했다.

할 일은 다 했다는 듯 허허로운 기색으로.

'정파라 칭하는 이들은 신기한 데가 있단 말이야.'

자신이 그린 그림을 신기하게 바라보는 화공(畵工)인 양, 독고음은 묘한 눈으로 부활한 남궁대수의 검무를 바라보았다.

과연 독고음이 하릴없이 시를 읊조린 것은 아닌지, 빈사상태까지 이르렀던 남궁대수는 지금까지의 강(姜)의 모습을 버리고 유(柔)의 묘로써 검세를 이끌어 나가기 시작했다.

이성보다 본능에 충실할 때 강해지는 경우도 종종 있지만, 남궁대수가 익힌 검은 그런 것이 아니었으리라.

이런 식의 대규모 살육의 현장에는 인간을 변화시키는 마물이 깃든다. 그 사실을 독고음은 수도 없이 봐왔기에 한눈에 남궁대수의 상태를 간파할 수 있었던 것이다.

첫 경험은 언제나 많은 것을 동반하는 법!

하물며 그것이 피의 향연이라면 어떠하리오!!

이것은 남궁대수의 심력이 미약해서가 아니니라.

남궁대수가 원래 지닌바 심력은 약하나 타인의 피를 자주 보아온 자라면 오히려 조금 더 냉정했을 수 있으리라.

도(道)가 높은 만큼 마(魔)에 가깝다고 했던가.

새하얀 백지는 작은 먼지에도 더럽힘이 유독 뚜렷해지는 것이었으니, 그 지닌바 무공 수위에 어울릴 만한 실전의 경험을 쌓지 못한 남궁대수에게는 난데없이 찾아온 모든 것들이 충격적인 장면이었음이 분명했다.

난생처음 마주한 마의 늪에 빠져 버둥거리던 가련한 젊은이는, 독고음의 필요에 의해 구출될 수 있었다.

'해동이라는 나라의 도산십이곡(陶山十二曲) 중 팔수라 했

었던가.'

독고음은 자신의 입을 통해 흘러나왔던 시를 마음속으로 되새기며 천천히 음미해 보았다.

다 죽어가던 무당의 장로가 권선징악을 외치며, 하나밖에 안 남은 팔로 검을 휘두르며 달려들던 옛 장면을 떠올리며.

정신이 육체를 지배한다!

몇 번을 보아도 신기한 일이었다.

남궁가의 전대 가주였던 남궁진산은 어디서 주워들었는지 도산십이곡의 원형을 바꿔 마음을 다스리라는 뜻으로 자주 말했다고 한다.

우렛소리가 산을 무너뜨릴지라도 귀머거리는 이를 듣지를 못하며, 밝은 해가 하늘을 밝혀도 소경은 이를 보지를 못할 것이니. 남궁가의 피를 받은 이여, 마음을 갈고닦아 귀머거리나 소경이 되지 말아야 하리라.

이것이 현재의 가주인 남궁천을 거치며 수양가(修養歌)란 이름으로 남궁가에 자리 잡은 것이었다.

'이제 저 녀석도 제법 버티겠군.'

남궁대수가 세 명의 녹의인을 맞아 차분하게 공수를 교환하는 것을 확인한 독고음은 서서히 고개를 돌려 가장 큰 싸움을 하고 있는 고원월 쪽으로 시선을 돌렸다.

이미 자신마저 잊어버리는 무아지경에 빠진 듯, 두 손에서 붉은 기류를 흘리며 사방으로 굉음을 터뜨리는 고원월의 모습은 분노한 천신(天神)을 방불케 하고 있었다.

그의 손에서 붉은빛에 휩싸인 일장이 뿜어지면, 천둥이 친 다음에는 벼락이 내리는 것이나 물이 위에서 아래로 흐르는 자연의 법칙처럼 자연스럽고 당연하다는 듯 한 명의 목숨을 거두어갔다.

고원월을 축으로 하여 삼 장 범위의 바닥은 인류 탄생 이전의 태고적 신화 속에 나오는 모습으로 일그러져 있었으니, 그 신위는 가히 가공하다 할 수밖에 없는 것이었다.

한때 일곱 겹까지 불어났던 원진은 이제 네 겹으로 줄어들어 있었고, 군데군데 구멍이 뚫리기도 했지만 원진 밖을 나갈 생각이 없는지 고원월은 신법을 전개하지 않았다.

아무리 장왕 고원월의 이름이 당금에 신화로 거론되기도 하는 것이기는 했지만, 칠십이 넘는 일류고수와의 싸움은 절대로 쉽지 않은 것이리라.

'몸을 싸서 가리고 보호하기 위함' 이라는 원래의 기능을 찾아볼 길 없이, 제 주인의 맨살의 상처를 훤히 보여주고 있는 고원월의 의복을 보아도 쉽게 알 수 있는 일이었다.

결국 녹의인들은 차륜전으로 실마리를 잡았는지 섣불리 덤비지 않고 조금씩 원진의 넓혀 고원월의 동선(動線)을 커지게 만들고 있었다.

고원월이 기합 소리와 함께 사각을 노리고 덤벼드는 두 도수의 목을 솔개가 병아리 낚아채듯 잡아가는 것이 보였다.

"쯧─! 오리 놈, 너무 서두르고 있군. 빨리 몽땅 처리하고 아해들을 도우려 하는 건가? 하긴, 오리가 저 정도 인원을 잡아두지 않았다면 이미 모두 염라전에 가 있겠지."

독고음은 흥미가 떨어진 듯 미련없이 다른 방향으로 다시 시선을 돌렸다.

그곳에서는 악을 쓰는 진사백의 모습보다도 어지럽게 뻗어 나오고 있는 푸른 검기가 먼저 눈에 들어왔다.

전투가 막 시작되었을 때는 중앙의 벽을 기대고 싸우더니 어느새 구석 모서리까지 밀려 있는 상태의 진사백. 그를 보며 독고음이 고개를 끄덕거렸다.

모서리라면 적의 공격 범위가 기하급수적으로 좁아진다.

단순하게 생각하면 벽면이 하나 더 생긴 것이니, 벽에 있을 때보다 지켜야 할 수비 범위가 반으로 줄어든다고 여길 수도 있을 것이다.

하지만 실상에서는 네 배 이상 좁아진다고 할 수 있으니, 벽면은 바로 앞까지 공간이지만 모서리는 공간이 만나는 점이기 때문이었다.

점이 되기 위하여 공간이 좁아지는 것은 당연한 수순이니, 좁아진 공간은 지키기는 쉬워도 뚫기는 힘든 법이었다.

지리적 이점 외에도 검왕의 제자라는 이름을 단지 멋으로 단 것은 아닌지, 초반에는 꽤 고전하는 것 같더니 어느새 안정된 검로를 선보이고 있었다.

하지만 낙관은커녕 비관적인 면이 더 많았으니, 길고 짧은 자상을 입도록 싸우면서 진사백이 쓰러뜨린 인원은 그 주위에 싸늘히 식어 있는 여섯이 전부이나 그를 둘러싸고 있는 인원은 아직 십일 인에 이르렀던 것이다.

또한 처음의 절반도 되지 못하는 길이로, 색깔마저 퇴색해 흔들거리는 연푸른 검기가 더욱 절망적인 이유가 되고 있었다.

내력의 고갈(枯渴)이 멀지 않았음이라.

독고음은 진사백의 성품을 대변해 주는 또 하나의 사실을 발견할 수 있었다.

싸움이 거듭되며 초식의 날카로움은 살아났지만, 이를 뒷받침해 주는 내공은 죽어가고 있는 형상이었기 때문이다.

끈기가 없고 겉치레를 좋아하는 자들에게서 쉽게 볼 수 있는 전형이리라.

초식의 날카로움을 내공의 깊이가 따라가지 못하고 있었던 것이다.

검왕이라는 시대의 거인에게 초식이라는 날카로움을 건네받았으나, 내공이라는 힘은 스스로 수양하고 닦아나가야만 하는 법!

진사백은 그 자신과의 싸움을 평소 소홀히 하였던 것이다.

아무리 깊은 우물이라도 틈을 주지 않고 퍼 올리면 마르고 말리라.

우물 안에 물이 스며들어 고일 시간을 주어야 하는 것이니, 작은 두레박으로 푸면 오래가겠지만 큰 두레박으로 푸면 고갈까지의 시간이 훨씬 짧아지는 것이었다.

이는 단전이라는 우물에 고여 있는 내공이라는 물 또한 다르지 않으리라. 또한 초식이라는 두레박 또한 다르지 않았다.

진사백이 펼치는 검왕의 무공이라는 두레박은 진사백이란 우물 속에 있는 내공이란 물을 빠른 속도로 고갈시키려 했다.

강 건너의 불을 바라보는 흥미도 사라져 갔다.

독고음은 지금껏 지켜보던 전장을 외면하고, 대전이 떠받치고 있는 원추 모양의 천장으로 시선을 돌렸다.

백(百)이 죽으리라.

또한 둘은 죽고 하나는 살리라.

그러나 살은 하나도 온전히 산 것이 아니니라.

이미 과거가 된 듯 확실한 미래였고, 방관자인 독고음에게는 하등 나쁠 것이 없는 현실이 될 터였다.

담담하게 진행되던 사색은 이내 깨어질 수밖에 없었다.

누군가 다가오고 있기 때문이었으며, 자신에게 누군가 다가온다는 것은 독고음이 그린 미래에 없는 일이었기 때문이다.

독고음의 미간에 가늘게 내 천 자가 생겼다.

그의 시선과 늘 그렇듯이 무덤덤한 얼굴을 한 위해원의 시선이 얽혔기 때문이다.

차분한 모습의 위해원은 독고음을 향해 똑바로 걸어오고 있었다.

눈이 달려 있으니 중앙에 넓게 포진되어 있는 원진과 적들의 존재를 모르지 않을 터이지만, 위해원의 눈에는 오직 독고음밖에 보이지 않는 것처럼 보였다.

그리고 위해원과 원진(圓陣)이 만났다.

실제로 위해원은 원진의 외벽을 구성하고 있는 녹의인의 펄럭이는 옷깃과 자신의 옷깃이 스치는 소리까지 들을 수 있었다.

그러나 단지 그뿐이었다.

원진 안에서는 귀를 멍멍하게 만드는 묵중한 폭음과 함께, 고원월이 만드는 것이 분명한 피와 살이, 흩어지는 민들레의 꽃술마냥 허공으로 피어올랐지만 단지 그뿐, 그뿐이었다.

끊임없이 출렁거리고 회전을 반복하면서 막강한 살기를 만들어내고 있는 원진.

장님에 귀머거리에 벙어리라도 된 것 같은 모습으로 그 살기의 범위 안에 있는 위해원.

그러나 위해원과 원진은 서로의 존재를 부정하고 있었던 것이다.

독고음의 미간을 흐르기 시작한 강이 조금 더 깊어질 무렵, 위해원이 독고음의 앞에 섰다.

그리고 서로는 서로를 똑바로 마주 보았다.

눈으로 하던 대화가 입으로 하는 대화로 바뀌는 데는 조금의 시간이 걸렸다.

먼저 말을 건넨 것은 독고음이었다.

그리고 그 사실이 불만스럽다는 것을 증명하기라도 하듯이 독고음의 미간에는 마침내 내[川]를 넘어선 뚜렷한 대하(大河)가 완성됐다.

"제법 사내 같구나."

"있지도 않은 걸 가지고 겁먹을 필요는 없지요. 그 정도 일에 꼭 사내일 필요는 없겠지요."

무엇을 묻고 무엇을 말하는 것일까.

고승들이라도 된 것처럼 선문답은 계속되었다.

"그럼 저 모든 게 환상으로 보인단 말이냐?"

위해원은 전투의 현장으로 시선을 옮기며 반문으로 대답을 대신했다.

"어릴 적에… 잘 기억도 나지 않을 만큼 어릴 적에 이런 생각을 한 적이 있습니다. '용(龍)은 정말 존재할까? 라는."

고원월의 전투가 교착 상태로 돌입하였다.

이 열로 줄어든 진이 고원월을 묶어두기만 하려는 듯 달려들지 않고 있었기 때문이다.

고원월이 다가서면 그 방향으로 각 행의 녹의인들이 서로의 거리를 좁혀들어 네 명씩 한 조를 이루어 방어에만 치중하기 시작한 것이었다.

종국에 가서는 파진시킬 수 있지만, 시간이 좀 더 걸리는 형태로 변한 것이다.

"이놈들!"

속이 타는지 답답함이 섞여 있는 고원월의 장소성이 허공 높이 울려 퍼졌다.

그것을 듣고 보며, 위해원이 어딘지 나른한 목소리로 말했다.

"곰곰이 생각해 보았습니다. 용, 귀신(鬼神)… 이런저런 것의 존재에 대해서요. 생각해 본 적 있으신가요?"

독고음이 대답 대신 눈을 빛냈다.

그러나 위해원은 대답을 듣기라도 한 것처럼 고개를 끄덕이며 말을 이었다.

"아무리 생각해도 답이 안 나오더군요. 나올 리가 있겠습니까? 본 적도 없는데. 머리가 아프더군요. 그리고 이렇게 중얼거렸죠. '에이, 귀찮아. 그까짓 것 알게 뭐야!' 라고요."

그 어린 시절의 고민 속으로 되돌아간 듯 위해원이 이마를 찡그리며 눈을 감았다.

"그런데… 생각을 포기하는 순간 나름대로의 해답이 떠오르더군요. 바로 '그까짓 것 알 게 뭔가' 하는 것이 해답으로 변해 다가온 것이었습니다."

이마가 펴지며 은은한 미소가 위해원의 얼굴에 번지기 시작했다.

"실제로 용이니 귀신이니, 존재하고 안 하고는 저에게는 중요한 것이 아니었지요. 용이 존재 안 한다고 생각해 보았습니다. 이 경우, 용은 당연히 존재하지 않는 것이 됩니다. 문제는 용이 실제 존재한다는 경우인데… 이때도 저는 용은 존재하지 않는다고 생각하기로 했습니다."

위해원이 감았던 눈을 뜨고 독고음을 쳐다보았다.

독고음은 미간은 이미 원래의 형태로 돌아 있어서 무슨 생각을 하고 있는지 알 수 없었다.

위해원은 다시 차분하게 말을 이어나갔다.

"용이 존재한다고 해서 진짜로 심해(深海)에 꽈리라도 틀고 있다고 해도 저와는 관계없는 일이니까요. 그 용이 제 삶에 영향을 미치는 순간까지는 그것이 실체한다고 해도 저에게 그 존재는 없는 것이나 마찬가지일 거라는 생각이 들었습니다. 이 세상 어딘가에 장 아무개란 사람이 분명히 살고 있지만, 그와 제가 관련을 맺기 전에는 그는 저에게 존재하지 않는 사람이지요. 저 또한 그에게 마찬가지이고요. 즉."

위해원은 잠시 말을 멈추고 피로 물든 춤을 추고 있는 남궁대수를 바라보았다.

'아름답군.'

　남궁대수는 한 명의 무희로 변해 화려한 검무를 펼치고 있었다.
　그의 주위에는 오색영롱한 빛의 띠가 흐느적거리며 아름다운 빛의 곡선을 만들어내고 있었다.
　위해원은 극광(極光)이 실제로 있다면 저런 것이리라고 머릿속으로 그려볼 수 있었다.

　사마천(司馬遷)이 쓴 『사기(史記)』에 나와 있는, '헌원 황제의 어머니인 부보가 커다란 불빛이 북두칠성 주위를 회전하면서 그 주위를 밝히고 있는 것을 보았다. 그런 후에 태기가 있어 황제를 낳았다' 란 부분의 커다란 불빛인 극광(極光), 다른 말로 오로라!

　세 방향에서 남궁대수를 치고 빠지는 녹의인들도 그 극광의 벽에 막혀 쉽사리 접근하지 못하고 있었다.
　꿈꾸는 것과 같은 몽롱함이 담긴 눈으로 위해원이 유년의 추억의 회상을 마무리 지었다.
　"저에게 있어서 존재란, 저에게 어떤 방식으로든지 영향을 미칠 수 있는 것을 지칭하는 단어입니다."
　독고음의 얼굴에 미소가 감돌았다.

그리고 얼마 전에 했던 갈등(葛藤) 또한 되살아나 그의 뇌리를 감돌았다.

"그렇군. 괴변(怪變)의 냄새가 나긴 하지만 재미있는 이야기군. 어떤 이유에서인지 저들이 자네를 공격하지 않는다는 것을 알았으니 저들은 자네에게 존재하지 않는 것과 같군. 허허. 아니지, 나와 저기 궁장부인, 그리고 면사를 쓴 소저와 좀 특이한 저 친구에게도 존재하지 않는 사람들이군."

"그렇지는 않습니다. 이 상황에서 존재하지 않는다는 것을 안전하다는 의미라고 본다면, 저와 고 선배님, 그리고 남궁형과 대소라는 분은 최소한 그렇다고 할 수 있었지요. 하지만 다른 분들은 잘 모르겠군요."

"그래? 난 잘 모르겠군. 좀 더 알기 쉽게 설명해 주게나."

위해원이 고개를 가볍게 저었다.

그 흔들림 속에 '알면서 왜 묻는가?' 라는 의미가 숨어져 있다고 독고음이 느낀 것은 착각일까.

"끄억—!!"

진사백의 소름 끼치는 절규가 사방이 막힌 대전을 빠져나가지 못하고 웅웅거렸다.

필사적으로 검을 휘두르던 진사백이 다리를 붙잡으며 털썩 주저앉는 것이 그를 둘러싼 녹의인들 사이로 언뜻 보였다.

무심한 눈으로 그것을 바라보며 위해원이 다시 입을 열

었다.

"결론부터 말하겠습니다. 독고 선배님의 생각은 틀렸습니다. 여기서 저들 중 하나라도 죽는다면 독고 선배님 역시 죽게 될 가능성이 생깁니다."

독고음의 반듯한 아미가 꿈틀거리며, 작은 산의 형상을 그리며 치켜 올라갔다.

위해원이 지금까지보다 조금 빠르게, 그러나 여전히 보통 사람보다는 늦은 속도로 말했다.

"독고 선배님이 모두 알고 있다는 걸 저 역시 알고 있습니다. 저 녹의인들의 목표가 처음부터 정해져 있었다는 것, 그리고 그 목표들이 흑백으로 갈라져 있던 바닥의 선을 넘을 때 공격이 시작된다는 것을요."

"근거(根據)는?"

"정황이 그 근거입니다. 일단 그 목표 중 하나가 진 형이라는 것은 누구라도 알 수 있겠지요. 먼저 통과한 사람들은 무사했고 진 형은 공격당했으니까요."

"내 눈에는 저기 싸우고 있는 사람이 오리와 남궁가의 자식인 거 같군."

"고 선배님과 남궁 형은 자신들을 공격하니까, 즉 녹의인들을 향해 살기를 내비쳤으니까 공격한 것이라고 말해두죠."

얘기를 듣고 있는 독고음의 눈이 조금씩 가늘어져 갔다.

"하지만 중요한 것은 공격 목표가 진 형 하나였다고 생각하는 것은 아직 이르다는 것입니다. 저 부인, 정월명이라고 했던가요? 하여간 그리고 저기 저 소저, 그리고……."

위해원이 독고음의 눈을 똑바로 마주 보았다.

그리고 지금까지의 어눌해 보일 정도로 나른하고 느릿한 어투와는 다르게 명쾌하고 단호하게 말을 맺었다.

"독.고.음. 선배님은 지금 이 순간에도 경계를 넘어서지 않고 계시니까요."

독고음은 이렇다 저렇다는 말이 없었다.

다만 서늘한 냉기가 도는 눈으로 위해원을 쳐다보고 있을 뿐이었다.

위해원은 슬쩍 시선을 피하며 바닥의 돌멩이를 툭툭 건드렸다.

발바닥에 박혀 있는 돌멩이를 열 번이나 굴렸을까. 열리지 않을 듯 굳게 닫혀 있던 독고음의 입이 달싹거렸다.

"저따위 미물들로 감히 나를 어쩔 수 있다고 생각하는가?"

"아닙니다. 아니기 때문에 이런 말을 드리고 있는 겁니다. 저따위 미물을 처리해 달라는 의미에서요."

호통.

큰 소리로 꾸짖거나 위협한다는 이 말의 뜻을 생각해 보았을 때, 수식어로는 '낮게' 라는 말은 어울리지 않으리라.

그러나 '낮게 호통 치는 듯' 이라고밖에는 표현하기 힘든 기이한 목소리가 독고음의 입에서 흘러나왔다.

"감히 나에게 명령하는 것이냐? 과연 무엇을 믿고 이러는
지 모르겠구나."

죽였으리라. 못해도 열 번은 족히 죽였으리라.

그래서 지금 이런 말 따위는 하고 있지도 않으리라.

그러나 희번덕거리며 살기를 내뿜는 속마음과는 달리, 독
고음은 위해원을 죽이지 못하고 있었다.

위해원은 그런 독고음의 마음을 읽기라도 한 것같이 망설
임이 없었다.

"제가 믿는 것은 독고음 선배님이 알고 있다는 것을 믿기
때문입니다. 독고음 선배님께서는 일의 선후를 가리실 줄 아
는 분이라고 믿기 때문입니다. 저는 아직 쓸모가 있습니다.
그리고 지금은 저에 대한 일보다 먼저 해결할 일이 많은 상황
입니다."

"하— 하— 하하핫!!"

독고음은 진심을 다해 웃었다.

입으로만이 아니라 온몸으로 마음을 담아 마음껏 웃었다.

언제였던가, 이렇게 웃어본 것이.

한참을 웃은 독고음이 채 여운이 가시지 않은 얼굴로 위해
원을 바라보았다.

"똑똑하구나, 똑똑해. 아해야, 내 스승도 나에게 이렇게까
지 말하지는 못했던 것 같구나. 어디, 가르침을 마저 내려보
거라."

부드러워진 음성에 반하여 위해원의 얼굴은 조금 굳어졌다.

환하게 웃는 독고음의 얼굴에서 아까와는 비교도 할 수 없는 짙은 죽음의 냄새가 흘러나오고 있었기 때문이다.

격화소양(隔靴搔痒), 가려운 발등을 신발 위로 긁듯 말장난할 시기는 이제 지났다.

단숨에 핵심을 파고들 순간이 도래한 것이다.

이 순간을 위하여 지금껏 자신을 절벽으로 내몰았던 것이다. 그리고 더 이상 물러날 곳은 없었다.

이곳에서 생사가 갈리리라.

그리고 위해원은 자신의 감을 믿었다.

"솔직하게 말하겠습니다. 아시다시피 불교의 지옥에는 도산지옥만 있는 것이 아닙니다. 독고음 선배님께서는 혹시 존재할지 모르는 다른 지옥을 벗어나는 것에 제가 도움이 된다고 생각하고 계시는 것 같군요. 그러나 진사백이나 남궁대수에게는 별 의미를 찾지 못하시는 것 같고요."

독고음이 잔잔한 목소리로 장단을 맞춰주었다.

"계속해 보거라."

"제 생각은 조금 다릅니다. 남궁대수는 이번 도산지옥에서 벗어난 자였고, 진사백은 그 반대였지요. 다음 지옥이 존재한다는 가정 하에, 그렇다면 다음 지옥에서는 어떻게 될까요? 만약 대상이 바뀌고 진사백이 단 하나의 예외의 자가 된다면 어떻게 될까요?"

예상하지 못한 말에 독고음의 몸이 흠칫거렸다.

"그리고 그만이 알고 있는 통과 방법이 있는데, 그가 여기서 죽어버린다면 어떻게 될까요? 다음의 지옥이 이번처럼 지닌바 무공으로 돌파하는 방식이라는 보장은 어디에도 없습니다."

독고음은 자신의 생각을 정정해야만 했다.

비상한 머리를 갖고 있는 그였지만, 그는 어디까지나 강호에 발을 담그고 있는 사내였다. 때문에 무공을 모든 것의 절대 기준으로 삼고 있었던 것이 사실이다.

무로써 죽이고 무로써 살아왔다.

그리고 무로써 지금의 자리에 오른 독고음이었다.

이런 세계에서 살아왔으니, 그 고정관념이 무의식적으로 박혀 있는 것도 무리는 아니리라.

이용 가치가 있다는 생각도 물론 가지고 있었으나, 그러나 그것은 일부, 아주 작은 부분에 불과했다.

위해원을 놔두고 있던 것은 일종의 유희라 할 수 있으리라.

오랜만에 나타난 그의 흥미를 끄는 존재였다.

위해원이 어디까지 가나 보고자 했던, 마치 아이가 마당 한 구석에 줄을 이어가고 있는 개미 떼의 행렬을 쭈그리고 앉아 호기심 가득한 눈으로 관찰하는 것과 같이.

그런데 지금 그 개미가 하는 말은 그의 고정관념 저편에 가려 보이지 않았던 것이다.

자신의 무로써 해결할 수 없는 일이 있다고 하고 있지 않은 가!

독고음 자신의 신분을 모르기에, 위해원이 무림인이 아니기에 그런 생각을 할 수 있으리라.

그렇게 무시할 수도 있었다.

칠천무신의 일좌를 차지하고 있는 독고음의 자리에 귀성 독고음이 아닌 다른 자가 앉아 있었다면 그랬으리라.

그러나 독고음은 달랐다.

그는 완벽을 추구하는 자였다.

자신이 생각하지 못했던 부분의 가능성의 제기만으로 독고음은 모든 생각을 정정하는 그런 인물인 것이다.

"제각기 서로 다른 우리가 이곳에 모인 것은 어떤 이유가 있어서입니다. 그냥 길 가는 사람들을 잡아다 이러고 있다고 생각하지는 않습니다. 각기 어떤 역할이 있다는 말입니다. 바보라고 불리는 저 사내가 처음 석실에서 기관을 작동시켜 우리가 나온 것도 그냥 우연으로 바라봐야 할까요? 물론 저 사내가 기관을 작동시키지 않았어도 독고음 선배님께서 그 기관을 파해하셨거나 다른 방법으로 그 석실을 나갈 수 있었을지 모릅니다. 그러나 저 사내 덕분에 일이 쉬워졌던 것은 부인할 수 없는 사실입니다."

독고음은 침묵했다.

위해원도 침묵했다.

지금 둘이 무슨 생각을 하고 있는지는 아무도 모를 일이었다.

그리고 이번 승부가 침묵을 가리는 것이었다면 적어도 승리자는 독고음이었다.

위해원이 어느새 평소로 돌아온 나른한 음색으로 한마디를 덧붙였던 것이다.

"장기판에서 말은 많으면 많을수록 좋지요. 그것이… 버리는 졸이라 할지라도. 판이 끝난 뒤에 쓸어 담아버리면 그만이지 않습니까."

독고음은 잠시 허공에 시선을 두었다가 지그시 위해원을 바라본 뒤, 싸움터를 훑어보곤 하늘로 떠올랐다.

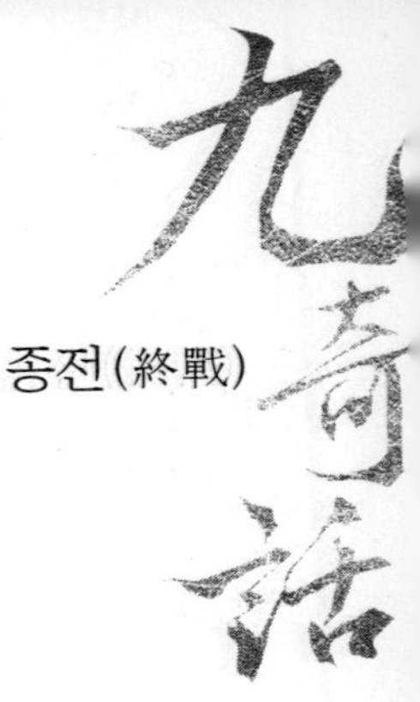

종전(終戰)

면죄부.

이 단어보다 무서운 단어가 존재할까. 이 단어보다 달콤한 단어가 존재하기는 하는 것일까.

그 어떤 죄도 사함을 받을 수 있다는 것이 주는 유혹을 이겨낼 수 있는 사람이 존재할 수 있는 것일까.

적어도 전쟁 중에는 한없이 그에 가까워지기도 한다. 아니, 모두들 그렇게 되길 소망하고 있지는 않을까.

당위성을 부여하여야만 하며, 거의 모든 이가 이것을 인정하는 것이 사실이다.

무엇인가 전쟁 중에 있는 자의 귓가를 간질이듯 속삭이

리라.

'어쩔 수 없는 일이야. 이것은 전쟁이니까, 네가 죽을 수는 없는 일이야.'

누구도 그 속삭임을 진위를 의심하지 않으니, 적어도 전쟁의 한복판에 있는 자라면.

그런데 면죄부를 받을 수 있는 것은 전쟁 중일 뿐이니, 전쟁이 끝난 후 일상으로 돌아온 뒤에는 면죄부를 받을 수 없는 것이다.

아무리 괴로워해도 이미 자신이 지은 죄는 없어지지 않는다.

그렇다면 죄를 짓는 동안에만 면죄부를 받을 수 있다는 말인가?

그렇다면 면죄부를 받기 위해 끊임없이 죄를 지어야 한단 말인가?

해답은 없었지만, 전쟁이 끝나가는 대전에 그 물음이 남을 것이다.

*　　　*　　　*

독고음의 신법은 특이한 것이었다.

직선으로 쏘이지는 것도 아니요, 포물선을 그리며 날아가는 것도 아니었던 것이다.

독고음은 단지 떠올랐다.

솟아오른 것이 아니라, 실타래의 줄이 끊어진 연마냥 느릿하게 허공으로 떠오른 것이었다.

두둥실거리는 소리가 들리는 착각이 들 정도로 가볍고 천천히 공기의 바다를 유영하듯 그렇게 모두를 굽어보는 위치까지 독고음은 서서히 올라섰다.

사바세계(娑婆世界)를 내려다보는 석가모니라도 되는 양 피로 점철된 전쟁터를 감흥없는 눈으로 무심히 둘러보았다.

그리고 휘파람이라도 부는 것처럼 입술을 오므렸다.

"……!"

'휘―' 하고 부는 한줄기 상냥한 바람과 같다고 하여 붙여진 이름이었을까만은, 청량하고 맑은 소리는 들리지 않았다.

그렇다고 거친 돌개바람 몰아치는 소리가 들린 것도 아니었다.

소리가 사람이 인지할 수 있는 범위 내의 음이라고 한다면, 그것은 이미 소리가 아니었다.

그러나 소리를 음의 파동이라 한다면 분명히 그것은 소리였다.

존재하되 인간이 듣지 못하는 영역의 소리!

그것이 시작되고 있음을 위해원은 알 수 있었다.

독고음의 입술을 기점으로 하여 한여름 모래사장에서 볼 수 있는 아지랑이가 흐릿하게 일어나고 있었기 때문이다.

위에서 서서히 하강하는 저 파동의 정체가 아지랑이는 아니니라.

아지랑이는 가열된 공기가 상승하여 빛을 굴절시키는 자연현상이며, 짧은 시간의 아지랑이만으로는 인간을 쓰러뜨리지 못하니까.

그 인간이 일류고수라 부를 만큼 단련되어 있는 자라면 더욱더.

아지랑이를 닮은 그것이라고밖에 표현할 길 없는 힘은, 대기를 일그러뜨리며 서서히 밑으로 그 범위를 넓혀가고 있었다.

진사백의 상태가 가히 좋지 않았지만 아직까지는 버티고 있었다.

지금의 진사백이 날렵한 움직임으로 거동을 못하고 피를 흘리고 있더라도, 누군가 자신에게 ‘좋은 상태군’ 이라 말한다면 자신을 그렇게 만든 녹의인들을 제쳐 두고 달려들 수는 있을 상태였던 것이다.

푹―!

"으악―!! 으으!! 이놈들! 저리 가! 제발 저리 가란 말이야!"

한쪽 다리를 절룩거리며 버티고 있던 진사백은 다른 다리마저 찔리는 상황이 되자 제정신이 아닌 것처럼 보였다.

그리고 반쯤 쓰러진 채 마구잡이로 검을 휘두르는 진사백의 다리에 개울가에서 빨래하는 아낙이 세탁물을 흐르는 물 속에 담갔다 빼며 헹구듯 아무런 주저함 없이 도를 넣다 빼는 녹의인의 머리 곁으로 아지랑이가 다다랐다.

비명을 지르며 진사백이 휘두르는 검을 뒤로 가볍게 일 보 움직이는 것으로 피한 녹의인은 아무것도 느끼지 못하는 듯 다시 공세를 이어갔다.

구석 모서리에 짜 맞춘 듯 주저앉아 이미 푸른빛은 찾아볼 길 없는 창룡검을 휘두르고 있는 그 모습은 초라했지만, 주저 앉음으로 해서 순간적이나마 수비 범위는 더욱 좁아져서 한 명의 녹의인만 상대하며 버티고 있었다.

하지만 얼마 버티지 못할 것이다.

곳곳에 드러난 허점을 빠르게 상처가 채워가고 있는 것이 그랬고, 그를 바라보고 서 있는 무심한 열 쌍의 눈동자가 그 것을 기정사실로 만들 것만 같았다.

그러나 이 순간에도 하늘에서는 음(音)의 비[雨]는 보슬보슬 내리고 있었으니, 그 비는 아무도 모르게 살며시 전부를 덮어 버릴 수 있었다.

독고음의 입이 조금 더 가늘어졌다.

그에 맞춰 대기의 일그러짐 역시 조금 더 심해졌다.

녹의인의 일도에 마침내 진사백과 그의 애검 창룡이 이별 을 맞이했다.

팍—!

모서리 상단에 박힌 창룡이 '부르르―' 하는 신음 소리를 몸으로 흘렸다.

"안 돼!! 여, 여보시게들, 내 말 좀, 제발 내 말 좀 들어보시게! 원하는 걸 말―!"

피로 범벅된 무릎을 애써 움직이며 기어와 녹의인의 발목을 잡으려 하며 진사백이 애원했다.

하지만 발목을 잡는 것도 허락하지 않으려는 듯, 녹의인은 뒤로 발을 살짝 잡아 빼며 도를 허공으로 올렸다.

진사백이 부르짖었다.

"안 돼―!!"

퍽―!

둔탁한 폭음과 함께 머리가 깨져 나가는 순간 진사백은 또 한 번의 비명 소리를 내질렀으니, 바닥에 떨어진 수박처럼 깨어진 머리가 제 머리도 아닐진대 이럴 수밖에 없을 정도로 눈앞에 갑작스럽게 펼쳐지고 있는 광경은 참을 수 없는 잔혹한 것이었다.

"으헉!!"

퍽―! 하나.

퍽―! 둘.

퍽퍽―!! 셋, 그리고 넷.

퍽― 퍽퍽― 퍽퍽퍽!!

독고음의 머리에서 가느다란 수증기가 선연히 올라오고

있었다.

이번에는 진짜 아지랑이리라.

머리 위의 아지랑이가 뚜렷해질 무렵, 진사백 주변에는 그보다 높은 위치에 존재하는 녹의인은 아무도 없었다.

주저앉아 있는 진사백보다 낮은 위치, 모두 대전에 머리 위가 으깨어진 몸을 뉘인 것이다.

십.

머리가 스스로 부풀어 올라 진사백의 눈앞에서 터져 죽은 이의 숫자였다.

독고음이 남궁대수 쪽으로 고개를 돌렸다.

남궁대수는 일곱 구의 죽은 시체와 네 명의 산 사람에게 둘러싸여 있었다.

과다 출혈로 정신이 몽롱한 상태일 것이 분명한 남궁대수가 쓰러질 듯 비틀거리며 환검의 정화를 나비의 현란한 날갯짓으로 표현해 내는 광경은 어딘지 비현실적인 분위기를 자아내고 있었다.

날 때부터 죄수였던 이가 있을까마는, 그런 이가 있어서 평생 햇빛을 보지 못하고 지하 감옥에 있었더라도 지금의 남궁대수보다 하얀 얼굴을 갖고 있지는 못하리라.

핏기를 찾을 길 없는 얼굴과 그 주위를 눈이 시리도록 물들이고 있는 선혈, 이런 것들이 그러한 몽환적인 분위기를 더욱 강하게 하고 있으리라.

남궁대수에게 아직 더 흘릴 피가 남아 있을까.

독고음은 이런 생각과 함께 부드럽게 활강(滑降)을 시작했다.

회광반조라 해도 믿을 수 있을 만큼 창백을 넘어서 푸른빛마저 감도는 남궁대수였지만 그가 만들어내고 있는 춤사위는 오히려 갈수록 화려해져 갔다.

죽기 직전 천국을 엿본 자가 만들어내는, 화사한 미소와 닮아 있는 표정이 남궁대수의 얼굴에 걸려 있었다.

지금 추고 있는 검무의 끝을 엿보기라도 했단 말인가.

화룡점정(畵龍點睛)이라 했으니, 기어이 마침표를 찍고야 말겠다는 것인가!

남궁대수는 한줄기 미소까지 머금고, 그의 춤은 그의 생을 불태우며 끝을 향해 최후의 질주를 더하고 있었다.

파다다닥─!

파다다닥─!

환청인지 실제로 들은 것인지 구분할 수는 없지만, 남궁대수는 분명 나비가 날개를 저어 공기를 헤치며 비행하는 소리를 들을 수 있었다.

그와 함께 두 명의 녹의인이 쓰러졌고, 짧았지만 길게만 느껴졌던 남궁대수의 검무도 마침내 끝이 났다.

비행을 끝낸 광접이 허공을 찌르고, 좌측 다리가 비스듬히 앞으로 나간 상태로 남궁대수의 움직임이 멎었다.

그리고 두 개의 기적이 일어났다.

전면에 위치하고 있던 녹의인들이 바로 베어냈다면, 남궁대수는 영원히 잠에서 깨어나지 못했을 것이 분명한 상황이었지만, 그간의 남궁대수가 보인 죽음의 검무는 녹의인들을 측면까지 이동하게 만들었다.

마치 죽은 공명이 산 중달을 속인 것처럼.

판은 끝나지 않았다.

무대를 내려설 시기는 아직인 것이었다.

남궁대수의 검무는 끝났지만 검무의 여운은 아직 끝나지 않았고, 그것이 무희 남궁대수를 삶이란 무대 위에 아직까지 서 있게 만들고 있었던 것이다.

이것이 첫 번째 기적이었다.

쉭—! 쉭—!

좌측면으로 돌아온 녹의인이 도가 남궁대수를 향해 쏘아지다가, 남궁대수를 찌르기 바로 직전에 한 치가량 방향을 틀고 남궁대수를 스치며 허공에 박혔다.

약간의 시간 차를 두고 우측면의 녹의인이 찌른 도 역시 같은 상황을 만들어냈다.

찔러오는 도를 미끄러뜨릴 만한 호신강기라도 발현되었단 말인가!

그것은 물론 아니었다.

　남궁대수가 찔러오는 도를 피할 장소를 예측하고 그 장소
로 방향을 전환(悛換)해 찌른 것이 만들어낸 결과였던 것이
다.
　그러나 남궁대수는 미동도 하지 않았다. 아니, 할 수 없었
고, 그래서 살아남을 수 있었다.
　이것이 두 번째 기적이었다.

　더 이상 녹의인들에게 기회는 없었으니, 하늘이 덮쳐 온 것
이었다.
　촤악ㅡ!
　또 다른 무희 독고음의 해동청과 자웅을 겨룰 만한 신속한
활강과 함께 무대는 막을 내렸다.
　독고음이 사뿐하게 피바다 속에 착륙했고, 그의 두 손에는
진득한 뇌수가 묻어 있었다.
　직접 손을 쓰기는 싫었지만, 동조진동파음공은 연이어 펼
치기에는 독고음조차 힘들 정도로 내력과 심력의 부담이 너
무 과한 무공이기에 어쩔 수 없었다.
　때문에 응조수(鷹鳥手)를 직접 펼쳐 손을 더럽힐 수밖에 없
었던 것이다.
　동조진동파음공(同調振動破功).
　독고음의 절학 중 가장 기이한 무공.
　모든 사물에는 서로 다른 고유의 떨림이 내부에 존재한다.

그리고 그 고유의 떨림 정도를 진동폭(振動幅)이라 한다.

이것은 극히 미미한 것이어서, 평소에는 그 존재조차 확인할 수 없는 것이었다.

그런데 특정한 진동폭을 가지고 있는 물체에게 그와 똑같은 진동폭을 가하게 되면 그 물체는 진동의 힘을 증폭시키게 된다.

즉, 공진(共振)을 시작하는 것이다.

공진이 멈추지 않고 계속될 경우, 내부에서 시작된 떨림이 외부로까지 확장되고, 종국에는 그 압력을 이기지 못하고 형체를 변화시키는데, 이 변화의 하나가 '깨짐[破]'이었다.

극히 드물게 자연의 힘에 의해서 발생되었으나 누구도 그 원인을 알 수 없었고, 무속(巫俗)의 범주 안으로 사라질 뿐이었던 공진 현상!

이것을 가능케 하는 무공이 동조진동파음공이었으니, 이론대로라면 세상에서 가장 무서운 무공이라 불러도 손색이 없으리라.

하지만 이 음공에는 많은 제약이 뒤따랐다.

대표적으로는 한정된 소리밖에 만들 수 없는 인간의 성대로는 사물이 내부에 갖고 있는 떨림의 영역을 만들어낼 수 없었으니, 그를 가능케 하는 발성법을 익히고 그 발성을 연약한 속살의 통로가 견딜 수 있는 특수한 내공심법이 뒤따라야 했다.

또한 그 음파를 유지시키는 데 소모되는 내공은 상상을 불허하는 것이었다.

이것이 가능하다손 치더라도 공진을 계속 가할 수 있도록 하는 시간이 필요했던 것이다.

그 대상이 돌덩이라면 내부에서 외부로, 다시 폭발로 이어지는 과정을 피하지 않고 받아들이리라.

그러나 돌덩이가 아닌 미개한 짐승이라 하더라도 공진이 시작되기 전 확연한 이상을 느끼고 그 영역을 벗어나는 것이 본능적으로 당연한 일이었다.

공진이 만들어내며 일렁이는 대기의 떨림 자체가 눈으로 보이고 느껴지는 바에야 두말할 것도 없으리라.

하물며 인간을 대상으로 펼치려고 한다면 그 성공 여부는 무에 가까워지게 된다. 만약 그 인간이 이지 자체를 상실하지 않은 이상에는…….

독고음은 마지막 검무의 자세 그대로 아직도 굳어져 있는 남궁대수의 코 밑에 손을 가볍게 가져갔다.

독고음의 눈에 불쾌함이 어렸다.

이는 남궁대수가 숨을 쉬지 않아서는 아니었으니, 바로 자신의 손에 묻어 있는 이물질 때문이었다.

양손에 묻어 있는 녹의인들의 뇌수를 남궁대수의 옷에 '슥슥—' 소리나게 문지르며 독고음이 외쳤다.

“오리야, 정리됐다! 그만 끝내라!”

*　　　*　　　*

“오리야, 정리됐다. 그만 끝내라.”

‘빌어먹을 귀신 새끼!’

평소의 그답지 않게 고원월은 꿈틀거리며 목을 타고 올라오려는 욕설을 간신히 삼키고 속으로만 내뱉어야 했다.

그것도 적인 녹의인들에게가 아니라 아인 독고음에게로 마음을 담아서였다.

고원월은 나이답지 않은 탄탄한 상체를 고스란히 드러내고 있었는데, 선주지방의 특산물인 화선지에 세필로 난을 친 듯 도로 새겨진 가느다란 혈선이 그 상체를 덮고 있었다.

원망의 생각은 저 멀리 독고음에게 향해 있었지만, 몸은 눈앞의 녹의인들에게 향해 있었다.

우수와 좌수가 빠르게 진퇴를 거듭하며 좌우 방위를 베어오는 도기를 후려치고, 발을 크게 들었다 내딛는 것으로 하방위를 찔러오는 도기를 밟아버렸다.

“쿵—!”

고원월의 발과 대전 바닥 사이에 낀 도가 ‘우직!’ 소리를 내며 반으로 부러졌다.

반 토막 난 검을 들고 뒤로 물러서는 녹의인의 전면에 고원월의 신형이 유령처럼 나타났다.

"가랏—! 펑!"

주르르륵— 풀썩!

가슴이 함몰된 녹의인은 뒤로 일 장을 넘게 미끄러져 간 뒤 허물어졌다.

끌려간 녹의인의 발에 파여 바닥에 새겨진 두 줄기 선만이 조금 전까지 녹의인이 생존했음을 기억하고 있을 뿐이었다.

슈슈슛—!

녹의인들이 일제히 공간을 벌리며 퇴보를 밟았다.

그것을 바라보던 고원월의 얼굴에 짜증이 어렸다.

가슴을 시원했던 호쾌한 싸움은 길지 않았고, 지리한 대치만이 길어지고 있었으니.

그러나 지루함은 곧 끝날 것이었으니, 이제 더 이상 고원월은 진사백과 남궁대수를 신경 쓰지 않아도 되었던 것이다.

처음부터 마음먹었다면 원진을 뚫고 진사백과 남궁대수를 도와주러 갈 수도 있었다.

하지만 고원월은 그렇게 하지 않았다.

수십의 녹의인들과의 혼전은 자신은 버틸 수 있어도 진사백과 남궁대수에게는 무리였다고 판단한 것이다.

또한 자신을 둘러싸고 시간을 끌려는 적의 의도를 가볍게 비웃어줄 만한 힘이 고원월에게는 있었지만, 그것 역시 지금껏 사용하지 않고 있었다.

그 강대한 힘의 사용 후에 찾아올 힘의 공백의 시간이 걱정스러웠던 것이다.

이 모든 것들이 이제는 과거형이 되어버렸다.

방조자라고만 여기고 있던 자가 동조자가 되어주었으니…….

드디어 도산지옥이 끝날 시간이 도래한 것이었다.

원진의 한 면에 붙어 공수를 거듭하던 고원월이 원진 중심축이 되는 지점으로 빠르게 후퇴했다.

간만에 달아올랐던 무인으로서의 흥취는 사라진 지 오래였다.

겹화의 불길 속에 타 죽는 것이 삶의 지고(至高)한 가치라고 믿고 있는 부나방과 같이, 죽음을 두려워하지 않고 달려들던 녹의인들의 기세가 어떻게라도 끓는 솥 안에 들어가지 않는 것이 당장 해야 할 일임을 잘 알고 이리저리 마당을 뛰어다니는 황구(黃狗)처럼 고원월을 빙빙 돌기만 하며 차륜으로 전환되는 시점이었을 것이다.

그 시간에 이르러 떠오른 사람이 독고음이었으나, '잡귀'를 아는 고원월은 어떤 도움도 청하지 않았다.

이것은 고원월의 자존심의 문제를 떠나서, 그 스스로가 원치 않으면 피로 이어진 부모형제의 부탁일지라도 들은 척도 하지 않는 인물이 독고음란 사실을 그 누구보다 잘 알고 있었기 때문이다.

오랜 시간 동안 서로를 알아왔고, 각자의 능력은 존중하고
는 있으되 그 삶의 양상은 너무나 달랐고, 그 방식을 결코 인
정할 수 없는 두 사람이었다.

무슨 바람이 불어서 예상을 깨고 손을 썼는지는 모르겠지
만, 당장 고원월에게 중요한 사실은 더 이상 뒤를 고려하지
않아도 된다는 것이었다.

주위를 둘러본 고원월의 눈빛이 착잡해졌다.

한때는 삼 장 가까이 넓어졌던 원의 반지름은 부분적으로
빠진 행을 보충하기 위해 조금씩 좁혀져 지금은 일 장 반의
길이로 변해 있었다.

그것도 단 이 열만이 남은 상태로.

조금 전까지 두터운 원진의 일부를 구성하고 있던 오십이
넘는 녹의인들의 시체가 마구 뒤엉켜 뿌려져 있었다.

형체를 알아볼 수 있는 것을 찾기가 힘들 정도로 으깨어지
고 뭉개진 시체의 산이 자신의 작품이었으니, 그 대범한 고원
월이라도 일말의 가책을 느낀 것이리라.

고원월이 남아 있는 녹의인들을 바라보고는 나직한 한숨
과 함께 고개를 흔들었다.

무엇이 저들을 이렇게 만들고 있는 것일까.
무엇이 나를 이렇게 만들고 있는 것일까.
그 '무엇' 은 같은 것이리라.

저들의 수괴(首魁)요, 나를 이 상황에 빠뜨린 배후(背後)!

녹의인들의 얼굴에는 피가 흘러 내를 이루는 지금에 와서도 어떤 감정도 배어나지 않고 있었다.

이 상황까지 와서 세불리를 외치며 저들에게 투항을 권고하고 그 배후를 캐는 것은 삼척동자도 비웃을 어리석은 짓이라.

죽어가는 순간에도 비명조차 지르지 않는 녹의인들이지 않았는가!

약물에 중독되어 조종당하고 있기라도 한 것일까.

고원월은 떠오르는 잡념들을 쫓으려는 것처럼 머리를 거칠게 흔들었다.

이제 그런 것은 아무런 의미가 없었다.

결국 한쪽이 다른 한쪽을 멸하지 않으면 끝나지 않는 싸움인 것이다.

얼마의 시간이 더 걸리겠지만 결국 끝나기는 하리라.

하지만 고원월은 길지 않을 '얼마의 시간' 까지도 더 이상 원하지 않았다.

기마 자세 모양으로 어깨 넓이만큼 벌린 양다리를 살짝 굽히고, 두 손은 늘어뜨리는 자세를 취한 고원월이 가늘고 길게 숨을 들이마셨다.

이내 고원월의 남아 있던 의복인 하의 전체가 팽팽히 부풀어 오르기 시작했다.

그리고 그의 두 손에서 희미한 빛을 발하던 붉은 기류가 고원월을 불태울 듯 전신으로 번져 나갔다.

콰과과광—!

무형의 기가 유형화된 소리를 만들어내고, 그 덩어리인 기류는 더 이상 뒤덮을 부분이 없는 포화 상태가 되자, 발광하듯 고원월의 몸을 맹렬히 회전하며 범위를 넓혀 휘몰아쳐 갔다.

고원월이 누구에게라고 할 것 없이 냉랭한 목소리로 말했다.

"다치기 싫으면 피해라!"

"이런 미친!"

고원월을 바라보던 독고음이 욕설을 터뜨리며 남궁대수를 옆구리에 끼고 몸을 이동시켰고, 심상치 않은 분위기를 느낀 다른 일행은 모두 한쪽으로 다급히 물러섰다.

그러나 원진의 구성은 변함이 없었다.

아무것도 느끼지 못하는 것처럼, 녹의인들은 아직도 고원월의 주위를 돌며 틈을 노리고 있을 뿐이었다.

그리고 고원월이 종전을 선언했다.

밑으로 내려뜨려져 있던 손이 만세라도 하듯 하늘로 들렸다.

"황(黃), 혼(昏), 멸(滅), 세(世)!!"

구구구구구―!

꽈아아아앙―!!

그 누구도 아름다운 황혼이 천지를 뒤흔드는 뇌성을 토해 내는 것을 들어보지는 못했으리라.

뇌성은 뇌의 것이지 황혼의 것이 아니기에.

그런 점에서 이 자리에 모인 자들은 남들이 못해본 것을 경험했다는 자부심을 가질 만도 했다.

물론 실제로 그런 이는 아무도 없었지만…….

황혼이 지나간 자리에 남은 것은 세월의 끝에 선 노인의 잔잔한 여운과 젊은 시절을 회상하며 흘리는 아쉬움의 탄성이 아닌, 격정의 한가운데를 지나고 있는 청년의 경악과 충격의 신음이었다.

일행 중 누군가 그 신음을 입 밖으로 표현해 냈다.

"으으으, 이럴 수가―!!"

황혼멸세(黃昏滅世).

극양의 내기를 일정한 영역에 흩뿌린 뒤, 단숨에 터뜨리는 영역 다방위 공격!

핵에 자리 잡고 있는 시전자를 제외하고는, 기의 폭풍에 휩쓸린 자들의 운명을 결정지어 버리는 잔혹한 폭공이 그것이었다.

거대한 용권풍이 지나간 자리에 남은 것은, 새벽녘 호수 주위를 자욱하게 메우고 있는 안개처럼 허공에 떠다니는 붉은 피의 운무.

오연히 하늘을 떠받들고 있는 고원월을 중심으로 하여, 바깥쪽으로 녹의인들이 만들고 있던 원진의 모양을 닮은 기다란 피의 원이 선명하게 그려져 있었다.

후드득—

용권풍의 마지막 여풍(餘風)의 소멸과 함께 하늘에서 수급들이 비 오듯 우수수 떨어졌다.

그리고 하늘을 떠받치고 서 있던 고원월이 무너지며 주저 내려앉았다.

바람이 빠진 풍선은 하늘을 날 수 없듯, 격심한 전투에도 불구하고 한순간 막대한 내력을 방출한 고원월이 버티지 못하고 무릎을 꿇은 것이리라.

앙다문 입 사이로 한줄기 피가 주르륵 흘러내렸다.

"고 선생!"

빠르게 다가와 고원월을 부축하며 장문영이 다급하게 말했다.

"손을 줘보시오. 진맥을 해야겠소."

"나는 됐으니 진가와 남궁 소협을 먼저……."

장문영은 자신을 손을 뿌리치는 고원월을 걱정스럽게 바라보다가, 그의 고집을 꺾기 어렵다는 것을 알고는 무겁게 고개를 끄덕이며 말했다.

"알겠소. 운기조식(運氣彫飾)으로 내상을 다스리시오. 곧 오리라."

겉으로는 진사백의 사정이 제일 안 좋아 보였다.

크게는 왼쪽 허벅지의 관통상, 오른쪽 종아리 근처의 참상, 작게는 전신의 십여 곳을 수놓은 각종 상처.

하체 쪽을 집중적으로 공격당한 흔적이 역력한 진사백은 고통의 신음 소리를 흘리며 몸부림치고 있었다.

그러나 장문영은 진사백이 아닌 남궁대수에게 다가갔다.

옆구리를 길게 베인 것을 제외하면 잠이라도 든 줄 알 만큼 평온한 얼굴이었다.

미소까지 머금은 것이 좋은 꿈이라도 꾸는 것 같아 차마 깨우기 미안할 만큼.

그러나 장문영은 미안해하지 않았다.

지금 깨우지 않으면 영원히 깨우지 못할 것을 너무나도 잘 알고 있었기에.

장문영이 빠르게 남궁대수의 견정혈(肩井穴)과 장태혈(將台穴)의 좌우를 점했다.

어깨 선 가운데 위치한 견정혈을 점함으로써 신경을 자극하는 동시에 젖꼭지에서 위로 손가락 한두 마디 위에 있는 장태혈을 점함으로 심장과 폐를 보호하고 멈출 듯 미미해져 가는 대동맥 혈류의 흐름을 격탕(擊盪)시키려 하는 것이었다.

혈을 점한 뒤, 장문영이 품속에서 녹색 목갑을 꺼내 들었다.

뚜껑을 열자 솔잎(松葉) 향이 은은하게 퍼져 주변을 물들였다.

두 칸으로 나누어진 목갑의 한쪽에는 호두 크기의 갈색 단환 네 개가 들어 있고, 다른 쪽에는 녹옥 빛의 콩알 크기의 단환이 수십 알 들어 있었다.

남궁대수의 목을 살짝 받쳐 들고 목 중간에 있는 염천혈(廉天穴)을 자극하여 기도를 개방한 장문영은 갈색 단환을 남궁대수의 입 안에 넣었다.

장문영이 긴장된 얼굴로 마른침을 꿀꺽 삼켰다.

단환은 남궁대수의 입 안에 잠시 머무는가 싶더니 신기하게도 스스로 용해되어 목구멍 속으로 빨리듯 흘러내려 갔다.

그 모양새를 지켜보던 장문영이 안심의 탄성과 함께 고개를 작게 끄덕거렸다.

아직 오장육부의 기능은 살아 있었다.

회복하고자 발버둥치는 신체의 꿈틀거림조차 없다면 신단(神團)이란 별명이 붙어 있는 갈색 단환이라 할지라도 용해되지 않았을 터이다.

잠시 후, 장문영은 녹옥 빛 크기의 단환을 한 알씩 조심스럽게 남궁대수의 입 안으로 넣기 시작했다.

그렇게 십여 회 반복한 후, 남궁대수의 파리한 손목을 잡고 진기를 불어넣는 장문영의 이마로 '또르르―' 땀방울이 흘러내렸다.

　남궁대수를 치료하는 장문영의 행위를 지켜보던 진사백이 소리를 질렀다.

"장 신의, 나도 좀 봐주시오!"

백년하청(百年河淸)이라 했으니 백 년에 한 번 황하의 물이 맑아진다는 뜻을 갖고 있지만, 하지만 황하가 달리 누런 강이 겠는가.

기다려도 이루어질 가망이 없을 때 비유로 쓰는 말이었다.

또한 남의 눈에 박혀 있는 기둥보다 내 눈의 다래끼가 더 크게 보이는 것은 인간의 당연한 이치.

진사백의 심정이 이 둘과 같았으니, 소리를 질러대는 것도 무리는 아니었다.

장문영은 대꾸하는 대신 단환이 들어 있는 목갑을 진사백 쪽으로 살짝 밀었다.

목갑은 '주륵—' 소리를 내며 바닥을 미끄러져 진사백의 발밑에 '덜컥!' 하며 멈춰 섰다.

장문영이 나직하게 말했다.

"상처 부위는 대강 점혈로 지혈한 듯싶으니 옷을 찢어 묶고 녹색 단환을 다섯 알만 드시지요. 남궁 소협의 상세가 한층 흉흉하니 조금 후에 봐드리리다."

목갑을 들어 뚜껑을 연 진사백이 선뜻 먹지 못하고 머뭇거리자, 장문영이 가늘게 한숨을 내쉬며 말했다.

"말린 솔잎과 절인 산삼을 주로 하여 가문의 비방으로 만든 보신단(保身團)이오. 솔잎은 심장과 혈맥의 질환(疾患)에 효과뿐만 아니라 순환기(循環期)에도 도움을 주지요. 들어간 재료와 다른 효능도 알려 드리리까?"

진사백이 허겁지겁 단환 다섯 알을 쑤시듯 입 안에 넣었다.

목젖이 출렁이도록 삼킨 뒤에도 목합 뚜껑을 닫지 못하는 것을 본 장문영이 짤막하게 덧붙였다.

"과유불급(過猶不及)이라, 넘치면 모자람만 못한 법. 약도 과하면 독이 되는 법."

아쉬운 눈빛으로 뚜껑을 닫은 진사백도 마침내 운기에 들어가기 시작했다.

*   *   *

"감사합니다."

독고음은 다가와 말을 건네는 위해원을 바라보지 않았다.

"되었네. 자네 말대로 쓸 수 있는 말은 많을수록 좋으니까. 그리고… 말과는 다르게 별반 고마워하는 표정은 아닌 것 같구먼."

"그럴 리가요. 진심으로 감사하고 있습니다. 덕분에 제가 살아 나갈 확률도 높아진 셈이니까요."

"그런가? 그럼 자네가 나한테 빚을 하나 졌다고 해도 되겠는가?"

위해원은 이번엔 대답하지 않고 주위를 둘러보았다.

그 모양을 바라보던 독고음의 차가운 너털웃음 소리가 허공을 울렸다.

대전 안은 육도(六道)의 하나, 아수라도(阿修羅道)를 그려놓은 듯했다.

시체(屍體).

선혈(鮮血).

또 참혹한 시체, 그리고 또 지독한 선혈.

그 한가운데서 운기의 삼매경(三昧境)에 빠져 있는 고원월과 한편에서 남궁대수와 진사백의 상처를 치료 중인 장문영.

근처에 서서 치료를 바라보고 있는 정월명과 지부용.

누워 있는 시체의 의미를 모르는 듯 어리둥절한 얼굴로 흔들어보고 있는 대소까지.

주변을 둘러본 위해원이 지나가는 말투로 독고음에게 물었다.

"이들의 정체를 물어도 되겠습니까?"

"…내가 알겠는가. 아는바 없다네. 내가 배후(背後)라도 된다고 생각하는가?"

독고음은 대수롭지 않게 되물었지만, 그 속에 흐르고 있는 뜻은 대수로울 수 없는 것이었다.

날카로운 날을 숨긴 말을 모를 리 없는 위해원이 천천히 걸음을 옮기며 정말로 대수롭지 않은 소리를 들었다는 듯 선선히 말을 받았다.

"아닙니다. 제가 묻는 것은 이것이 무엇인가 하는 말입니다. 사람의 의지는 하늘도 움직일 수 있다고는 하지만, 백 명의 사람이 죽어가며 단 한마디의 말은커녕 신음 소리조차 흘리지 않는다는 것은 보고도 믿을 수 없군요."

위해원은 걸음을 멈춰 발밑에 뒹굴고 있는 녹의인의 머리통을 집어 들었다.

"사람이라면 말이지요."

처음 보는 장난감이라도 손에 넣은 것처럼 이리저리 둘러보더니 그 입을 열어보았다.

그리고 위해원은 독고음을 향해 돌아서며 말했다.

지금껏 단 한 번도 보인 적 없는 환한 미소를 지으면서 정말로 즐겁다는 듯.

"혀가 있는 것을 보니 벙어리도 아닌데 말이죠. 하하하—!"

환하게 웃고 있는 위해원의 엄지와 집게손가락에 혀를 잡혀 허공에서 좌우로 흔들리는 머리통을 보며 독고음이 나직이 신음을 냈다.

'지금이라도 죽여야 할까.'

지금껏 몇 번이나 한 고민, 그러나 항상 아직은 아니라는 결론.

이번도 그것을 확인만 하고 독고음은 마음을 다잡았다.

시기상조(時機尙早), 때가 도래하지 않았음은 위해원의 말대로였다.

아직 뭐가 있을지 모르는 것이다. 하지만 그다음에는…….

툭—

데구르르—!

무게를 이기지 못했는지 위해원이 잡고 있던 혀가 끊어지며 떨어진 머리가 바닥을 굴러 마주 서 있던 독고음의 발끝에 부딪쳤다.

독고음은 그것이 바람을 불어넣은 돼지 오줌통으로 보이는지 축국이라도 하듯 발로 이리저리 굴리며 입을 열었다.

"아마… 실혼인(失魂人)일 걸세."

"실혼인? 무슨 대법으로 영혼을 빼앗겨 이지를 상실하고 주술사의 말만 듣는다는 그 강시 같은 존재를 말씀하시는 겁니까?"

"대법? 영혼? 주술사! 하하, 자내가 농담도 할 줄 알다니, 정말 의외로군, 의외야. 강시라……. 있다면 나도 하나 꼭 갖고 싶군. 자네도 모르는 게 있었구먼."

독고음이 유쾌한 듯 기분 좋게 웃었다.

위해원이 모르는 것을 비웃는 게 분명한 말투였지만, 위해원은 담담하기만 했다.

"가르침을 주시지요."

"강시라… 정말 재미있군. 그래, 어디엔가 용도 존재할지 모르는 세상이니까 그런 괴물도 있을지 모르지. 아, 잘하면 자네의 존재론에 강시는 있는 것이 될 뻔도 했구먼."

위해원은 독고음의 조롱이 끝나길 묵묵히 기다렸다.

그 후로도 독고음의 몇 번의 너털웃음과 중얼거림이 지나고 나서야 위해원이 원한 답이 시작되었다.

"실혼인이란 이름이 처음 나온 것은『진고(眞誥)』라는 책이었지. 진고는 도홍경(陶弘景)이란 인물이 썼다고 알려지는데, 이 도홍경이 누구냐 하면 바로 모산파(茅山派)의 구대 종사였던 인물이지."

"모산파?"

"문파의 이름일세. 강호에 대해선 정말 아는 게 없는 것 같군. 적어도 하는 말과 행동에서는 그렇게 보이지 않는데 말이야."

독고음이 날카로운 눈으로 위해원을 탐지(探知)하듯 훑으며 말했다.

묵묵부답의 위해원을 바라보며 독고음이 다시 말을 이었다.

"하여간 엄밀히 말하면 진고는 아니지.『진고외경』이라는 책에 등장하는 내용이니까. 진고는 모산파 교리의 근간(根幹)이 되는 주장과 논리, 사상 등을 집대성한 책이었지. 사실 진고외경이 모산파의 것인지 도홍경이 지은 건지도 분명하게 알 수 없지. 다만 발견된 책의 제목에서 그렇게 추측했을 뿐이니까."

"진고외경……."

위해원은 책의 이름을 나직이 되뇌었다.

"진고외경은 진고의 내용과는 조금 다른 이야기를 담고 있었네. 떠도는 이야기를 모아놓은 기담서(奇談書)라고 해야 될까, 여러 가지 논리를 묶어놓은 이론서라고 해야 할까. 그도 아니면 원리를 기술한 학습서? 하여간 그 속에 기술되어 있는 한 부분이 실혼인에 관한 걸세. 거기에 적힌 건 대법이니 하는 것과는 조금 다르지. 굳이 말한다면 교육이라고 할까?"

조용한 어투로 대화 형식으로 진행되고는 있었지만, 대전에 울리는 독고음의 말은 일행 모두가 듣기에 충분한 것이었다.

마음먹으면 위해원만이 들을 수 있도록 할 수도 있건만, 독고음은 상관없다고 생각하고 있는 것 같았다.

꽤 먼 거리였다.

십 장은 독고음과 같은 고수(高手)가 적을 제압하기에 짧은 거리가 분명했지만, 흔들리는 눈동자를 알아보기에는 결코 짧은 거리가 아니었다.

하지만 독고음은 분명하게 알아보았다.

아니, 기(氣)로써 감지해 냈다고 하는 것이 정확하리라.

대전 안에 발을 들여놓았던 처음과 이제 발을 빼려는 지금까지 한결같이 담담하기만 하던 정월명이 움칫거리는 기색을.

독고음이 제아무리 천의무봉(天衣無縫)의 경지에 이르렀다고 하더라도 처음부터 탐지하려고 마음먹고 신경을 주변으로 쏟고 있지 않았다면, 사라지듯 나타난 찰나의 순간을 감지하지 못했으리라.

이것을 노리고 모두가 듣도록 말했던 것일까.

독고음은 아무렇지 않은 듯 말을 계속했다.

"핵심만 말하면 반복과 주입일세. 철이 들기 전부터 똑같은 행위만 반복시키는 거지. 그 내용은 어떤 목적으로 키울지 결정하는 것에 따라 달라진다고 하네. 외경에 있는 실혼인에 대한 핵심은 이게 전부라고 해도 무방할 걸세. 그 세부적인 방법은 언급되지 않고 있거든. 일반적인 생각대로 도홍경이 쓴 게 맞는 도사(道師)들의 경전이라고 한다면 그 본뜻은 도(道)의 교육으로 마(魔)를 제압하라는 정도의 의미였는지도 모르지. 잠재하고 있을 마의 혼을 잃어버린 사람으로서의 실혼인 말이지."

"그렇게 생각하지 않는 것 같으시군요."

"글쎄, 어떨지. 우연하게 이 책을 입수하고 읽어본 뒤에 참 많은 생각을 하긴 했지. 정말 재미있는 얘기들로 가득했거든. 아무튼 실혼인의 부분에서도 다른 생각을 해보긴 했네. 예를 들어, 거꾸로 마(魔)의 교육으로 정(正)을 제압하면 어떨까."

“……!”

위해원은 대꾸하는 대신 깊은 생각의 호수 속으로 빠져들었다.

그 모습을 독고음은 의미를 짐작하기 힘든 눈으로 차분히 바라보다가 다시 입을 열었다.

“음, 좀 거창해졌군. 내가 무슨 희대의 마왕(魔王)도 아니고. 하여간 요지는 그걸 다른 쪽으로도 이용할 수 있지 않을까 생각했다는 것일세. 별반 대단할 것도 없는 얘기지. 예를 들어, 사람을 개[犬]로 만든다고 해보세. 개 짖는 소리 이외에는 그 어떤 소리도 내지 못하게 하는 거지. 그리고 두 발로 서려고 하면 못 서게 하는 걸세. 그게 한 살부터 시작되었다고 한다면 그 아이가 열다섯을 넘게 되면 어떤 모습이 될까. 이론적으로는 이게 다일세. 어떤가. 간단해 보이지 않은가?”

“간단하지는 않아 보이는군요.”

생각을 마친 듯 위해원이 차분히 대답했다.

“역시 총명한 친구라니까. 문일지십이 존재할까 했는데 자네를 위해 생긴 말인가?”

하나를 들으면 열을 안다.

극상의 칭찬임에 분명했지만, 이를 말하는 자도 이를 듣는 자도 똑같이 무표정하기는 마찬가지였다.

“더 필요없을 것 같기는 하지만, 하던 얘기니 마저 하지. 나는 실혼인의 완성은 불가능에 가깝다는 결론을 내렸네. 그

것을 가능케 하기 위한 전제 조건이 되는 시술자의 능력을 너무 과하게 요구하고 있었거든. 시술자의 '능력'을 '어떻게'라는 단어로 대신해서 말해보지. '어떻게 아이를 구할 것인가', '어떻게 소리 내게 하지 못하고 일어서지 못하게 할 것인가', 그리고 그 밖에 여러 가지가 존재하겠지만, 제일 중요한 것은 '어떻게 다른 생각은 하지 못하게 할 것인가' 일세. 어떻게 아무 생각 하지 못하게 할 것인가! 이 이론을 접하고 나도 생각해 본 적이 있었네. 자네라면 어떻게 하겠는가?"

"…격리(隔離)."

위해원이 침중한 음색으로 말했다.

독고음은 위해원이 그 답을 꺼내놓을 것이라고 이미 예상했다는 듯 이번에도 놀라지 않았다.

"역시 실망시키지 않는군. 좋아, 나도 그 결론을 얻었지. 격리! 외부의 모든 것으로부터 단절시키는 거지. 우물 안의 개구리가 그 밖의 세상을 상상할 수 있을까? 만약 우물 뚜껑이 닫혀 있던 어둠의 상태에서 알에서 깨어나 올챙이를 거쳐 된 개구리라면. 그 밖의 세상이라는 것조차 상상할 수 있을까? 상상이라는 생각 자체를 할 수 있을까? 그 모든 조건이 충족되었을 때 실혼인이 탄생하는 거지."

"흠……."

"말한 대로 나는 이것이 불가능하다고 생각했네. 조건이 너무 까다로워. 개로 만드는 것이라면 나도 그 정도까지는 어떻게 될지 모르겠군. 근데 그걸 어디 쓰겠나?"

"실혼인!"

주위의 시체를 새삼 살펴보며 위해원이 입속에 그 이름을 다시 되새겼다.

"나도 잘 모르네, 이들이 실혼인인지 아닌지는. 모를 일이지. 단지 그 외에는 이들의 이상함을 달리 설명할 수 있는 것이 없어서 그렇게 추측할 뿐이네."

잘 모르겠다며 한발 물러서는 대답과 달리 독고음은 그들이 실혼인이라는 생각에 추호도 의심이 없었다.

이 확신은 지금에 와서 형성된 것이 아니었으니, 독고음은 대전에 들어서 녹의인들을 처음 보는 순간, 직관적으로 '실혼인'이라는 단어를 떠올렸던 것이다.

녹의인들에게는 인간이라면 뿜어내야 하는 그 어떤 기운도 보이지 않았기 때문이다. 즉, 인간의 형상은 하고 있으나 인간은 아닌 존재들이 그들이었던 것이다.

그리고 그 직관(直觀)은 '특정한 인물', '경계', '살기'라는 조건을 알아차리는 순간 확신이 되었다.

그 세 가지 조건에만 '죽이도록' 반응되어 만들어진 실혼인들이라고.

독고음은 자신조차 불가능하다고 생각한 일을 완성시킨 '인물'의 가공할 능력에는 진심으로 경탄(驚歎)을 금치 못했다.

그를 만나면 목을 베는 대신 그 방법에 관하여 꼭 물어볼 생각까지 하고 있을 정도로.

일류고수 급의 백 명의 실혼인!

그러나 경탄했을 뿐 두렵지는 않았다.

그렇다고 그 위력을 가볍게 보는 것은 더욱 아니었다.

칠천무신의 일인 장왕 고원월조차 오랜 시간 사투를 벌이고 이런저런 상처를 입었으며 한동안 움직이지 못할 상태로 만들어놓았지 않은가!

고원월이 아닌 독고음 자신이 정면으로 싸웠다고 해도 지금의 고원월과 크게 차이가 없었으리라.

더욱이 독고음은 접근전(接近戰)에 의한 박투(搏鬪)는 즐기지 않았다.

그러나 상대적인 얘기였다.

그들로는 자신을 죽일 수 없다.

자신은 정면에서 싸울 필요가 없기 때문에.

그 암중의 '인물'이 진고외경속의 '실혼인'을 완성했다면, 자신은 진고외경 속의 '동조진동파음공(同調振動破音功)'을 완성했다.

그 앞에서 '실혼인'은 길가에 흩어진 돌덩이에 불과했다.

물론 이 경우에도 기진(氣盡)할 정도로 내력이 소모되기는 하겠지만.

그래도 단 하나의 미미한 경상도 입지 않고 머리를 터뜨려 줄 자신이 독고음에게는 있었으며 실제로 십 인의 녹의인을 그렇게 사라지게 만들었다.

그 이상은 필요조차 없었기에.

실제로 고원월이 신나게 싸워주지 않았는가.

녹의인들을 실혼인이라고 직관하고 그들에게 걸린 조건이 경계와 살기라는 것을 확신한 순간에 독고음에게 있어서 최선의 선택이란, 처음 들어선 그대로 서서 무심히 구경하는 일뿐이었던 것이다.

＊　　　＊　　　＊

"틀렸도다! 그들은 실혼인 따위가 아니도다!! 도산지옥을 지키는 일백야차들이도다!!"

독고음이 실혼인에 대한 설명을 끝낼 무렵, 낯선 목소리가 독고음의 말을 부정하면서 날아들었다.

검은 영역 뒤에 있던 계단.

그 계단을 진동시키는 웅웅거리는 메아리와 함께 목소리는 시작되었다.

그리고 그 목소리가 끝나기 전에 발이 보이기 시작했고, 메아리만 남았을 무렵에는 무릎까지 나타난 뒤 결국 메아리마저 소멸했을 땐 몸통의 절반쯤 드러났다.

촌각의 시간 뒤에는 완벽한 형태를 이룬 중년인이 대전 안으로 들어서 있었다.

황제만이 입을 수 있다는 황색 곤룡포를 몸에 두르고 등장한 사내.

머리에는 황금 용잠이 웅크리고 있는 익선관까지 갖추고 있다.

곤룡포 중앙에는 흰색과 푸른색으로 수놓은 학이 소나무 가지 사이를 노닐고 있고, 흑옥과 황금으로 번쩍이는 두꺼운 요대를 차고 있었다.

붉은빛이 감도는 목화(木靴)를 신고 있는, 뱁새눈에 주먹코와 메기처럼 큰 입, 코 좌우와 입 아래의 세 갈래로 기른 수염이 각진 얼굴에 들어 있는 사내였다.

사내가 수염을 쓰다듬으며 판관처럼 외쳤다.

"죄인들은 어서 나와 심판을 받으라!"

백 명의 녹의인과는 정반대의 상황.

입은 없고 오직 도를 쥔 손만이 있다는 모습의 녹의인들에 반하여, 방금 등장한 자는 자신은 입이 있다는 것을 만천하에 알리고 싶기라도 한 것 같았다.

그러나 그 입에서 나오는 말투에서, 이자 또한 범상한 자는 아니라는 것을 모두 알 수 있을 것 같았다.

험한 꼴을 당해여서일까, 방금 나타난 자의 복장이 평범한 것이 아니여서일까.

막 운기조식을 끝낸 진사백이 조금은 공손하게까지 느껴지는 목소리로 외쳤다.

"여기가 어디요? 당신은 누구시오?"

진사백의 질문에 대한 대답은 괴사내가 아니라 독고음에게서 흘러나왔다.

"이 꼴을 당하고 저 꼴을 보고도 멍청한 질문을 잘도 하는군. 여기가 도산지옥이니 저놈은 진광대왕쯤 되겠지."

이 꼴이란 조금 전의 전투를 말하는 것이요, 저 꼴이란 방금 등장한 사내의 복장을 말하는 것이리라.

진광대왕(秦廣大王).

진광(秦廣)의 진은 밝힐 진이요, 광은 넓을 광이니 넓게 밝혀 죄를 살핀다는 뜻을 가지고 있었다.

이가 바로 도산지옥을 관장하는 재판관의 이름이다.

극선(極善)과 극악(極惡)만을 재판한다고 전해지고 있으며, 그 판결에 따라 극선은 천상 세계로 보내고 반대로 극악은 또 다른 지옥으로 보낸다고 알려져 있다.

즉, 불교에서 말하기는 단지 심판만 할 뿐 처벌은 하지 않는다고 전하고 있는데, 극악을 다음 지옥으로 넘기는 이유는 밝혀지지 않은 죄를 더 추궁하고 더욱 무서운 형벌을 받게 하기 위해서라고 하기도 한다.

진광대왕으로 호명받은 사내가 만족스러운 듯 고개를 끄

덕이며 말했다.

"옳도다. 그러나 그르도다. 본좌가 진광대왕이나 저놈은 아니도다."

"이놈도 약간 모자란 놈이군."

진광대왕의 이상한 화법을 들으며 비웃음을 입가에 담은 독고음이 바보사내 대소를 쳐다보며 비웃었다.

쿵―!

쿵쿵―!!

쩍! 찌직― 찌지지직―

비로 물들어 있던 대전에서 우수수 붉은 먼지가 피어올랐다.

그리고 독고음의 눈빛이 가늘어졌다.

"아니도다! 아니도다! 본좌는 모자라지 않도다! 태산대왕(太山大王)이 그랬도다! 본좌는 모자라지 않다고 했도다!"

진광대왕이 악을 쓰듯 외치며 발을 구르자, 발을 내딛은 곳에서 시작된 경력을 못 견딘 바닥이 지진이 난 것처럼 사방으로 갈라지며 터져 나갔다.

모자라는지의 여부를 떠나서 그 큰 대전 전체가 울릴 정도의 공력은 독고음의 신경을 건드리기에 충분한 것이었다.

'어떻게 하나.'

죽일까?

잡을까?

더 두고 볼까?

독고음이 이런저런 생각을 하고 있을 때, 위해원이 한 발 나서며 진광대왕에게 포권을 취해 보였다.

고개까지 살짝 숙이고 위해원이 공손하게 말했다.

"부동명왕(不動明王)이시여, 죄인이 여쭙고 싶은 게 있으니 부디 허락하시여 불쌍한 중생을 계도해 주시길 간절히 기원하옵나이다."

의외의 상황에서 의외의 인물에게서 나온 의외의 말은 광장 안의 모든 이를 어리둥절하게 만드는 것이었으나, 단 한 사람, 진광대왕만은 매우 흡족한 표정이었다.

이런 황당한 상황에서 지금껏 놀라운 강단만을 보여줬던 위해원이 책에나 등장할 법한 말투로 입을 열다니!

"이, 이 무슨 개소리……!"

진사백이 벌게진 얼굴로 소리치려 했으나, 경공까지 펼치고 다가와 입을 틀어막는 장문영에 의해 그 뜻을 이루지는 못했다.

장문영이 검지를 펼쳐 입을 막으며 조용히 하라는 뜻을 전했다.

진광대왕은 도산지옥을 관장하는 왕으로서 그가 변하여 부동명왕이 된다고 한다.

스스로를 진광대왕이라고 밝혔는데, 부동명왕이라고 추켜세우며 불러주니 이 어찌 즐겁지 않을까.

진광대왕이 짐짓 엄숙하게 고개를 끄덕이며 윤허(允許)를
내렸다.

"허락하도다. 허락하도다. 여쭈어라."

"아직도 이곳이 어딘지, 자신이 왜 이곳에 있는지 모르는
어리석은 중생(衆生)들이 많습니다. 번거로우시겠지만 부디
자비를 내리시어 무지에서 일깨워 주시옵소서."

위해원의 말에 모두의 시선이 진광대왕에게 몰렸다.

그 질문에 대한 대답이 간절한 진사백조차 진광대왕이라
는 자가 설마 그렇게 멍청할 리 없다고 생각하고 있었다.

그러나 진광대왕은 진사백의 기대를 두 번이나 배반했다.

예상을 깨고 대답을 해서 한 번 배반했으며, 그 대답에 담
긴 내용으로 또다시 배반한 것이었다.

진광대왕이 진짜 자비라도 내리는 듯 온화한 얼굴로 말했
다.

"이곳은 도산지옥이고 나는 진광대왕이시도다. 죄가 밝혀
진 자는 심판을 받을 것이며, 그렇지 않은 자는 다음 지옥으
로 갈 것이도다."

진사백의 얼굴이 다시 달아올랐다.

지금까지 수십 번은 들은 듯 지겨워 진저리마저 치게 만드
는 장난 같은 내용이었던 것이다.

진사백은 아직도 입을 막고 있는 장문영의 손을 비집고 소
리를 지르려 했다.

그러나 들려오는 위해원의 말에 다시 한 번 숨을 죽이고 진광대왕의 입이 열리길 기다려야 했다.

"죄목은 무엇이며 죄인은 누굽니까?"

처음보다 한결 간결해진 위해원의 말에 속상했던지 잠시 안색을 찌푸리고 생각에 잠겼던 진광대왕은 고개를 내저었다.

"모르도다. 말할 수 없도다. 말할 수 없도다. 천기도다."

"개소리ㅡ! 이제 그딴 개소리 집어치워ㅡ!"

결국 진사백은 장문영의 손을 뚫고 소리를 지를 수는 있었으나, 날카롭게 쏘아보는 진광대왕의 무시무시한 안력에 원했던 바를 다 이루지는 못했다.

"무엄하도다!! 감히 하찮은 죄인이 감히 위대한 대왕의 말을 견공의ㅡ!"

"이젠 재미도 없군. 지겨울 뿐이야."

휙ㅡ!

자신이 진사백의 말을 막은 건 당연하지만, 누군가 자신의 말을 끊으며 끼어들자 용납할 수 없다는 표정으로 진광대왕은 작은 눈을 번쩍 치켜뜨며 고개를 돌렸다.

독고음이 한 발짝 앞으로 나서며 음산하게 말했다.

"애들 장난은 그만 하지. 일각 뒤에도 '모르도다'라고 말할 수 있는지 궁금하기도 하군."

"알도다! 알도다! 이것만은 말해주리다! 저 죄인과 그대에 대한 판결은 알고 있도다! 그대들은, 그대들은 죽음의 형이 내려진 자도다!!"

자신을 비아냥거리고 있던 독고음이 계속 못마땅했던 것일까.

진광대왕이 얼굴 근육을 흉포하게 일그러뜨리며 독고음에게 한발한발 육중한 걸음걸이로 다가왔다.

독고음은 제집에 찾아온 반가운 손님을 마중 나가는 주인 된 모양으로 입가에 가벼운 웃음마저 머금고 진광대왕을 향해 마주 걸어나갔다.

비록 냉소였지만.

한 명은 찌푸리고 다른 한 명은 웃고 있는 표정의 차이점은 있었지만, 서로를 향해 걸음을 멈추지 않고 걷고 있다는 공통점 때문에 둘의 거리는 급격하게 줄어들고 있었다.

서로 손을 뻗으면 반갑게 악수라도 할 수 있는 거리가 되었지만, 여전히 둘은 멈추지 않고 다음 걸음을 한발 더 내디뎠다.

발이 땅에 닫기 직전, 진광대왕의 머리가 흐릿해지며 기이한 각도로 옆으로 꺾였다.

독고음의 좌수가 이빨을 드러낸 채 진광대왕의 머리가 있던 자리를 차지하고 있었던 것이다.

남궁대수를 구할 때 펼쳤던 응조수(鷹鳥手)!

남궁대수에게 주의를 모으고 있었고, 하늘에서부터 떨어

진 기습적인 공격이었다고는 하나 일류고수 둘이 알아차리지 못하고 뇌수를 뿜어야만 했을 정도의 극쾌의 조공이었다.

그 응조수를 이 짧은 공간에서 피해낸 것만으로도 진광대왕의 능력은 가히 경탄할 만한 감탄스러운 것이었다.

그러나 독고음은 감탄 대신 비릿한 비웃음과 함께 다음 공격을 감행했다.

"흥!"

슈우웅─!

뻗어 있던 좌수가 본래의 자리로 돌아오는 대신에 크게 횡으로 휘둘려져 나갔다.

그것에 스치는 것이 소가죽으로 된 살이든 무쇠로 된 뼈든 그대로 그 떨어져 나가리라.

그러나 진광대왕의 머리는 떨어지지 않고 안개처럼 허공에 흐트러졌다.

독고음의 눈이 빛났다.

횡으로 휘둘러진 응조수의 공격을 이형환위(移形換位)로 흘리며 자신의 후방으로 돌아선 것도 모자라, 날카로운 경기까지 뿜어내며 진광대왕이 반격까지 시도했던 것이다.

"챵앗─!"

찌지직─ 부욱!

짧은 기합 소리를 내며 앞쪽으로 튕겨 오른 독고음의 신형

이 착지와 동시에 빙글 몸을 돌며 다시 원래의 자리로 쏘아져
갔다.
　번쩍—!
　빛을 반사하는 쇠붙이도 아닐진대 독고음의 쌍수가 만들
어내는 환영은 분명·빛을 내뿜으며 허공으로 쏘아져 나갔다.
　쾅!
　쿵쿵!
　독고음이 찡그린 얼굴로 자신의 발밑에 새겨진 두 개의 족
적(足跡)을 바라보았다.

　두 걸음.
　오 할의 내력이 담긴 응조수를 열두 방위에 걸쳐·펼쳤음에
도 마주 쏘아진 장력을 완전히 해소하지 못하고 순간적으로
두 걸음 후퇴한 것이었다.
　"너무하는군. 아끼는 옷이었는데……."
　자신이 밀리며 만들어낸 바닥의 족적을 바라보며 독고음
이 혼잣말처럼 중얼거렸다.
　확인해 보지 않아도 충분히 알고 있었다.
　자신의 학창의 등 부분이 진광대왕과의 첫 합에서 길게 찢
어졌음을.
　무슨 말을 하고 있는 것일까.
　아이의 옹알이마냥 입을 우물거리며 중얼거리던 독고음의

말은 점점 작아져 끝내 어떤 소리도 나지 않고 있었다.

진광대왕은 무방비로 보이는 독고음에게 달려들지 못하고 왼발을 뒤로 반보쯤 빼며 중심을 다잡았다.

응조수의 매서웠던 공격 때문만은 아니었으니, 작아지는 독고음의 말소리와 반대로 점점 커지고 있는 기의 압력에 대항하기 위함이었다.

자세를 잡은 진광대왕이 날카롭게 외쳤다.

"죄인을 벌하여 천리(天理)를 바로잡을 것이도다!"

웅얼거리던 독고음의 입술이 굳게 다물어지고, 독고음의 어깨가 들썩였다.

독고음이 하늘을 바라보며 대소를 터뜨렸다.

"하하핫!! 오늘은 정말 즐거운 날이군! 후학에게 강론을 듣는 걸로도 모자라, 판관 나리에게 손찌검을 당하기까지! 내 평생 언제 이런 경험을 해봤을꼬!"

"판관 나리가 아니도다! 진광대왕이시도다!"

정색을 하고 독고음의 말을 수정하는 진광대왕의 눈에는 비아냥 따위는 찾아볼 길 없이 진중함만이 가득했지만, 독고음의 눈자위는 지독한 모욕을 당한 것처럼 붉게 달아올랐다.

"으하하하! 좋아, 좋아! 참으로 즐거운 날이야! 자, 다시 해보세."

"아니도다. 나는 죄인을 즐겁게 해주려는 게… 헉—!"

이 장을 격해 있던 독고음의 신형이 흐릿해진다고 느끼는 순간, 진광대왕의 눈앞에 나타났다.

조금 전 진광대왕이 펼쳤던 이형환위와 자신이 펼쳤던 십이 방위의 응조수!

그러나 이번엔 두 배의 빠르기와 이성을 더한 칠성의 공력이 담겨 있었다.

다급한 외침과 함께 진광대왕의 양손이 풍차처럼 휘돌아갔다.

펑펑펑펑―!!

주르르르륵―

기선을 뺏긴 진광대왕의 몸이 뒤로 빠르게 밀려 나갔다.

"갈 수 없다!"

독고음의 분노로 얼룩진 일갈!

매의 날카로운 발톱이 만들어내고 있는 번쩍임 속에서 한줄기 회색 장력이 진광대왕을 추격해 쏘아졌다.

진광대왕은 미끄러지는 자세 그대로, 두 손을 앞으로 뻗어 회색 장력을 감아쥐며 움켜잡았다.

그러나 장력을 감아쥔 두 손 가득 뼛속까지 스며드는 지독한 한기(寒氣)란!

진광대왕이 왼손을 옆으로 뿌리며 소리쳤다.

"갈!!"

츠즈즈즈―

펑!!

'이것 봐라?'

십이 방위로 쏘아지는 응조수는 하나씩 마주쳐서 해소하고, 응조수 속에 숨겨서 뿜어낸 음빙투창(陰氷投窓)의 공력은 잡아채서 옆으로 흘려버리다니!

믿어 의심치 않았던 일격의 실패를 맞이해 짧은 생각에 빠졌지만, 그와 무관하게 육신의 공격은 길게 이어갔다.

음빙투창의 한기를 맨손으로 받아낸 이상, 순간적이나마 왼팔이 마비되었으리라.

독고음의 쌍수가 하늘로 치켜져 잠시 멈칫거리는가 싶더니 창노한 외침과 함께 벼락같이 내리꽂혔다.

"가랏!"

뒤로 미끄러지며 독고음의 장력을 해소시킨 덕분에 그 탄력에 의해 진광대왕의 몸과 독고음의 거리는 조금 더 벌어져 있었다.

독고음의 손이 휘둘러지고 있지만, 그 거리에서는 하릴없이 허공을 할퀴고 지나갈 것처럼 보였다.

그러나 진광대왕은 눈앞을 지나가는 독고음의 손의 잔영과는 다르게 머리 위를 엄습하는 음유한 기운을 감지해 내는 데 성공했다.

탓―!

진광대왕의 발끝에 차인 대전 바닥이 움푹 파였다.

꽈아앙!!

진광대왕이 박차고 직각으로 몸을 꺾은 대전 바닥에 거대한 구멍이 시커먼 입을 벌리며 뚫렸다.

탓! 꽈앙!!

탁! 꽈앙!!

탁탁ㅡ!! 콰과광광!!

탄성을 무시하는 기이한 몸놀림에 의한 네 번의 방향 전환과 찰나의 뒤 그곳을 강타하며 내리치는 차가운 벼락!

진광대왕은 독고음의 음뢰육장(陰雷六掌) 중 오장까지는 간발의 차로 피해낼 수 있었지만, 오장째의 자신이 전환한 방위의 전면을 이미 점하고 있는 독고음의 시선은 피해낼 수 없었다.

포석이라 하였으니, 다섯 번의 수로써 막다른 골목으로 몰아넣고 마지막 한 수로 대마(大馬)를 잡으려는 독고음의 유인책이었다.

독고음의 흐릿한 웃음이 진광대왕의 시야에 들어왔다.

그리고 전 오장을 합한 것보다 무서운 기세로 육장이 휘둘러졌다.

"잘 가게ㅡ!"

쉬웅ㅡ!

꽈아아아아앙!

두 발자국의 뒷걸음질이 불러온 수치심과 그 수치심 불러온 가공할 공세.

그러나 그 공세가 끝난 뒤 불러온 것은 사냥에 성공한 포식자의 포만감이 아닌, 이전의 수치심을 잊게 할 만한 경악이었다.

독고음의 놀라움으로 점철된 커다란 외침이 대전에 울려 퍼졌다.

"금룡편(金龍鞭)?!"

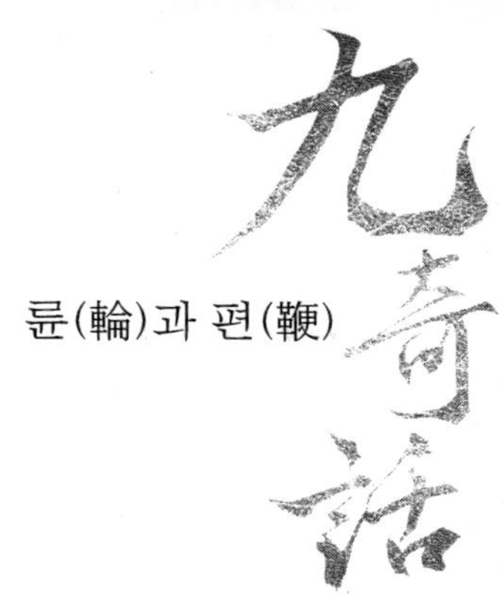

륜(輪)과 편(鞭)

　나뭇잎 끝에 매달인 이슬이 떨어지는 순간을 정확히 맞출 수 있다고 장담하는 사람이 있다면, 그는 그 순간을 매우 많이 봤던 사람이거나 단 한 번도 보지 못한 사람일 것이라.

　낙하의 순간의 이슬은 마치 처음 기방을 찾은 샌님을 상대하는 닳고 닳은 기녀 같아서 떨어질 듯 떨어지지 않으며, 그 모양을 지켜보는 사람의 마음을 조마조마하게 하는 안타까운 움직임을 자아내는 것이었다.

　어떤 이에게 그 느낌이란 소변이 나올 듯 말 듯 오금이 찌릿해지는 기분으로 타고나거나 갈고닦은 침착함과는 무관한, 참을 수 없는 간지러움이요, 지독한 괴로움이라 할 수 있다.

‘차라리 시원하게 떨어져 버리고 말 것이지’ 라며 손으로 쳐버리고 싶은 충동까지 느끼다가, 이내 그 이슬 한 방울이 떨어져 바닥에 흩어지면 십 년 묵은 체증(滯症)이 내려가는 듯 쾌감까지 맛보는 것이었다.

만약 이곳에 그러한 자가 있었다면, 그는 소변을 지리든가 그 간질거리는 느낌에 미쳐 버리고 말리라.

“금룡편(金龍鞭)?!”

경악을 터뜨린 독고음은 믿어지지 않는 표정으로 자신의 가슴을 내려다보았다.

쇄골 사이부터 단전 위까지 이어져 있는 혈선.

비록 살이 베이지는 않았지만, 학창의 자락 앞이 펄럭거리고 그 사이로 보이는 탄탄한 가슴 위에는 가느다랗게 피가 고이고 있었다.

그 가슴에 백 년은 묵은 구렁이같이 두꺼운, 십 자 모양으로 깊게 파인 오래된 상처 자국이 언뜻 보였다.

“틀렸도다. 틀렸도다. 늙은 죄인은 지쳐서 힘을 내지 못한다고 했도다. 좌도대왕(左道大王)이 그랬도다. 늙은 죄인은 지치지 않았도다. 좌도대왕이 틀렸도다.”

수세를 전환시키고 공세를 성공시킨 것과는 어울리지 않는 침울한 목소리로 진광대왕이 중얼거렸다.

진광대왕의 우수에는 황금빛이 번쩍이는 용잠이 들려 있

었고, 끝 부분인 용의 입을 통하여 흘러내린 황금색 실이 살아 있는 것처럼 허공을 맴돌고 있었다.

진광대왕이 고민에 빠진 듯 고개를 갸웃거렸다.

"본좌가 심판할 사람은 지치고 늙은 죄인이도다. 저 죄인은 늙은 죄인이도다. 근데, 지치지 않았도다!"

진광대왕이 주위를 둘러보았다.

위해원, 진사백, 지부용, 고원월… 운기 중에 있는 고원월에 그 시선이 멈춰 섰다.

진광대왕이 고개를 저으며 큰 소리로 부르짖었다.

"늙었도다. 지쳤도다. 하지만 저자는 죄인이 아니도다. 이곳에는 지치고 늙은 죄인은 없도다. 이곳에 좌도대왕이 말한 자는 없도다. 심판받을 자가 없도다!!"

"심판받을 자는 분명히 존재한다."

가슴의 상처를 바라보던 그 자세 그대로 고개를 숙인 독고음이 음산한 목소리로 말했다.

진광대왕이 황급히 고개를 돌리며 다급하게 물었다.

"누구란 말이도다?!"

"바로… 너다!"

독고음의 고개가 서서히 들려졌을 때, 그의 소매 속에서 작고 투명한 두 개의 륜이 이미 모습을 드러내고 있었다.

"이제 판결을 내리겠다. 그것은 사형이다!!"

쉬익- 쉬익- 쉭-!

핑! 핑! 핑핑!! 피빙피피피—!!

황금색의 선이 하늘을 가르는가 싶더니, 점차 선이 사라지고 황금빛으로 물든 공간이 생겨나기 시작했다.

그와 함께, 채찍이 공간을 가를 때 서늘하게 들리는 파공성도 사라졌다.

가느다란 실로 되어 있어서 일반적인 채찍보다 얇아서인지, 그 쏟아져 내리는 움직임이 소리의 속도인 음속을 뛰어넘어서인지는 알 수 없었지만, 조금씩 희미해지나 부딪치는 간격이 짧아지며 날카롭게 울리고 있는 채찍과 륜이 부딪치는 소리는 싸움이 고조되며 격렬해지고 있다는 사실을 말해주고 있었다.

륜과 선이 만나는 소리가 빨라지며 독고음과 진광대왕의 싸움은 더욱 치열해지기 시작했다.

그러나 격렬해지는 것과는 다르게, 차갑게 번뜩이던 독고음의 안광은 시간이 지나면서 조금씩 가라앉아 가고 있었다.

이제까지의 근거리전과는 달리 오 장여를 사이에 둔 장거리전이었다.

그러나 륜과 편의 싸움!

독고음의 넓은 소매 속에서 흘러내린 한 쌍의 륜은 얼음으로 만든 것처럼 투명하게 제 속내를 보이고 있었다.

손바닥 두 개를 펼친 정도의 작은 크기.

륜(輪)이란 바퀴를 말하는 것이니, 그 이름이 붙은 병기가 둥근 것은 당연했다.

다만 한쪽이 트여 있고 그 부분에 손잡이가 있으며, 밖으로 향해진 둥근 부분에는 날카로운 날이 서늘한 냉기를 도도하게 뿜어내고 있었다.

진광대왕의 익선관(翼善冠)에 꽂혀 있던 황금 용잠(龍簪).

잠(簪)이란 여인들이 머리에 꽂는 비녀를 말하니, 용잠이란 그 한쪽 끝이 용의 머리가 조각된 비녀를 말한다.

지금 진광대왕의 오른손에 들린 용잠의 용의 아가리 속에는 오색(五色) 여의주(如意珠) 대신 한줄기 황금빛 가느다란 실이 길게 뻗어져 내리고 있었다.

이를 독고음은 금룡편(金龍鞭)이라 불렀다.

황금용의 채찍.

독고음이 오른발을 앞으로 슬쩍 밀어 넣으며 몸을 살짝 기울였다.

핑핑―!

핑핑핑!

둘 사이의 거리가 짧아진 만큼 륜과 선이 만나는 간격(間隔)이 짧아지며 소리가 더욱 빠르게 천지에 진동했다.

륜은 짧고 채찍은 기니, 멀리서 진광대왕이 손을 휘두르면 독고음의 몸 한 자 근처에서 공방(攻防)이 오갈 수밖에 없었다.

일방적인 공격의 진광대왕과 일방적인 수비의 독고음!

공기의 물결 속을 노닐던 황금빛 반짝임이 거세게 몸을 뒤흔들며 빠르게 날아왔다.

반짝—!

황금빛이 시야를 현혹시키는 사이, 채찍은 독고음의 미간 두 치 앞까지 뚫고 들어서고 있었다.

독고음은 좌수에 들린 류이 채찍의 중간 부분을 벼락 치듯 후려쳤다.

출렁—!

팟!

중간은 크게 흔들거렸으나 그 채찍의 끝은 약간의 미동만을 보이며 독고음의 미간 한 치 앞까지 날카로운 파공음을 동반하고 쏘아져 들어왔다.

그러나 미동을 일으키는 찰나의 시간 동안, 독고음의 우수에 들려 있던 류이 미간과 채찍 끝을 연결하는 공간에 끼워져 들어왔다.

연이어 멀리서 진광대왕의 손이 휘둘러졌다.

팽—!

채찍의 출렁거리던 중간 부분이 쭉 펴지고, 미간을 향했던 끝부분은 류을 피해 아래로 꺾여 인중으로 쏘아갔다.

독고음의 류이 빙글 반원을 돌며 인중을 막는 동시에, 좌수의 류이 뱀과 같이 기묘한 움직임을 보이는 채찍의 허리 부분을 다시 내리쩍었다.

다시 진광대왕의 손이 뒤로 원을 그리며 당겨졌다.

류과 스치며 갈리는 소리를 지른 채찍이 허공으로 큰 포물선을 만들어내며 후퇴하는 듯 보였다.

그러나 이 보 전진을 위한 일 보 후퇴였다는 것처럼, 원을 그리던 진광대왕의 손이 짧은 직선을 두 번 찌르듯 맹렬하게 연달아 휘둘러졌다.

휘이이익―!

주 왕조 시대에 세월을 낚는다는 강태공이 낚싯대를 드리울 때 나는 소리일까.

금룡편은 경쾌한 노래를 부르는 것과 같은 고음(高音)을 지르며 허공을 황금빛으로 물들여 나갔다.

그렇게 부드럽게 원 모양으로 허공을 비상하던 채찍이 갑자기 갈짓자 모양으로 거칠게 꺾기며 독고음의 목을 향해 엄습해 들어왔다.

그러나 미리 예상하고 있었다는 듯 그에 맞춰 독고음의 두 손이 십자로 교차되어 흩뿌려지며 방어를 취한 것도 거의 동시였다.

그렇게 접전을 만들어내고 있는 둘의 싸움은 대치 상태에 돌입하는 것 같았으나, 그것은 작은 움직임에 의해서 이미 깨지고 있었다.

왼발을 다시 반보 전진.

핑핑핑핑!!

오른발을 다시 반보 전진.

피비비비비빙!!

또다시 잠시 그렇게 대치를 이루고 다시 왼발을 앞으로 전진.

마찰음이 조금 더 빠르게 이를 갈았다.

그리고 잠시 후 다시 한 발… 또 한 발.

그 소리는 울리는 간격이 조금씩 짧아져, 그 찰나의 시차마저 없어지는가 싶더니 이내 그 소리의 여운마저 들리지 않는 정적 속으로 빠져들어 갔다.

핑핑피비비비… 피빙… 피……!

……!

"으윽—!"

"우워워! 워어어어—!"

제일 먼저 위해원이 고통스러운 신음 소리를 흘리며 주저앉았고, 그 뒤를 이어 대소가 미친 듯 괴음을 지르며 바닥을 구르기 시작했다.

이어 진사백이 귀를 잡고 몸을 뒤틀었으며, 장문영은 풍을 맞은 듯 몸을 바들바들 떨어댔다.

"이리 모여라! 어서!!"

운기에서 깨어난 것일까.

고원월은 가부좌 자세 그대로 눈을 감고 있었지만, 낮지만 분명한 음성으로 일갈을 터뜨렸다.

황급히 정월명이 한 손에는 위해원, 다른 한 손에는 대소를 잡고 고원월의 곁으로 빠르게 이동했다.

장문영은 남궁대수를 안아 올리고 고원월의 곁에 털썩 주저앉았다.

진사백은 엉금엉금 기어왔고, 면사가 마구 펄럭이는 지부용이 무겁게 다리를 끌며 마지막으로 도착했다.

스르르—

고원월의 몸에서 희미한 적색의 안개가 스멀거리며 퍼져 나오기 시작했다.

그리고 그 안개가 일행을 둘러싸고 나서야 일행은 그들을 괴롭히던 힘으로부터 벗어날 수 있었다.

고원월의 얼굴에서 방울방울 땀이 맺히기 시작했다.

경기의 폭풍에 휩싸인 대전이 비명을 지르며 사방으로 돌조각들을 토해내고, 독고음과 진광대왕의 몸 주위에 떨어져 있던 대전의 파편들이 작은 돌멩이가 되어 허공에 떠오르기 시작했다.

탁탁—!

사방으로 튕겨져 나가는 돌조각들이 거센 신음을 토해내며 대전 안의 긴장감을 배가시키고 있었다.

저벅—!

다시 독고음이 한 발 전진했다.

금룡편의 편로를 익히며 독고음이 조금씩 거리를 좁혀 나

갔고, 진광대왕은 그 전진을 막기 위하여 더욱 거세게 편을
휘두르고 있었다.

그리고 마침내 그 둘이 만들어내는 소리가 인간의 청각의
영역에서 사라지고 그 자리를 거대한 기의 폭풍이 메우기 시
작했다.

마치 동조진동파음공의 기본 원리처럼.

진광대왕의 곤룡포가 뚱뚱해지는 풍선마냥 부풀어 오르며
망루 위의 깃대마냥 펄럭거렸고, 독고음의 상의가 찢어진 부
위를 중심으로 작은 조각으로 변하여 조금씩 먼지로 변해 날
아갔다.

진광대왕의 앙다문 입술 사이로 피가 흘러내렸으나, 그 피
는 이내 끓어오르는 열기에 의해 기화하여 허공으로 비산되
어 버렸다.

이제는 누구도 먼저 손을 뺄 수 없는 상황이었다.

먼저 손을 빼는 순간 해일처럼 넘쳐흐를 기의 물결에 휩싸
여 먼지로 흩어질 것이다.

끝을 보아야 했다.

둘 중 하나의 움직임이 멈추어야 끝나는 지경이었다.

금룡편의 움직임이 멈추는 순간 자유를 찾은 륜이 진광대
왕을 짓이기며 거대한 회전을 만들 터이고, 륜의 움직임이 멈
추는 순간 갈 길을 찾은 금룡이 전신을 조각조각 물어뜯을
터.

절정에 이른 이가 이 싸움을 지켜본다면 붉어진 눈으로 이렇게 말할 것이 분명했다.

초식의 틀을 넘어선 싸움에 돌입한 독고음과 진광대왕이었으니 이는 백중세라!

수없는 부딪침에도 륜과 채찍 모두 그 기능을 다하고 있으니 이 또한 백중세라!

결국 내공이 얕거나 병기에 깃들어 있는 내력이 만들어내는 압력을 이기지 못하는 자가 먼저 쓰러지리라!

이 말은 반은 맞고 반은 틀렸다.

압력을 이기지 못하는 자가 먼저 쓰러진다는 것은 맞았으나, 바로 이 점에서 승부는 처음부터 이미 났던 것이다.

처음부터 백중세라 말할 수 없었던 것이니, 전부 틀린 것이 아니고 무엇일까.

기의 압력이 제 모습을 갖추고 형성되기 전에 독고음은 반보의 전진을 시작했다.

그가 먼저 앞으로 내딛은 첫 발만큼 진광대왕 쪽으로 가중되는 압력이 조금 더 강해졌던 것이다.

그리고 이제 위험을 무릅쓰고 옮긴 열 걸음이 만들어낸 압력의 차를 진광대왕은 버틸 여력이 없었다.

"탓!!"

번쩍!!

진광대왕의 입술이 터져 나가며 거대한 기합과 함께 피를 토해냈으니, 더 이상 상황이 어려워지기 전에 온 힘을 모아 최후의 반격을 전개하려는 것이리라.

토해진 피를 덮으며 빛의 폭발이 대전을 휘감았다.

거대한 빛의 폭발이 보여주고 있는 거대한 웅장함과는 다르게, 어떤 미비한 작은 소리도 나지 않았다.

황금편은 눈이 시려 똑바로 마주 보기조차 힘든 빛을 발하며, 달팽이의 등에 매달린 집처럼 둥글게 나선을 그리며 독고음을 향해 다가갔다.

음속마저 뛰어넘었던 지금까지와는 다르게, 무공을 모르는 위해원조차 그 움직임을 볼 수 있을 정도로 천천히 움직이고 있었다.

한 바퀴, 두 바퀴, 세 바퀴…….

큰 원 안으로 작은 원, 작은 원 안으로 더 작은 원, 그리고 원, 또다시 원…….

얼마가 중첩되었는지 모를 원의 덩어리가 독고음의 곁으로 미끄러지듯 부드럽게 다가왔다.

그러나 독고음은 서두르지 않았다.

다가오는 원과 자신이 팔을 치켜들어 앞으로 내뻗는 것 중에 누가 더 느린지 내기라도 하는 것 같았다.

천천히, 아주 천천히.

그렇게 독고음의 팔이 완전히 앞으로 뻗어지는 것을 완성하는 순간, 원을 그리던 편의 끝과 류의 날이 가볍게 마주 닿았다.

그리고 둘의 싸움은 그 화려했던 문장에 마침표를 찍었다.

"……."

"……!"

"침착해라. 조용히 해라."

울며 보채는 아이를 타이르는 듯 달래는 듯한 고원월의 나직한 음성이 모두의 귓가에 울려 퍼졌다.

장문영은 버둥거리는 대소를 꽉 붙잡고 말려야만 했다.

비록 장문영 그 자신도 아무것도 보지 못하고 들리지 않는 상황이었지만 그는 그 원인을 알고 있기에 침착할 수 있었다.

하지만 대소는 다르리라.

그가 어찌 지금의 장님에 귀머거리가 된 상황을 이해할 수 있을까.

눈이 멀고 귀가 막힌 상황이 가져오는 공포로 인하여 대소는 발광하고 있을 터였다.

조용히 하라는 고원월의 말만이 어떻게 귀에 들리고 있는지는 중요하지 않았다.

시각과 청각이 돌아와 현 상황을 명확히 파악할 수 있을 때까지는 대소를 붙잡고 있으리.

위해원은 시야가 어렴풋이 잡히기 시작하는 것을 느끼고는 눈을 몇 번 더 깜빡거렸다.

‘웅웅’ 울리는 소리 너머로 대소의 괴로움에 가득 찬 괴성과 그를 달래는 음성이 환청처럼 아련히 들려왔다.

관자놀이 부근을 지그시 누르며 문지르자 머리가 조금씩 맑아지는 것이 느껴지며, 조금씩 주변의 소리도 명확해져 갔다.

아마도 독고음과 진광대왕의 마지막 충돌이 만들어낸 빛과 소리가 고원월이 만들어낸 차단막(遮斷膜)을 뚫고 들어온 것 같았다.

그 여파로 눈과 귀가 일시적으로 마비된 것이라.

그러나 만약 차단막에 의해서 위력이 약해지지 않았다면 일시적으로 끝나지는 않았으리라.

위해원은 고개를 들어 주위를 둘러보았다.

고원월은 비라도 맞은 사람처럼 온몸이 흠뻑 젖어 거친 숨을 쉬고 있었다.

누워서 버둥거리는 대소를 한 팔로 잡고 있는 장문영과 그 옆에 죽은 듯 누워 있는 남궁대수, 그 한편에 얼굴을 찌푸리고 서 있는 정월명의 모습이 보였다.

그리고 지부용은 고개를 자신 쪽으로 향하고 있다가 위해원이 쳐다보자 고개를 슬쩍 다른 쪽으로 돌렸다.

진사백은 벌떡 일어나 있었다.

그새 다리의 상처가 회복되었을 리 없건만 그 통증도 잊은 채 우뚝 서 있는 것이었으니, 그것으로 미루어 처음부터 크게 위중한 상세는 아니었던 것으로 여겨졌다.

위해원은 진사백의 시선이 가 있는 길을 따라 눈을 옮겨갔다.

그곳에는 독고음과 진광대왕이 서 있었다.

독고음은 창백한 얼굴로 번쩍이는 무엇인가를 만지작거리고 있었다.

진광대왕의 온몸은 금으로 만든 불상마냥 황금빛으로 물들어 있었고, 우수를 앞으로 쭉 뻗은 상태였지만 그 손끝에는 이제 금룡편이 없었다.

이질감!

수없이 많은 하얀 갈매기 떼 가운데 잿빛의 오리가 한 마리 들어서 있는 것과 같은 어색함이 굳어버린 듯 서 있는 진광대왕에게 맴돌고 있을 뿐이었다.

이상하다는 느낌은 들지만 자세히 찾아보기 전에는 그것이 무엇인지 알지 못하는 느낌.

그것은 황금 속에 숨겨진 검은 돌이었다.

콩알 크기의 검은 점이 아직도 꼿꼿하게 뻗어 있는 진관대왕의 황금빛 우수 끝에 선명하게 박혀 있었다.

살아 있기라도 한 듯 검은 점은 조금씩 꿈틀거리며 차근차근 진광대왕의 온몸에 깃들어 있는 황금빛을 잠식해 들어갔다.

뻗어 있는 우수의 손목을 거쳐 팔꿈치를 지나 어깨를 타더니 이내 얼굴까지 숯을 바른 듯 검게 물들어가는 모습은, 먹어도 먹어도 굶주림이 채워지지 않아 끝내는 씹을 수 있는 이빨만을 남겨두고 제 온몸마저 먹어버리는 아귀의 형상과 같았다.

아직 살아 있는 걸까. 진광대왕의 입이 희미하게 달싹였다.

"…도… 다……."

손 안의 금룡편을 이리저리 만지작거리며 금룡편에 시선을 고정한 그대로 독고음이 무덤덤하게 말했다.

"걱정 말고 가게."

스스스슛―

진광대왕의 몸이 원래보다 커 보였다.

아니, 실제로 진광대왕의 몸은 조금씩 커지고 있었다.

온통 검은색으로 물든 진광대왕의 몸이 풍선처럼 부풀어 오르고 있었던 것이다.

믿을 수 없게도 진광대왕의 몸은 파멸을 향해 치닫는 공처럼 팽팽하고 둥글게 변하고 있었다.

두드드득!

뿌득! 뚝―!

옷이 찢기고 뼈가 부러져 나가는 소리가 시끄럽게 대전을 울렸지만 죽음의 확장은 멈추지 않았다.

그리고 진광대왕이 서 있던 자리에는 형체를 알아볼 수 없는 '진광대왕'이라는 이름을 갖고 있던 거대한 핏덩어리가 남아 있을 뿐이었다.

살이 팽창하여 살짝 건들기만 해도 터질 듯 부들부들 떨리고, 그 사이로 튀어나올 듯 선명한 혈관들이 선을 그리고 있었다.

파아앙!

마침내 피와 뼈로 만들어진 거대한 풍선이 터지고 말았다.

"염, 염왕인… 귀성……."

얼마 전까지 하나의 사람을 이루고 있던 흔적들이 폭죽처럼 터져 날리는 가운데, 진사백이 귀신에 홀린 것 같은 목소리로 중얼거렸다.

귀성(鬼星)!!

칠천무제 중 천하에 널리 알려진 세력의 주인이거나, 세력은 없어도 사람들에게 널리 알려져 있는 이는 네 명이었다.

그리고 그 세력과 신분 내력이 불분명한 사람이 셋 있으니 하나는 도왕이요, 하나는 귀성이요, 하나는 북성이라.

도왕은 삼십 년 이상 종적이 묘연했고, 귀성은 그 얼굴을 본 자가 거의 없으며, 북성은 그 존재조차 의심스러웠다.

귀성의 염왕인이 아니면 누가 이들을 상대하리요.

짙은 베일에 감싸인 삼 인 중 염왕인이라는 무공의 이름만이 남아 있던 귀성. 그의 이름조차 아는 이가 없었던 것이다.

그리고 지금 그 이름이 이름 모를 대전 안에서 밝혀졌다.

귀성 독고음!

그 귀성 독고음의 염왕인.

염라대왕의 도장!!

이것은 칠천무신의 일인인 귀성의 독문 절학으로 알려지고 있었다.

그 실체를 직접 보았다고 나서는 이도 없음에도 불구하고, 그 특징이 전해지고 있는 것은 한 번 보면 절대로 잊을 수 없다는 염왕인의 믿을 수 없는 현상 때문이었다.

온몸이 두 배가량 부풀어 올라 터지고 만다는 죽음의 마공!

염왕인의 정체는 내부로 스며든 극음의 기운을 견디지 못하고 신체가 팽창되어 버리는 것이었다.

그 음의 기운이 어찌하건대 사람의 신체를 터뜨려 버릴 지경이란 말인가!

양의 기운은 물체를 수축시키며 음의 기운은 물체를 팽창시키니, 수통 안에 뜨거운 것을 넣으면 쪼그라들고 차가운 것을 넣으면 부풀어 오르는 이치라!

진광대왕의 흔적들 사이로 은은한 호신강기를 일으킨 채 금룡편을 만지작거리고 있는 귀성 독고음의 모습이 보였다.

전후(戰後)

백양나무는 다른 말로 사시나무라고도 부르곤 한다.

백양나무는 다른 나무에 비해 특이한 점이 있으니, 그 잎의 몸통과 가지를 연결하는 부분이 유난히 길게 뻗어 있다.

이 때문에 아주 약한 바람에도 심하게 떨리는 모습으로 보인다.

그 사시나무를 닮은 이들이 모여 있었다.

"괜찮은가요?"

정월명이 물었다.

그러나 지부용은 대답할 수가 없었다.

심장이 쿵쾅거리고 이빨이 부딪치는 달그락 소리가 자신의 몸을 터뜨릴 것만 같았기 때문이다.

마치 터져 죽은 진광대왕처럼.

지부용은 그 또래 중에는 짝을 찾아보기 힘들 정도로 대범한 여인이었지만, 보고도 믿을 수 없는 장면이 가져온 충격에서 벗어날 수가 없었다.

'오지 말았어야 했어.'

후회의 순간은 아무리 빨라도 늦은 법이었으니, 지부용은 머리가 지끈거리는 것을 느꼈다.

백 명의 녹의인과의 싸움은 봐줄 만했다.

아니, 지부용은 뛰어들어 한바탕 도를 휘두르고 싶은 충동을 참기 위하여 애써야 했다.

그러나 그가 나타난 다음이 문제였다.

지부용이 원한 싸움은 그런 것이 아니었다.

아니, 그런 것이면 절대로 안 되는 것이었다.

피가 튀고 살이 찢기며 뼈가 갈라지는 것 따위는 셀 수도 없이 봐왔으며 자신이 만들어내기도 했던 그녀이다.

짜릿한 흥분!

봄이 가면 여름이 오고, 여름은 지나 가을과 겨울을 거치는 것이 하늘의 섭리라고 한다면, '반복' 이라는 생활에서 '지루함' 이라는 감정을 느끼는 것은 인간의 속성이라 하리라.

한 번, 두 번, 세 번.

처음에는 전신을 관통하는 것과 같았던 쾌감과 격정은 시간이 지날수록 조금씩 줄어들어 갔다.

그리고 쾌감과 격정이 사라진 그 자리를 더 커져만 가는 갈증이 빠르게 메워갔다.

지금껏 지부용이 겪었던 살인의 현장들은 학습을 위한 것이었지만, 이곳에는 벌어지고 있는 것들은 실전이었다.

그리고 지부용은 그 실전으로 타는 것 같은 기갈(飢渴)을 해결하길 원했다.

그래서 그녀는 지금 이곳에 있는 것이었다.

하지만 끝내 전투에 참가하지는 않았으니, 그것은 오직 한 사람을 위해서였다.

일인. 이곳에 그녀가 온 제일 큰 이유!

그를 지켜야만 했던 것이다.

그녀는 그를 지키기 위해 불덩이를 삼킨 것같이 뜨거운 열기를 내뿜는 가슴속의 이글거리는 갈증을 해소할 수 있는 물을 바라만 보고 있었다.

하지만 그 갈증은 녹의인들이 아닌, 다른 곳에서 해갈되었다.

그곳에 독고음이 있었다.

전투가 끝난 대전에는 싸늘한 바람만이 감돌고 있었다.

사방이 막혀 있는 장소이니 실제로 바람이 불어오고 있지는 않으리라.

그러나 실제로 동빙한설(凍氷寒雪)이 불어온다고 해도 이와 같은 떨림은 만들어낼 수 없을 것이다.

마음의 떨림은 육체의 떨림보다 고통스러운 것이었다.

그것은 백한 개의 시체가 만들어내고 있는 비릿한 냄새와 어지러운 장면을 배경으로 서 있는 한 명의 신선 같은 풍모의 노인이 불러일으키고 있는 공포였다.

생전 처음 마주하는 공포!

대전 안에 있는 누구도 사람이 죽는다는 결과에 큰 의미를 두고 있지는 않았다.

그러나 그 결과를 만들어낸 충격적인 과정은 결과 따위는 의미를 잊어버리게 만드는 것이었다.

결과를 의미없게 만들어 버리는 과정!

노인이 노환으로 죽었다면 상인이 공포에 떨겠는가, 상인이 강도의 칼에 질렸다면 무인들이 떨겠는가. 그러나 무인이 온몸을 난자당했다면 어떠하겠는가.

죽음에 이르는 결과는 같으나 그에 이르는 원인은 달랐으니, 공포란 자신이 감당할 수 없고 예상할 수 없는 것에서 시작되는 것이었으니…….

진사백은 움직일 수가 없었다.

차라리 정수리 천령개(天靈蓋)를 내려쳐서 머리를 으깨어 죽이는 장면을 보았다고 해도 그는 눈 하나 깜짝하지 않을 자신이 있었다.

자신(自身)의 죽음 앞에서도 당당할 자신(自信)이 있다고 늘 믿어왔다.

그러나 지금 그는 얼어붙어 움직일 수가 없었다.

그 원인은 무엇일까.

무림인이라면 적을 죽이면서 자신의 죽음을 발견하고 예감한다.

적의 심장에 칼을 쑤셔 넣으며 어렴풋이 그러한 최후를 맞이한 자신의 모습을 무의식으로나마 그려보게 되는 것이다.

그것이 죽음을 맞이하는 순간에서 좀 더 담대하게 대처할 수 있는 힘이 되리라.

그러나 진사백은 맹세코 저런 죽음을 상상해 본 적이 없었다.

그것이 설령 적이라고 할지라도.

"정신들 차려!! 언제까지 이러고 있을 건가!!"

날카롭게 귓구멍을 쑤셔오는 고원월의 한줄기 노성이 뇌리에 꽂혔다.

넋이 나갔으리라.

고원월은 '정신 차려' 라고 말하고는 있었지만, 그것이 쉽지 않을 것이라는 사실 또한 알고 있었다.

고원월은 한 손으로 거칠게 자신의 상의를 잡아 뜯었다.

이미 넝마가 되어 간신히 매달려 있던 천 조각들이 아무런 소리도 내지 않고 바닥으로 떨어졌다.

'잡귀 놈!'

장왕 고원월, 그리고 귀성 독고음.

독고음은 고원월의 우직한 성격과 머리카락 색을 언젠가 보았던 '붉은 머리 오리'에 빗대어 '오리'라 불렀고, 고원월은 독고음의 음유한 성격과 별호를 빗대어 '잡귀'라 불렀다.

고원월이 못마땅한 표정으로 독고음을 바라보았다.

시선을 느꼈음인가. 독고음이 고개를 들어 고원월을 마주하고는 흐릿한 미소까지 보내고 있었다.

굳이 염백인까지 펼치지 않았어도 됐으리라.

진광대왕과의 승부는 독고음이 첫 발을 내딛는 순간에 이미 결정지어졌다.

그럼에도 염백인까지 사용한 것은 무언의 시위였으리라.

울분의 표출이었으리라.

이곳에 있는 모든 자들과 자신까지 나서게 된 상황에 대한, 그리고 다른 누군가를 향한.

독고음의 진짜 이유가 무엇이었든 간에 그를 바라보던 중인들의 시선이 달라진 것은 확실했다.

공포라는 감정 속에 빠져 허우적거리고 있었으니 앞으로 그 늪을 만들어낸 창조자인 독고음의 눈치를 살피기에 바빠질 것이며, 그럴수록 더욱 깊은 수렁으로 잠겨들 것이리라.

하물며 밧줄을 던져 허우적거리는 모두를 구하듯 그를 건

제할 수 있는 유일한 존재인 자신의 상태가 이런 바에야…….

'혹시!!'

부르르—

폐부를 울리는 진한 떨림과 함께 고원월의 안색이 급속도로 어두워져 갔다.

만약 독고음이 그것까지 계산했었다면!

백 인의 녹의인과의 싸움은 고원월에게 자잘한 상처와 내공의 소모를 가져왔지만 그리 심각한 것은 아니었다.

몇 번의 대주천(大周天)과 약간의 시간이면 어느 정도는 회복되었으리라.

그러나 갑작스럽게 운기를 중단하고 무리하게 내공을 다시 끌어올려 독고음과 진광대왕이라는 희대의 무인들이 만들어내는 기의 압력을 막은 것은 제법 긴 시간을 들여야 할 정도로 내상을 촉발시키게 되었다.

고원월 혼자였으면 이렇게까지 되지는 않았겠지만 고원월은 다른 칠 인을 모른 척할 수 없었다.

그래서 그들까지 덮을 만한 공력을 뿜어내야 했던 것이다.

'사흘…….'

아무리 적게 잡아도 사흘은 조양(調養)해야 할 것이라.

그리고 이곳에서 사흘은 짧지 않은 시간이었으니, 고원월은 처음으로 암담한 기분에 빠져야 했다.

이런 고원월의 심정을 아는지 모르는지 여유까지 배어 나오는 목소리가 잔잔하게 흘렀다.

"아쉽군요. 다리를 만드셨는지 확인해 보고 싶었는데……."

정월명은 고개를 들어 위해원을 바라보았다.

차가운 정월명의 시선의 의미를 모르는지 위해원은 같은 말을 반복했다.

"다리를 만드셨는지 확인해 보고 싶었는데……."

"무슨 뜻이죠?"

정월명의 눈매가 조금은 쌜쭉해진 것처럼 보였으나, 위해원은 눈치없는 이와 같이 여전한 음성이었다.

"경계선을 넘어선 당신의 모습을 보고 싶었다는 말이죠."

"내가 싸움에 휩쓸려 죽었으면 좋았을 것을, 이렇게 살아 있어서 아쉽다는 말처럼 들리는군요."

"설마요. 단지 궁금한 것은 못 참는 성격이라서……."

"뭐가 그렇게 궁금하신지 제가 더 궁금하군요."

"말해도 될는지……. 어차피 해소되지 않을 궁금증 같은데………."

"……."

평소답지 않게 말끝을 흐려가는 위해원을 바라보며 정월명은 아무런 말도 하지 않았다. 그 침묵을 긍정이라고 받아들였던 것일까.

순간, 갑자기 위해원이 걸음을 옮겨 정월명 바로 앞에 우뚝 섰다.

가슴이 서로 스칠 정도로 가깝게.

"어떻게 알았지?"

지금껏 위해원이 보인 적 없어 낯설기까지 하는 날이 바짝 선 공격적인 말투.

정월명은 고개를 들어 입김까지 느껴지는 거리에 있는 위해원의 눈을 올려다보았다.

위해원이 내려다보고 있는 정월명의 안색은 파리해졌지만, 그 눈은 반대로 붉은 빛이 서려 있었다.

무엇을 앎을 말함인가.

그러나 물은 자도 듣는 자도 그 '무엇'에 대하여는 언급하지 않았다.

휙—

"소저, 괜찮으시오?"

갑작스럽게 다가와 난데없는 질문을 던졌던 것처럼 위해원은 갑작스럽고 난데없이 떠나갔다.

어느새 자신이 있는 곳 조금 옆에서 떨고 있는 지부용을 향해 몸을 옮기며 말을 건네고 있는 그의 모습이 보였다.

그것을 바라보는 붉은 눈동자와는 어울리지 않는 차가운 한기가 정월명의 몸에서 스산하게 피어올랐다.

"네, 네. 괜, 괜찮아요."

전혀 괜찮지 않게 들리는 지부용의 대답을 들으며 위해원은 다시 미련없이 몸을 돌렸다.

조금 전과는 다르게 단 한 번도 정월명 쪽으로 시선을 돌리지 않고서 유유(幽幽)로운 표정으로.

그리고 남아 선 정월명은 그 여유로운 등을 뚫을 것 같은 눈빛으로 바라보고 있었다.

"어떻소."

아직도 깨어나지 않는 남궁대수를 진맥하는 장문영을 바라보며 고원월이 근심 어린 목소리로 말했다.

감았던 눈을 뜨고 남궁대수의 손목을 천천히 내려놓으며 장문영은 이마에 흐르는 땀을 훔쳐 냈다.

흐르는 땀방울 사이로 고원월이 혈을 짚어놓아 잠에 빠져 있는 대소의 모습이 보였다.

희미한 미소를 고원월에게 지어 보이며 장문영이 말했다.

"휴… 전화위복이라 하더니 남궁 소협에게는 오히려 득이 된 것 같군요."

"득?"

"네. 아마도 방금 전에 기의 바람에 노출되어 있었던 것이 남궁 소협의 신체 기능을 격발시킨 것 같습니다."

"위험하지 않겠소?"

의구심을 떨쳐 버리지 못한 고원월의 물음은 타당한 것이었다.

일반의 무인들은 멀쩡한 몸으로도 받아내기 힘든 힘을 정신을 잃은 몸이 어떻게 견딜 수 있었을까.

장문영이 몸을 일으키며 말했다.

"이독제독(以毒制毒)이라 하였으니 독도 사람에 따라서는 약이 될 수 있고, 약도 때에 따라선 독이 될 수 있는 법이지요. 남궁 소협의 경우 신체가 저항하지 않아 기로 이루어진 추궁과혈을 받은 셈이라고 할 수 있겠지요."

"어허……."

고원월은 나직한 탄성을 내뿜었다.

불어오는 돌풍에 소나무는 부러져도 갈대는 꺾일망정 부러지지는 않는 이치리라.

사실 뼈와 살로 이루어진 인간의 몸은 소나무도 아니지만 갈대도 더욱 아닌 것이 분명한 것이었다.

인간의 신체란 오묘한 것이어서, 외부에서 자극(刺戟)이 이루어지면 그에 따라 반발(反撥)하게 된다.

앉아 있을 때 무릎을 가볍게 치면 의도하지 않아도 저절로 발이 앞으로 나가는 것처럼.

그런데 피가 빠져나가 활동을 거의 멈춘 몸은 그 반발력조차 잃어버리고 있었으니, 남궁대수는 일시적이나마 갈대가 되어 있었던 것이다.

거대한 기의 흐름 속에 던져진 몸은 그 기에 반발하지 않고 받아들이기를 선택한 것이었다.

"몸 안에 기운이 감돌고 있으니 곧 오장육부가 제 일을 시작하게 될 것이고, 그렇게 되면 피를 생산하기 시작해 얼마 후면 눈을 뜰 수 있을 것입니다."

적어도 한 명은 독고음의 덕(惠)을 보았으니, 고원월은 그나마 다행이라 여겼다.

그리고 남궁대수를 이롭게 한 그 장본인, 그러나 절대로 고맙지 않은 이가 고원월에게 다가왔다.

"좀 어떤가? 얼굴은 발그레한 것이 좋아 보이는군. 자, 선물일세."

고원월은 참참한 고소를 꿀꺽 삼켜야만 했다.

도가에서는 극한까지 이른 상태가 그 본연의 모습으로 돌아가려는 형상을 일컬어 반박귀진이라 했으니, 어설픈 자만이 그 배운 티를 낼 뿐이고, 완숙한 자는 그 배운 흔적조차 내지 않는 것이라. 이미 극에 이른 적노신공은 고원월의 머리카락을 제외한 신체 부위에는 그 흔적을 드러내지 않는 단계에 이르렀다.

때문에 일부러 불러일으키지 않는 이상 얼굴과 손등에 붉은 빛은 찾아볼 수 없었다.

그러나 지금 고원월의 얼굴은 달아올라 있었으니, 신체의 이상을 치료하기 위해 제 스스로 발동된 적노신공 때문이리라.

붉은빛이 진할수록 몸의 상태가 안 좋다는 반증일 터, 그것

을 모를 리 없는 독고음이 '발그레' 하다는 표현을 쓰다
니……

고원월은 속마음과는 다르게 아무런 말 없이 담담하게 독
고음의 선물을 받아 입었다.

독고음은 진광대왕과의 싸움에서 찢어진 자신의 학창의
대신 시체에서 벗긴 녹의를 차려입고, 상체를 고스란히 드러
내고 있는 고원월에게도 녹의 한 벌을 선물이랍시고 건네고
있었다.

독고음이 입은 녹의를 바라보며 고원월이 지나가는 투로
물었다.

"선물은 이게 다인가? 섭섭하구먼. 자네는 꽤 비싸 보이는
걸 얻은 것 같던데."

"비싸 보이는 것? 아, 금룡편 말인가? 하하… 으하하핫!"

고원월은 진심으로 놀랐다.

그가 알고 있는 독고음은 심정의 화를 식히기 위해서 가식
적으로 웃는 사람이었지, 즐거움의 표현으로 웃는 이가 아니
었던 것이다.

그런데 지금 독고음의 웃음에는 진정한 기쁨의 열기가 가
득하지 않은가!

한참을 웃은 독고음이 어딘지 달뜬 열기가 어려 있는 눈으
로 고원월을 향한 것이 아닌, 혼잣말이라도 하듯이 중얼거렸
다.

"이런 곳에서 금룡편을 얻다니. 흐흐흐, 그 금룡편을 채찍으로 쓰고 있다니! 편 자가 들어가니 진짜 채찍이라도 되는지 알았나 보지? 으흐흐, 으하하!"

독고음이 흥분할수록 고원월은 침중해졌다.

'하―! 좋지 않구나.'

그가 아는 독고음은 흥분하지 않는 사람이었다.

지금 흥분해 있는 독고음은 그가 모르는 인물인 것처럼 보였다.

자신의 몸도 정상이 아닌데, 독고음이 예측할 수 없는 낯선 모습을 보이는 것은 확실히 좋지 않은 징조였다.

"금룡편이라……. 흐흐흐, 온 보람이 있군. 모두가 거짓은 아니었어. 흐흐흐, 또 뭐가 있을는지… 크크."

무엇을 말하고 있는 것일까. 열띤 눈으로 금룡편을 바라보며 알아들을 수 없는 말을 중얼거리는 독고음은 이미 신선이라고 하기에는 힘들 너무도 검은 열기를 뿜어내고 있었다.

"지체할 시간이 없어. 어서 가지!"

시체의 산 너머로 있는 또 다른 곳으로 연결되는 계단을 가리키며 탐욕의 불길을 희번덕거리는 눈동자 가득 담은 독고음이 출발을 재촉했다.

기분 탓이었을까.

고원월의 눈에는 어두움을 빨아들이며 입을 벌리고 있는

계단이, 짙은 화장을 가면 삼아 제 본모습을 숨기고 호객하는
창기마냥 일행에게 끈끈한 유혹의 손짓을 하고 있는 것처럼
보였다.

神殿醫皇
鬼子
掌王
大笑
光蝶
蒼龍
書生
貴寶
鬼魁
第三章 행군(行軍)

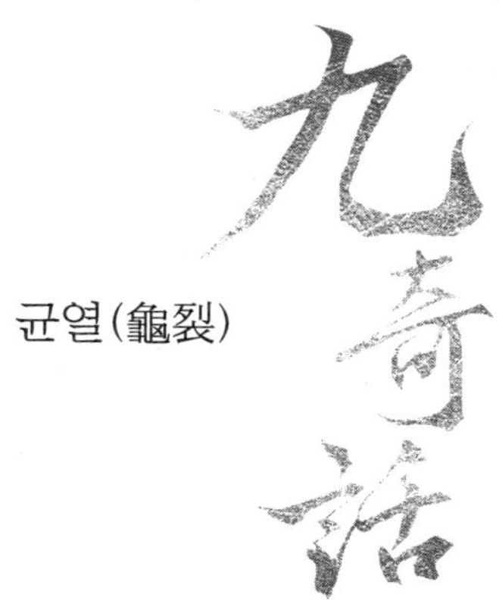

균열(龜裂)

삼라만상에 존재한다는 인과율.

누군가의 작은 재채기가 폭풍이라는 결과(結果)를 만드는 원인이 될 수 있으니, 하나의 결과는 반드시 그에 따르는 원인으로부터 시작된다는 법칙론(法則論)이 바로 인과율이었다.

천만 년을 갈 것 같던 거대한 제방이 무너지는 것은, 그것을 이끌어낼 작은 바늘구멍으로부터 기인하리니.

하물며 십 년도 유지하기 힘든 나약한 인간 관계에 존재하는 갈등이란 이름의 구멍을 그 누가 막을 수 있을까.

이미 심겨진 씨앗이라는 원인은 과연 어떤 열매를 결과 맺을까.

"아니 될 말씀이십니다."

귀신의 울음소리를 들은 사람처럼 진사백의 얼굴이 하얗게 질렸다.

"이 상태로 출발은 무리입니다."

목소리가 클수록 설득력이 높아진다고 믿는 자가 많은 것은, 동물로서의 거대한 포효를 갖지 못한 인간이란 동물의 어쩔 수 없는 열등감에서 오는 본성일 것이다.

그러나 장문영은 소리 높여 말하지는 않았다.

그럼에도 그 말에 흔들림이 배어 나오지 않는 것은 확고부동한 의지가 감싸고 있어서이리라.

장문영이 귀신이 아니니 그 목소리 또한 귀곡성이 아닐 것이고, 더욱이 그 음성이 향하고 있는 사람이 자신은 더더욱 아닌 것이 명확한데도 진사백은 점점 더 거대한 물새를 만난 자라 새끼처럼 한없이 몸과 마음을 움츠렸다.

'이 늙은이가 진정 겁대가리를 상실했구나!'

진사백은 분위기를 험악하게 만드는 장문영의 입을 당장 틀어막지 못하는 자기 자신이 원망스러울 뿐이었다.

조바심 가득한 마음으로 속을 애태우며 잠시를 눈치를 살피고 기다려도, 장문영의 단호한 말에 대한 아무런 응답이 들려오지 않았다.

그 대답이 사람의 목소리가 만들어내는 음성이 아니라, 머리가 터지는 난폭한 폭발음이 될 것이라고 굳게 믿고 있던 진사백이 슬그머니 고개를 돌렸다.

그러나 담을 기웃거리다가 주인과 눈이 마주친 밤손님마냥 곁눈질로 힐끔거리던 진사백은 화들짝 놀라 다시 고개를 숙여야만 했다.

출발을 표명한, 자신의 의견에 반대를 표하는 장문영의 말에 불호령 비슷한 것이라도 떨어지리라 기대하고 있던 진사백의 예상과는 달리, 독고음의 얼굴은 무심하기만 했다.

적어도 그 겉모습은 그러했다.

독고음은 가(可)다 부(否)다 아무런 말도 하지 않고 주위에 모여 있는 이들을 찬찬히 둘러보았다.

누구 하나 그의 시선에 얽히는 이가 없었다.

그도 당연한 것이, 일각 전의 일을 기억하지 못할 만큼 지독한 건망증을 가진 자는 이곳에 단 한 명밖에 없었다.

그 대소마저 고개를 꾸벅거리며 눈을 반쯤 감고 졸고 있었으니, 그 밖에는 아무도 없는 것이 실로 당연한 일이었다.

하자고 하는데 싫다고 한다면 속이 상하는 것은 자연스러운 일.

지금의 독고음이 그럴진대 그 누가 심기가 불편할 것이 불을 보듯 뻔한 독고음의 시선을 똑바로 마주할 수 있겠는가!

고원월은 운기라도 하는지 눈을 감고 있었고, 정월명은 아직도 가늘게 몸을 떨고 있는 지부용 곁에 서서 생각에 잠긴 듯 허공을 응시하고 있었다.

못 볼 것을 보았다는 듯 연신 힐끔거리던 진사백이 자신과 눈이 마주치자 황급히 고개를 돌리는 꼴은 독고음에게 가소로운 기분조차 들게 하지 못했다.

잠시나마의 주변을 살피던 시선의 여행을 끝내고 독고음의 눈이 멈춘 곳은, 자신의 말을 거절한 장문영의 모습에서였다.

한 팔로는 꾸벅거리고 있는 대소의 머리를 쓰다듬어 주고, 다른 한 팔로는 정신을 잃은 남궁대수의 몸을 가볍게 주물러 주고 있는 그의 얼굴은 방금 전에 들려온 목소리같이 담담하기만 해 보였다.

그리고…

"별다른 점은 보이질 않는군요. 이곳을 오면서 지나쳤던 것과 비슷한, 그냥 제법 긴 통로인 것 같군요."

담담함을 찾을 수 없는 잔혹함으로 물들어 있는 대전 안을 또 하나의 담담한 목소리가 조금씩 커지며 다가왔다.

"독고 어르신, 통로가 제법 길어 보이는 데다가 모두가 지쳐 있는 것 같으니 어찌해야 좋을지 모르겠군요."

이미 여정을 마친 것 같던 독고음의 시선이 다시 느릿한 여행을 시작했다.

그곳에는 계단을 살피는 것을 마치고 돌아오며 다가서는

위해원이 있었다.

"…그래, 반나절이면 충분하겠지."

무슨 생각을 하고 있을까.

굳은 얼굴로 천장을 응시하던 독고음은 짧은 한마디를 던지고는 일행과 떨어진 곳으로 가서 가부좌를 틀고 앉았다.

"……!"

진사백이 놀라움이 가득한 눈으로 멀어져 가는 독고음과 가까워져 가는 위해원을 번갈아 쳐다보았다.

고마움이 담긴 눈빛을 받으며 위해원이 다가서며 소리 죽여 물었다.

"반나절 후에는 움직여야 할 것 같군요. 괜찮겠습니까?"

"지금 당장 출발하는 것보다는 훨씬 낫겠지. 고마우이."

'고맙다, 미안하다, 감사한다'. 세상에 이렇게 사람의 본마음과 별개로 무심코 터져 나오는 예의상 쓰이는 경우가 많은 단어들이 또 있을까.

자신이 해놓고도 금방 뒤돌아서서 그 의미를 잊어버리게 만드는 말이 또 있을까.

그러나 장문영은 진심으로 고마움을 표현하고 있었고, 새삼스런 눈으로 눈앞의 청년을 바라보고 있었다.

자신이야 환자를 먼저 생각하는 것을 일평생 신조(信條)로 삼아온 이가 아닌가!

그런 그조차도 독고음의 출발하자는 말에 바로 안 된다는 의사를 표명하지는 못했다.

복잡하게 얽힌 갈등이 지배하는 촌각의 시간이 지난 후, 잠시 마음을 추스르고야 부상당한 모두를 위해 당장의 출발은 무리라는 뜻을 입 밖으로 끄집어낼 수 있었던 것이다.

귀성!

전설처럼 전해지던 그 이야기를 확인한 이 순간, 세상사 웬만한 일에는 초탈한 장문영조차 평정을 유지하기 힘들었던 것이 사실이리라.

같은 칠천무신의 반열에 올라 있으나 그 이름은 장왕의 그것과는 분명한 차이가 있었으니, 하나가 의와 협으로 이루어진 존경의 대상이었다면 다른 하나는 신비와 공포로 얼룩진 두려움의 대상이었던 것이다.

그런데 위해원이 보이고 있는 바람 없는 호수가의 잔잔함이란!

귀성의 이름을 몰라서일까?

그 이름과 함께 붙어 다니는 공포를 몰라서일까?

아니리라. 단순히 그것만은 아닐 것이다.

그 이름을 익히 들어 알아서가 아니라, 사물을 볼 수 있는 눈이 없진 않으니 조금 전의 모습을 보지 못했을 리가 없었고, 생각할 수 있는 머리가 없진 않으니 조금 전의 상황이 언제든지 다시 일어날 수 있다는 것을 이미 알고 있을 터였다.

그럼에도 귀성에게 한번 내뱉은 말을 번복하도록 만들다

니…….

"네놈이 제정신이 아니구나! 감히 누구에게—!"

말에 담긴 질책의 내용과는 전혀 다르게 속삭이듯, 중얼거리듯 낮은 목소리로 눈을 힐끔거리며 진사백이 그 나름대로는 으르렁거리고 있었다.

장문영은 위해원과 너무나도 비교되는 그 모습에, 고개를 보일 듯 말 듯 저으며 나직이 한숨을 내쉬고는 품속에서 침이 담긴 대롱을 꺼내 들었다.

반나절, 결코 길지 않은 시간이었다.

서둘러야 할 것이다.

"네놈이 제정신이 아니구나! 감히 누구에게……!"

위해원은 곁에 다가온 진사백을 물끄러미 쳐다보았다.

지금 자신을 '위협하고 있는 자'를 '떨게 하고 있는 자'를 '물러나게 한 자'가 바로 위해원이었으니, 진사백은 결코 자신의 말을 관철시키지 못하리라.

그 눈길에 담긴 뜻 모를 감정의 색깔에 진사백이 하던 말을 다하지 못하고 몸을 찔끔거렸다.

위해원이 마주하던 시선을 돌리며 크지는 않았으나 결코 작지도 않은 음성으로 입을 열었다.

"돌부리에 채여 넘어져 죽으나 풍선처럼 터져 죽으나 거기서 거기가 아니오? 백 명과 싸운 사람답지 않게 소심하구려. 내 기억이 맞는다면 조금 전에는 독고음 선배를 향해 칼까지 빼 들려고 했던 것 같은데."

"이, 이, 이놈이 지금 무슨 소리를 하는 거냐! 내가 언제—!"

"조용히 하여라. 쯧."

지금껏 말없이 듣고만 있던 고원월이 눈을 뜨며 하얗게 질려 버린 진사백을 향해 말했다.

실상 진사백은 석실을 벗어나기 직전에 자신을 멍청이라 불렀던 독고음을 향해 칼을 빼어 들려고 한 적이 있었고, 그것을 고원월이 중재했던 것이다.

그랬던 진사백이 지금에 와서는 그때의 일을 독고음이 다시 생각이라도 하면 어쩌나 하는 듯 벌벌 떠는 모습이란, 고원월이 혀를 차게 만들기에 충분하고도 남는 것이었다.

그때 고원월이 말리지 않았다면 벌어졌을 상황을 상상하는 진사백의 얼굴이 밀랍으로 빚어놓은 인형마냥 창백하게 질려가고 있는 것을 이해 못하는 바도 아니었지만.

"이리 오너라. 네놈도 상처가 가볍지 않을 터, 길을 떠나기 전에 좀 보아주마."

마음에 들지 않는다고 버리고 갈 수는 없는 법. 고원월이 전에 없이 진사백을 부르며 가볍게 손짓했다.

덕이 있는 자는 반드시 훌륭한 말을 하지만 훌륭한 말을 하는 자가 반드시 덕이 있는 것은 아니며, 인(仁)이 있는 자는 반드시 용기가 있지만 용기있는 자가 반드시 인이 있는 것은 아니라고 『논어(論語)』에서 그랬던가.

진사백이 인자(仁者)가 아닌 것과 고원월이 덕자(德者)가 되려고 노력하는 것은 별개의 문제일 터였다.

앞에 어떤 길이 열려 있는지 알 수 없는 지금, 한 명이라도 더 몸 상태를 호전시켜 놔야 하는 것이 고원월의 내심이었다.

고원월 자신은 몇 번의 운기로 완치될 내상이 아닌 이 시점에서는 더더욱 그러했으니, 시간이 지나면서 적하신공의 효능이 발휘될 때까지 차분히 기다려야 하리라.

'대단하구나.'

기쁨을 감추지 못하는 진사백이 쏜살같이 다가오는 것을 보면서 고원월의 마음속에는 위해원에 대한 순수한 감탄이 저절로 떠올랐다.

우려했던 독고음 일인의 단독 체계는 아직 완전히 자리 잡고 있지 않았으니, 그 중심에는 천길 낭떠러지에서 위태위태한 줄타기를 하는 듯 균형을 잡고 있는 위해원이 있었다.

"감사합니다, 어르신! 제가 앞으로 무림에 나가게 되면 꼭 어르신을……!"

얼굴이라는 한 둥지에 자리를 틀고 있는 이목구비도 서로 다른 방향을 향할 수 있는 것일까.

고원월은 아직도 위해원을 향해 눈을 부라리면서도 입으로는 연신 침을 튀겨가며 자신에게 감사를 표명하고 있는 진사백을 반 강제로 앉히고 등 뒤에 두 손을 가져다 대었다.

입고 있는 장삼을 격하고 체내로 부드러운 진기를 천천히 흘려보내며 고원월이 눈을 감았다.

반나절.

세 시진이 조금 넘는 휴식은 미약하나마 일행이 거동하기에는 부족함이 없을 정도의 원기를 채워주었다.

'세월이 약이다' 라고 했던가.

세 시진이라는 짧은 시간도 장대한 세월의 일부가 분명하니, 미약할지는 몰라도 약효를 나타낸 것이었으리라.

또한 천의라 불리는 장문영이 지닌바 필생의 공부를 모두 쏟아내어 남궁대수뿐 아니라 진사백과 고원월 등 일행 모두의 상세까지 보아주었던 것이다.

그러나 제아무리 천의라 불리는 장문영이라 할지라도 목갑 속의 '보신단' 과 대롱 속의 '환혼침(還魂針)' 이 없었으면 세 시진이라는 휴식의 미약한 약효를 이만큼 끌어내기는 불가능했으리니.

"모두 모이게."

진사백의 장삼 뒤에서 손을 떼고 깊은 숨을 몰아쉰 뒤 이마의 주름을 타고 흐르는 땀을 소매로 대강 문지른 고원월이 내뱉은 첫마디였다.

곧 반나절을 말했던 독고음이 움직이리라.

그리고 출발을 명령할 것이고, 이번에는 양보하지 않을 것을 고원월은 알고 있었다.

사실 반나절의 시간을 기다려 준 것도 위해원의 말을 들어서라기보다는, 진광대왕과의 격전에서 얻은 자신의 상세를 돌보기 위함이라는 것이 고원월의 추측이었다.

금룡편이 무엇인지는 모르나, 그것이 가져다준 달뜬 마음을 위해원의 말로써 다잡은 것이리라.

그리고 더 이상은 독고음이 만들어내는 분위기에 좌중이 압도되도록 해서는 아니 될 것이다.

독고음으로부터 알게 모르게 형성된 심리적 압박감은 그가 다른 모두를 자신의 방패막이로 내몰아도 일말의 반항조차 할 생각을 못하게 할 것이 분명해 보였다.

이것이 고원월의 생각이었고, 그 생각이 독고음이 출발을 명하기 전에 자신이 먼저 나서야 한다는 작은 결론을 이끌어낸 것이었다.

주도권에 대한 싸움이 시작되려 하고 있는 것이었다.

'사흘… 아마 이틀 정도를 잡고 있겠지. 이틀이라……'

고원월은 자신의 몸이 정상으로 돌아오는 데 걸릴 것으로 예상하고 있는 사흘의 시간 동안은 독고음의 천하일 것이라고 생각했다.

그리고 자신의 상세를 살펴본 독고음은 이틀 정도의 시간을 자신이 독보(獨步)할 수 있는 시간으로 잡고 있으리라고 고원월은 추측하고 있었다.

이와 같은 하루의 시간 차는 고원월이 명배우마냥 연기를 잘해서도 아니고, 독고음이 돌팔이 의원마냥 고원월의 상세를 잘못 짚어내서도 아니었다.

맹수는 사냥을 시작하기 전에 상대의 능력을 측정해서 자신과 비교한다.

그것이 생존을 위한 제일 법칙이니 여우가 호랑이에게 함부로 덤벼들지 않는 것이 이와 같으리라.

그러나 호랑이가 상처를 입어 쓰러져 있다면 얘기는 달라질 것이다.

그렇다면 역으로 생각했을 때 생존의 제이 법칙을 약한 모습을 보이지 않는 것이라고 할 수도 있을 터.

고수란 자기 자신을 바라보는 눈을 갖추는 동시에, 상대의 상태를 빠르게 파악할 수 있는 눈도 동시에 갖춘 자만이 가질 수 있는 명칭이었다.

귀성이 고수가 아니라면 천하에 누가 고수일 수 있겠는가!

그럼에도 독고음이 이틀을 잡고 있다고 예상하는 것은 그의 완벽을 기하는 성격에 기인하는 것이었다.

장왕 고원월이 알고 있는 귀성 독고음은 상대를 봄에 있어서 자신이 책정한 것보다 반 푼 정도 더 높게 쳐주고 나서야 일을 진행시키는 자였던 것이다.

아마도 최소한 이틀 후에나 독고음은 고원월의 기색을 살피는 시늉이라도 할 것이다.

한편에서 부스스 일어나고 있는 독고음이 보였다.

자신의 곁으로 모인 일행을 둘러보며 고원월이 혼란한 상념을 접으며 짧게 말했다.

"출발하도록 하지."

지금 또다시 한 발 내딛는 일행의 걸음걸이가 더디게만 느껴지는 것은, 도산지옥이라 일컬음을 받던 대전 바닥을 적시고 있는, 이미 검붉게 말라가기 시작한 질퍽한 피로 인한 끈적거림 때문일까.

아니면 계단 너머에 있을 '무엇' 때문이었을까.

그도 아니면 구 인의 내면 깊숙한 곳에서 희미하게 떠오르고 있는 각자의 질문에 대한 해답 탓이었을까.

모든 것은 신만이 알고 있으리라.

『구기화』 제1권 끝

BOOK Publishing CHUNGEORAM

fly me to the moon
플라이 미 투 더 문

새로운 느낌의 로맨스가 다가온다!

판타지의 대가 이수영 작가의 신작!
드디어 판매 카운트다운!

플라이 미 투 더 문 | 이수영 지음

판타지의 대가, 이수영. 그녀가 선보이는 첫 번째 사랑이야기.
사랑, 질투, 음모, 욕망……
상상한 것 이상의 절애(切愛), 그 잔혹한 사랑이 시작된다.

온전히, 그의 손에 떨어진 꽃. 잡았다.
짐승의 왕은 즐거웠다.

인간, 그리고 인간이 아닌 자.
절대로 이어질 수 없는 두 운명이 만났다!
사랑 혹은 숙명.
너일 수밖에 없는 愛.

1998년 〈귀환병 이야기〉
2000년 〈암흑 제국의 패리어드〉
2002년 〈쿠베린〉
2005년 〈사나운 새벽〉

그리고 2007년,
『FLY ME TO THE MOON』

BOOK Publishing CHUNGEORAM

초등학생이 반드시 읽어야 할 좋은 책 49권

각 학년별로 초등학생이 반드시 읽어야할 좋은 책을
선정하여 통합논술의 기본이 되는 '올바른 독서법'을
일깨워 줍니다.

교과서와 함께하는
초등학교 통합논술

초등1학년 | 값 12,000원 | 초등2학년 | 값 9,500원 | 초등3학년 | 값 11,000원 | 초등4학년 | 값 9,500원 | 초등5학년 | 값 9,500원 | 초등6학년 | 값 11,000원

♣ 혼자 할 수 있어요.

엄마가 책 읽는 방법을 가르쳐 주어도 좋아요.
독서지도하는 선생님이 가르쳐 주어도 좋답니다.
"초등 교과서와 함께하는 **통합논술 시리즈**"는
아이 스스로 독서할 수 있도록 꾸며진 책이에요.
엄마와 선생님은 요령만 가르쳐 주시면 된답니다.

♣ 교과서의 중요한 내용이 총정리되어 있어요.

각 학년별로 중요한 교과 내용이 함께 수록되어 있어요.
초등학생은 교과서 내용을 충실하게 공부해야 합니다.
아울러 그와 병행한 독서가 대단히 중요하지요.
"초등 교과서와 함께하는 **통합논술 시리즈**"는
두 가지 방법 모두 알려준답니다.

♣ 이 책은 훌륭하신 선생님들이 함께 쓰신 책이랍니다.

동화작가 선생님들이 쓰셨어요. 소설가 선생님도 쓰셨답니다.
국어 논술독서지도 선생님들도 함께 쓰셨지요.
"초등 교과서와 함께하는 **통합논술 시리즈**"는
엄마의 마음으로 모든 선생님들이 함께 꾸민 책이랍니다.

입소문을 통해 아는 분은 다 알고 계십니다!
올 한해 공인중개사 최고의 화제작!

1~2권 합본 | 이용훈 지음
3~4권 합본 | 이용훈 지음
5~6권 합본 | 이용훈 지음
용 어 해 설 | 이용훈 지음

수험생 기본 필독서
만화 공인중개사

제목 : 만화공인중개사 쓰신 분에게 감사드립니다.

학원을 두 달 다녔어요. 근데 과연 그 숫자 외우기 그런 게 몇 문제나 나올까 생각을 했어요.
아니라는 생각이 드네요. 학원강의를 뒤로하고 서점을 갔어요. 내 머리에가장이해될수있는
책이 없나 하구요. 거기서 만화를 발견했어요. 무조건 세 번 봤어요. 3개월 걸렸어요. 문제집을 보라고
했는데 그건 시행을 못했어요. 근데 합격을 했네요.
어떻게 감사의 말을 해야 될지……
도서관에서 만화책 들고 다니니까 사람들이 비웃더라구요. 만화책으로 공인중개사를 공부한다고
미친 사람처럼 보더라구요. 근데 그거 다 감수하고 했던 내가 자랑스럽습니다.
어떻게 감사의 말을 해야 할지… 정말 감사합니다.
부디 행복하세요. 제 나이 41살에 좋은 스승을 만난 것 같습니다.
엎드려 감사드립니다.

－본사 홈페이지에 독자분이 올린 메일 中 에서 발췌－